U0094650
ZOBNA
MT. NOTON
MT. KADIPHONEK
OLATHOE
SARKIS
DAIKOS
LOMAR
KAAR
URG
VORNAI
SELARN
LAUDOMIA
NORTHERN MARSHES
INGANOK
SARKOMAND
THE GIANT QUARRY
SERANNIAN
JAREN
THE ROCK
OGROTHAN
CERENARIAN SEA
MT. ARAN
TANARIAN HILLS
VALLEY OF NARTHOS
SINARA
THRAN
KLED
THE GARDEN LANDS
KIRAN
HLANITH
RIVER ZURO
LHOSK
CELEPHAÏS
CORNWALL
OPHIR
OOTH-NARGAI
MT. LERION
ENCHANTED WOOD
KARTHIAN HILLS
MT. SIDRAK
TELOTH
NIR
ULTHAR
CARCASSONNE
MT. HATHEG-KLA
HATHEG
THE STONY DESERT
SARRUB
MT. THURAI
RIVER SKAI
HILLS OF IMPLAN
OONAI
MEROË
LATGOZ
PARG
DYLATH-LEEN
THE SUNKEN CITY
ORIAB
BAHARNA
MT. NGRANEK
YATH
KHEM
SOUTHERN SEA
THETH
MOUNG
THE SPIDER FOREST
THALARION
ZAR
WOTH
TOR
THE ROUND COTTAGES
CITY OF THE MOON-BEASTS
OCEANUS

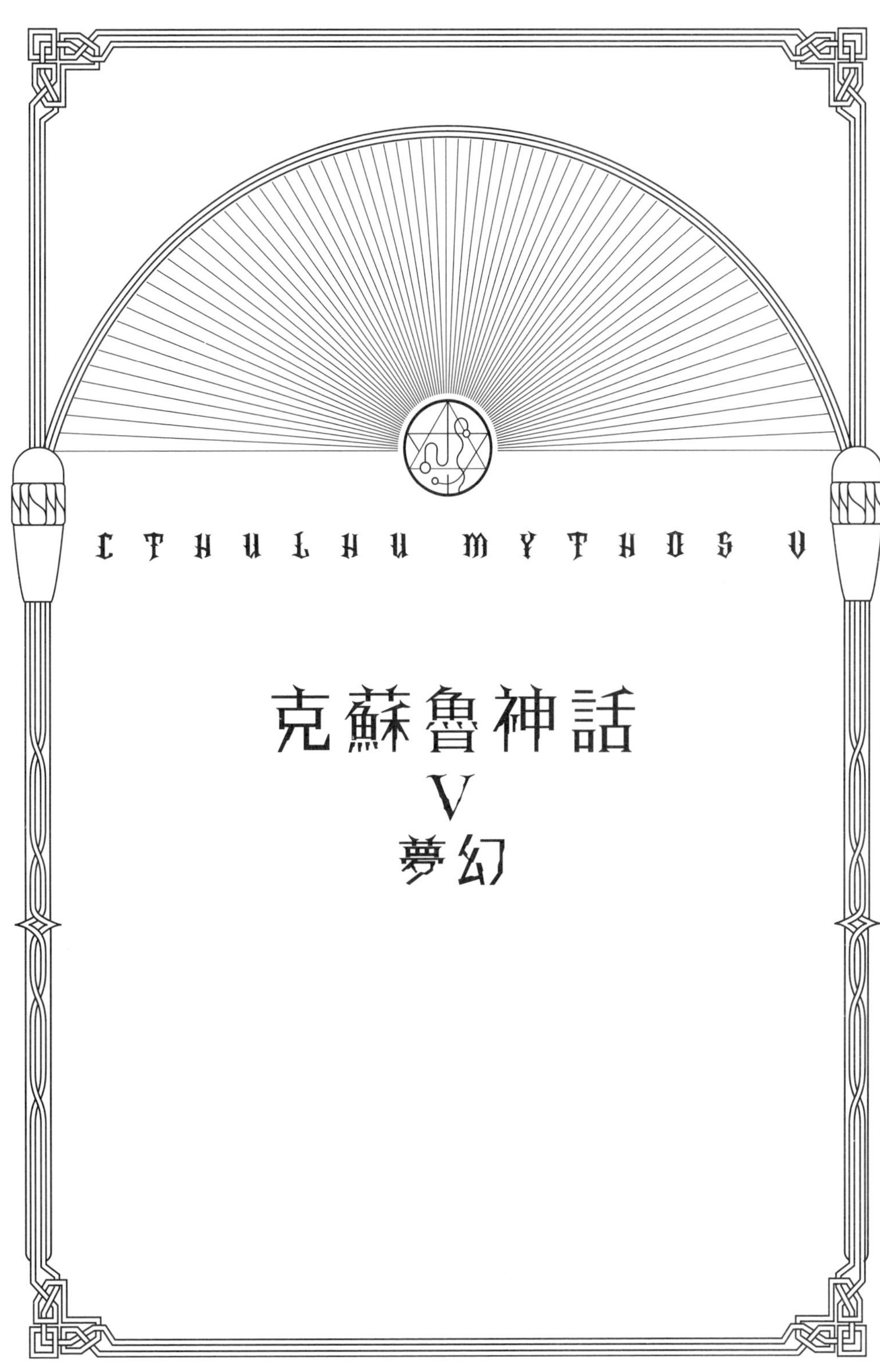

CTHULHU MYTHOS V

克蘇魯神話

V

夢幻

H.P.L. as Eighteenth-Century Gentleman
by Virgil Finlay. 1937

《十八世紀紳士風格的洛夫克萊夫特》，維吉爾．芬雷作於 1937 年

各界推崇

史蒂芬・金（故事之王、驚悚小說大師）：

「他是二十世紀恐怖小說最偉大的作家，無人能出其右。」

尼爾・蓋曼（文學傳記辭典十大後現代作家、《美國眾神》作者）：

「他定義了二十世紀恐怖文化的主題和方向。」

喬伊斯・卡羅爾・歐茨（美國當代著名作家）：

「他對後世恐怖小說家施加了無可估量的影響。」

陳浩基（作家）：

「近代不少類型小說、動漫畫以至戲劇都加入了克蘇魯元素，如果您想一窺原文、了解出典，這套書是不二之選。」

Faker冒業（科幻推理評論人及作者）：

「每篇都使人ＳＡＮ值急速下跌的《克蘇魯神話》原典，華文讀者總算有幸一一親眼目睹了。這些近百年前對歐美日等普及文化影響深遠的小說本身，就是文化史上的不朽『神話』。」

冬陽（推理評論人）：

「閱讀《克蘇魯神話》，像是經歷一場溯源之旅，曾經看過聽過的許多故事、好奇過恐懼過的紛雜情緒，以及一個接一個宛如家族叢生的各式創作，就是出自這個深具想像啟發的傳奇文本，令人掩卷之餘臣服它的奇魅召喚，自願扮演下一個傳承者。」

何敬堯（奇幻作家、《妖怪臺灣》作者）：

「毛骨悚然的詭音，奇形怪狀的觸手暗影，人們卻豎耳瞪眼，如飢似渴想要理解怪物的玄祕存在，這就是克蘇魯神話的蠱惑魔力。廣袤宇宙之中，人類微不足道，自從H．P．洛夫克萊夫特揭示此項真理，來自遠古的恐怖奇幻於焉降臨。」

馬立軒（中華科幻學會常務理事）：

「一百年前，洛夫克萊夫特奠定克蘇魯神話的基礎，讓讀者得以窺見宇宙中令人恐懼的少數未知；一百年後，收錄二十篇經典作品的《克蘇魯神話》在臺問世，臺灣讀者終於可以看到影響西方創作幾個世代的原典！虛實莫測的夢境、天外異界的生命，超越常理的新發現、突破認知的新研究，未知的驚懼、無名的恐怖……全都在《克蘇魯神話》！」

廖勇超（臺灣大學臺灣文學研究所副教授）：

「詭譎的空間，異樣的神祇，陰翳的邪教，以及瘋狂的人們——這是洛夫克萊夫特筆下的克蘇魯世界觀。克蘇魯世界的毀滅力量，每每在他敘事的層次肌理中悄悄地散發而出，從身體、心理、群體、到最終整個世界的物理準則都不可抗地被其邪誕的宇宙觀拉扯墜入，終究灰飛煙滅，消隱在其宏大的邪物秩序中。簡而言之，克蘇魯神話說的不是人類，而是人類如何從一開始便缺席於這宇宙的故事。」

Div（另一種聲音）（華文靈異天王）、Miula（M觀點創辦人）、Nick Eldritch（克蘇魯神話與肉體異變空間社團創建者）、POPO（歐美流行文化分析家）、羽澄（臺灣克蘇魯新銳作家）、阿秋（奇幻圖書館主講人）、氫酸鉀（知名畫家）、笭菁（華文靈異天后）、陳郁如（暢銷作家）、雪渦（d/art策展人）、龍貓大王（粉絲頁「龍貓大王通信」主人）、譚光磊（版權經紀人）、難攻博士（中華科幻學會會長兼常務監事）各方名人列名推薦！

導讀〈看一封信，然後夜不成眠的克蘇魯——無以名狀的書信敘事恐怖〉

臺灣克蘇魯新銳作家　羽澄

提及克蘇魯神話或這個神話體系的創造者H．P．洛夫克萊夫特，就會想到「無以名狀的恐懼」這個招牌，在網路社群的時代，已經有不少推廣或科普何謂「克蘇魯」或誰是「H．P．洛夫克萊夫特」的文章了。

我首次正式接觸正宗洛氏克蘇魯神話小說，是網路上的簡體版翻譯，無論是閱讀的方便性或體驗都跟紙本書有極大落差，而今年各大出版社開始注意到了克蘇魯神話與洛氏恐怖這種影響後世創作深遠的題材，儼然是發現了未知的藍海。奇幻基地發行的《克蘇魯神話》系列，也讓我有機會再次細讀過去沒有辦法仔細體驗的正宗洛氏克蘇魯經典作品。

本書最大的突破，在於呈現了克蘇魯神話中很重要的一個元素——書信，為什麼書信在洛氏恐怖是重要的，又或者該問說：為什麼洛氏這麼常用書信來表達恐怖氛圍呢？

洛夫克萊夫特作者的恐怖文學的調性是「無以名狀的恐懼」，也就是強調未知的事物令人感到恐懼，這在文學當中會使用到相當多的「留白」技巧，即是刻意不做具象化的描寫，任憑讀者的想像力發酵，讀者所能想到多恐怖離奇的樣子，就會成為那個樣子。

我們在進行文學創作時會在許多的面向使用這個技巧，負面的事物如虐待、酷刑、血腥場面或是單純角色間的爭執，刻意不描寫而只在行文脈絡中帶出氣氛，就能讓讀者自行想像事件嚴重的程度，這是一個高段的技巧，寫作者利用讀者本身的想像力，以及文字這個載體本身帶有的「不具象」（不同於圖像、影片那般視覺具象，全仰賴讀者在腦海中想像文字描述之畫面），就可以將留白技巧發揮得淋漓盡致，讓人不寒而慄於無形。

因為洛氏恐怖具有這樣的體質，作品裡有許多「不清不楚」的描寫，而這樣的描寫大多是主敘事者或主角拾獲、收到、讀到某篇文章或是遭遇恐怖事故的當事人所撰寫的信件。故事的敘事者會在信件的內容呈現於讀者面前時達到視角轉換的效果，而作為「一封信」，內容會依照撰寫者書寫當下的精神狀況而有所不同：可能是筆跡顫抖的、可能是精神錯亂不知所云的、也可能異常冷靜到讓人感覺異樣的。更重要的是，除了這種角色轉換帶給讀者幽微又細思極恐閱讀體驗的同時，書信的敘事可以合理地模糊故事的恐怖事件（如：我無法確切告訴你那東西像什麼、我形容不出是什麼在看著我……等等），也就是讓真相蒙上一層神祕的面紗，以這樣的效果烘托出所謂無法名狀的氛圍。

奇幻基地此次的《克蘇魯神話》系列，除了收錄最大量的洛氏作品篇章之外，也在「書信」這個元素以別致的設計做安排，讀者可以在類似信紙的頁面上讀到那些駭人聽聞又無以名狀的可怕事件，真正身歷在洛氏營造的恐怖氣氛當中，我認為這是閱讀體驗上的另一大突破。

克蘇魯神話無疑是影響最多現在奇幻、科幻作品的體系，洛氏是此集大成者，無論在創作靈感、或純粹欣賞，甚至作為學術上、作為比較文本的資料，奇幻基地這一套《克蘇魯神話》都能夠提供足夠份量的素材。

值得一提的是，這套書籍收錄了洛氏許多著名的經典篇章，除了著名的〈克蘇魯的呼喚〉、〈敦威治恐怖事件〉、〈女巫之屋的噩夢〉等故事外，也收錄了在歐美地區多次改編成漫畫文本的〈神殿〉、〈牆中之鼠〉，第一人稱的敘事角度讓撲朔迷離的劇情顯得謎霧重重，還有前半部由主角跟友人通信的〈黑暗中的低語〉，更是能從信件往返的內容逐一拆解故事描述的恐怖事件，讀完真的會產生冷汗直流的驚悚緊張，相當過癮與暢快。

很高興能夠看見又有一部集結如此大量洛氏作品的套書在臺灣出版，由衷感覺到這個世代的克蘇魯愛好者、恐怖文學讀者是幸運的，這是臺灣的克蘇魯圈、文學創作圈、恐怖文學圈的一大進展，也讓讀者有更多選擇，共同為推廣此類創作和著作而努力。

克蘇魯神話 I～V 作品執筆寫作年表

1917年7月 大袞 Dagon I 短篇小說 發表刊載於1919年11月

1918年春-夏 北極星 Polaris V 短篇小說 發表刊載於1920年12月

1918-1919年 綠色草原 The Green Meadow 與Winifred V. Jackson合著
V 短篇小說 發表刊載於1927年春

1919年春 記憶 Memory V 短篇小說 發表刊載於1923年5月

1919年10月 白船 The White Ship V 短篇小說 發表刊載於1919年11月

1919年12月3日 降臨薩爾納斯的厄運 The Doom that Came to Sarnath
V 短篇小說 發表刊載於1920年6月

1920年1月28日 可怖的老人 The Terrible Old Man IV 短篇小說 發表刊載於1921年7月

1920年6月15日 烏撒之貓 The Cats of Ulthar I 短篇小說 發表刊載於1920年11月

1920年約6月-11月 神殿 The Temple I 短篇小說 發表刊載於1925年9月

1920年11月初 塞勒菲斯 Celephaïs V 短篇小說 發表刊載於1922年5月

1920年11月16日 自彼界而來 From Beyond I 短篇小說 發表刊載於1934年6月

1920年約11月前 奈亞拉托提普 Nyarlathotep III 短篇小說 發表刊載於1920年11月

1920年12月12日 古屋怪畫 The Picture in the House IV 短篇小說 發表刊載於1921年夏

1921年2月28日 伊拉農的探求 The Quest of Iranon V 短篇小說 發表刊載於1935年7-8月

1921年3月前 月沼 The Moon-Bog IV 短篇小說 發表刊載於1926年6月

1920-1921年3月? 永恆湮滅 Ex Oblivione V 短篇小說 發表刊載於1921年3月

1921年8月14日 諸神 The Other Gods V 短篇小說 發表刊載於1933年11月

1921年春-夏 異鄉人 The Outsider III 短篇小說 發表刊載於1926年4月

1921年10月-1922年6月 赫伯特・韋斯特——屍體復生者 Herbert West—Reanimator
IV 短篇小說 發表刊載於1922年2月-7月

1921年12月 埃里希・澤恩的音樂 The Music of Erich Zann
IV 短篇小說發表刊載於1922年3月

1922年10月 獵犬 The Hound I 短篇小說 發表刊載於1924年2月

潛伏的恐懼 The Lurking Fear Ⅲ 短篇小說 發表刊載於1923年1月-4月 **1922年11月**

牆中之鼠 The Rats in the Walls Ⅱ 短篇小說 發表刊載於1924年3月 **1923年約8月-9月**

節日慶典 The Festival Ⅲ 短篇小說 發表刊載於1925年1月 **1923年10月**

他 He Ⅳ 短篇小說 發表刊載於1926年9月 **1925年8月11日**

寒風 Cool Air Ⅳ 短篇小說 發表刊載於1928年3月 **1926年3月**

克蘇魯的呼喚 The Call of Cthulhu Ⅰ 短篇小說 發表刊載於1928年2月 **1926年約8月-9月**

模特兒 Pickman's Model Ⅲ 短篇小說 發表刊載於1927年10月 **1926年9月**

霧中的怪異高屋 The Strange High House in the Mist **1926年11月**
Ⅴ 短篇小說 發表刊載於1931年10月

夢尋未知之地卡達斯 The Dream-Quest of Unknown Kadath **1926年10月-1927年1月22日**
Ⅴ 中篇小說 發表刊載於1943年

星之彩 The Colour out of Space Ⅳ 短篇小說 發表刊載於1927年9月 **1927年3月**

敦威治恐怖事件 The Dunwich Horror Ⅰ 短篇小說 發表刊載於1929年4月 **1928年8月**

土丘 The Mound 與吉莉雅・畢夏普合著 發表刊載於1940年11月 **1929年12月-1930年1月**
Ⅲ 未刪減完整版於1989年出版

黑暗中的低語者 The Whisperer in Darkness **1930年2月24日-9月26日**
Ⅰ 短篇小說 發表刊載於1931年8月

瘋狂山脈 At the Mountains of Madness **1931年2月24日-3月22日**
Ⅱ 中篇小說 發表刊載於1936年2月-4月

印斯茅斯小鎮的陰霾 The Shadow Over Innsmouth **1931年11月-12月3日**
Ⅱ 中篇小說 發表刊載於1936年4月

女巫之屋的噩夢 The Dreams in the Witch House **1932年2月**
Ⅲ 短篇小說 發表刊載於1933年7月

門外之物 The Thing on the Doorstep Ⅳ 短篇小說 發表刊載於1937年1月 **1933年8月21-24日**

超越時間之影 The Shadow Out of Time **1934年11月10日-1935年2月22日**
Ⅱ 中篇小說 發表刊載於1936年6月

阿隆佐・泰普爾的日記 The Diary of Alonzo Typer 與威廉・拉姆利合著 **1935年10月**
Ⅳ 發表刊載於1938年2月

暗魔 The Haunter of the Dark Ⅲ 短篇小說 發表刊載於1936年12月 **1935年11月5日-9日**

夜洋 The Night Ocean 與R. H. 巴洛合著 Ⅳ 發表刊載於1936年冬 **1936年秋?**

年表審定：Nick Eldritch

霍華・菲力普・洛夫克萊夫特生平年表

1890年
8月20日出生於美國
羅德島州普羅維登斯

1892年
2歲能朗誦詩歌

1893年
3歲能閱讀
父親因精神崩潰
被送進巴特勒醫院

1895年
5歲閱讀了《一千零一夜》
啟發了他日後寫作中創造出
虛構的《死靈之書》的
作者阿拉伯狂人
阿卜杜・阿爾哈茲萊德

1896年
6歲能寫出完整詩篇

1897年
洛夫克萊夫特留存下來最早的
創作品《尤利西斯之詩》
The Poem of Ulysses

1898年
父親去世
開始接觸到化學與天文學

1899年
製作編輯出版膠版印刷
刊物《科學公報》
The Scientific Gazette

1903年
製作編輯出版
《羅德島天文學期刊》
The Rhode Island Journal of Astronomy
進入當地Hope Street高中就讀

1904年
14歲時外祖父去世
家族陷入財務困境，被迫搬家

1908年
18歲高中畢業之前經歷了
一場「精神崩潰」而輟學
接下來5年開始隱居的生活

1915年
洛夫克萊夫特成為
美國聯合業餘報刊協會的會長
United Amateur Press Association
與正式編輯

1919年
母親精神崩潰
被送往巴特勒醫院

1921年
5月21日母親去世

1923年
開始投稿作品至
紙漿雜誌《詭麗幻譚》
Weird Tales

1924年
34歲時與索尼婭・格林結婚
婚後移居至紐約布魯克林
婚後不久即分居

1926年
返回家鄉普羅維登斯

1929年
離婚

1936年
46歲患腸癌

1937年
3月15日去世

年表審定：Nick Eldritch

北極星

Polaris

北極星的奇異光芒從北面的窗戶照進我的房間。地獄般的漫長暗夜之中，它一直在那裡閃耀。一年到了秋季，風從北方帶著咒罵和嗚咽而來，凌晨時分的沼澤地裡，犄角狀的下弦月底下，葉片變紅的樹木彼此喃喃低語。我坐在窗框旁，望著那顆星。隨著時間漸漸過去，閃閃發亮的仙后座從天頂旋轉落下，夜風中搖曳的沼澤樹木被水汽打濕，北斗七星從其背後緩緩升起。就在破曉之前，大角星於低矮山丘的墓地上空閃爍紅光，而神祕東方的遙遠之處，后髮座怪異地隱約發亮。但北極星依然在漆黑天穹的同一個位置睨視下界，像一隻瘋狂的眼睛如窺視般駭人地閃爍，我不由得感覺它想傳遞某種奇特的消息，卻又早已失去了記憶，只知道它曾經有消息要傳遞。只有烏雲密佈的時候，我才能夠入睡。

我清楚記得極光盛放的那個夜晚，惡魔之

光在沼澤地上空令人震驚地大放異彩。雲層遮蔽光芒之後，我終於入夢。

正是在犄角狀的下弦月之下，我第一次見到了那座城市。它坐落於奇特高峰之間的山谷中的怪異平原上，靜靜地躺在那裡，像是在沉睡。它的牆壁、塔樓、廊柱、拱頂和人行道都是可怖的慘白大理石質地。大理石的街道旁豎著大理石的立柱，立柱上半截鑿刻出留鬍鬚的莊重男子的雕像。空氣溫暖，沒有一絲風。頭頂上，偏離天頂還不到十度的位置上，窺視的北極星灼灼發光。我久久地注視那座城市，但白晝始終不肯到來。低垂於天空中卻永不落下的紅色畢宿五（注）環繞地平線爬行了四分之一圈時，我在房屋和街道上看見了燈光和動靜。奇特的人們身穿長袍，模樣既高貴又隨便，他們在犄角狀的下弦月之下高談闊論，我能聽懂他們的語言，那不同於我知道的任何一種語言。紅色的畢宿五繞著地平線爬行了一半多時，城市重歸黑暗和寂靜。

我醒來後不再是以前的那個人了。那座城市的影像銘刻在我的記憶中，我的靈魂裡浮現出另一重較為模糊的記憶，我當時尚不敢斷定它的本質。從那以後，我在能夠入睡的多雲夜晚裡屢次見到那座城市；有時在犄角狀的下弦月之下，有時在太陽熾熱的黃色光線下。那太陽從不落山，只是環繞地平線低垂旋轉。每逢晴朗的夜晚，北極星就會前所未有地睨視塵世。

注　金牛座阿爾法星。

我逐漸開始思考，我在奇特高峰之間、怪異平原之上的這座城市裡，究竟扮演一個什麼角色。剛開始我滿足於當一個沒有肉體的靈魂，僅僅觀察整個景象，但後來我渴望確定我與它的關係，加入在公共廣場上日復一日辯論的嚴肅男人們，說出我的想法。我對自己說：「這不是夢，我住在險惡沼澤以南一幢石頭和磚塊壘砌的房屋裡，面對低矮山丘上的墓地，北極星每天夜裡都會從北窗窺視我的房間，我憑什麼能夠斷定這種生活更加真實呢？」

一天夜裡，我在安放著許多雕像的寬闊廣場上聆聽演講，感覺到了某種變化：我覺察到我終於有了肉體。另外，我在奧拉索爾城的街道上也不是一個外來人，這座城市位於薩爾基斯平原上，左右兩座山峰名叫諾通和卡迪弗內克。正在發言的是我的朋友阿洛斯，他的演講令我的靈魂感到愉悅，因為這是真正的男人和真正的愛國者在發表演講。那天夜裡傳來了戴科斯陷落和因紐特人進軍的消息。因紐特人是一群矮壯、黃皮、地獄般的惡魔，五年前在不知名的西方陡然出現，蹂躪我們王國的疆界，現在終於開始圍攻城鎮。他們佔領了群山腳下的堡壘，通往平原的門戶已經向他們敞開，除非每個公民都能以一當十奮勇抵抗。這些矮壯的怪物精通兵法，在榮譽方面毫無顧慮，但正是榮譽保護了我們這些高個子灰眼睛的洛瑪人，讓我們不至於遭受殘忍的征服。

我的朋友阿洛斯是平原地區所有武裝部隊的指揮官，我們國家的最後一絲希望全寄託在他身上。此刻他正在講述我們面臨的危機，呼籲奧拉索爾的所有男人，洛瑪人裡最勇敢的一個群體，堅守祖先留下來的傳統——大冰川的擴展逼迫他們從佐伯納向南遷移（正如我們的後代有朝一日也會被迫逃離洛瑪之地），他們英勇地掃清了擋路的多毛長臂食人族諾弗刻。阿洛斯不肯讓我承擔戰士的職責，因為我身體虛弱，在緊張和艱辛之時往往會奇異地昏厥。但我擁有全城最銳利的一雙眼睛，即便我每天都要長時間研究納克特抄本和佐伯納祖輩的智慧也還是如此。因此，我的友人不願讓我受困於無所作為的厄運，將重要得無可替代的一項職責獎賞給了我。他派我登上薩普嫩的瞭望塔，擔任我們全軍的耳目。若是因紐特人企圖穿過諾通山峰背後的狹窄山路突襲衛戍部隊攻佔大本營，那麼我就必須點燃烽火，提醒枕戈待旦的士兵，從迫在眉睫的災難中拯救這座城市。

我單獨爬上瞭望臺，因為底下的山口需要有一個身強力壯的男人去把守。我許多天沒睡過覺了，興奮和疲憊使得我的大腦疼痛暈眩；但我意志堅定，因為我愛我的祖國洛瑪，也愛諾通和卡迪弗內克山峰之間的大理石城市奧拉索爾。

然而當我站在塔頂最高的房間裡，卻看見了一輪犄角狀的下弦月，紅色的月光異常險惡，顫抖著穿過遠處籠罩著巴諾夫深谷的瘴氣。透過屋頂上的一個開口，我能看見蒼白的北極星熠熠生輝，它像是有生命似的閃動著，如惡鬼或撒旦般睥視塵世。我感到它的魂靈在低聲勸誘我，一遍又一遍重複帶有韻律的可憎承諾，安撫我陷入辜負職責的沉眠：

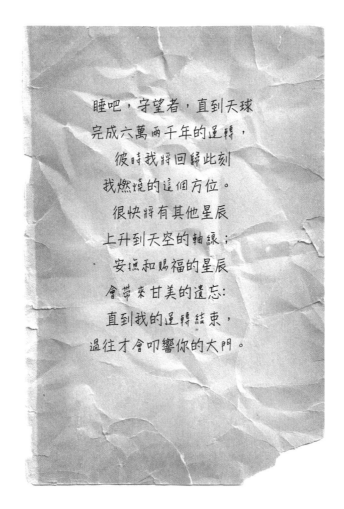

睡吧，守望者，直到天球
完成六萬兩千年的運轉，
彼時我將回歸此刻
我燃燒的這個方位。
很快將有其他星辰
上升到天空的軸線；
安撫和賜福的星辰
會帶來甘美的遺忘：
直到我的運轉結束，
過往才會叩響你的大門。

我徒勞無功地與睏倦搏鬥，嘗試將這些怪異的言辭與我在《納克特抄本》中讀到的與天空有關的某些傳說聯繫起來。我的頭感覺沉重和暈眩，耷拉到了胸口，等我再次抬起眼睛，見到的是一個夢；北極星隔著窗戶向我獰笑，夢中沼澤地的可怕樹木在窗外搖曳。而我依然在做夢。

我在羞愧和絕望中發出癲狂的、間歇性的尖叫，懇求我身旁的夢中生物喚醒我，以免因紐特人偷偷爬上諾通峰背後的山口，出乎意料地偷襲大本營；但這些生物是魔鬼，因為他們嘲笑我，對我說這不是在做夢。他們揶揄我，而就在我睡覺的時候，那些矮壯的黃皮敵寇或許正在悄無聲息地摸近我們。我辜負了我的職責，背叛了大理石之城奧拉索爾；我證明了我不忠於阿洛斯，我的朋友和指揮官。但我夢中的那些黑影只是譏諷我，說洛瑪之地僅僅存在於我夜間的幻想中。他們說北極星高懸天頂、紅色畢宿五圍繞地平線爬行之處什麼都沒有，除了封凍幾千年的冰雪；那裡也沒有人類定居，除了遭受寒冷荼毒的矮壯黃皮蠻人，他們被稱為「因紐特人」。

罪惡感折磨著我，我苦惱不已，發瘋般地想拯救那座城市，它面臨的危險每一秒鐘都在增長。我徒勞地掙扎著，想要擺脫這個悖逆自然的夢境，夢中我住在一幢用石塊和磚頭壘砌的房屋裡，房屋以北是險惡的沼澤和低矮山丘上的墓地；而邪惡怪誕的北極星在漆黑的天穹上睥視塵世，駭人地閃爍著，彷彿一隻癲狂的窺視之眼，我感覺它想傳遞某種奇特的消息，卻又早已失去了記憶，只知道它曾經有消息要傳遞。

The white ship
白船
ENCHANTED WOOD
MT. SIDRAK
TELOTH
CARCASSONNE
DYLATH-LEEN
NORSE-AMERICAN
1825 CENTENNIAL 1925
UNITED STATES POSTAGE FIVE CENTS
UNITED STATES POSTAGE TWO CENTS
Freie Stadt Danzig

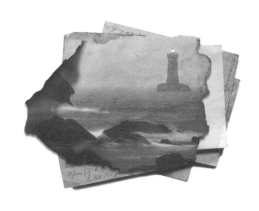

我，拜佐爾．愛爾頓，北角燈塔的守護者，繼承我的父親和祖父的職責。灰色的燈塔遠離海岸，腳下濕滑的暗礁只在落潮時才會露出水面，在漲潮時就不見了。一個多世紀以來，來自七大洋的三桅帆船都曾莊嚴地駛過這座燈塔。我祖父的那個時代，船隻為數眾多；我父親的時代就沒那麼多了；到現在則是屈指可數。我有時會產生奇異的孤獨感，彷彿我是這顆星球上的最後一個人。

白色船帆的古老商船隊伍從遙遠的海岸駛來；它們來自東方，那裡溫暖的陽光普照大地，甜美的芳香縈繞在奇特的花園和華麗的神殿周圍。屬於大海的年邁船長經常來拜訪我祖父，向他講述這些傳說，他轉述給我父親，而父親在東風怪異呼嘯的漫長秋夜講給我聽。我小時候內心還充滿了好奇的時候，在別人給我的書裡也曾讀過更多類似的事情，還有許多其他的知識。

然而，比老人的故事和書裡的知識更奇妙的是大海的隱祕傳說。藍色、綠色、灰色、白色或黑色；平緩、起伏或洶湧；大海永不沉默。我每時每刻都在觀察和傾聽，對它非常熟悉。剛開始它只向我講述平靜海灘和臨近港口的凡俗瑣事，但隨著時間一年一年過去，大海變得越來越友善，開始吐露其他的祕密；那些事情更加奇異，在時間和空間上更加遙遠。有時候在暮光時分，地平線上的灰色霧靄會稍稍分開，允許我偷窺一兩眼遠方的情形；有時候在夜間，大海的深水區域會變得透明、放射磷光，允許我偷窺一兩眼海底的情形。我窺看到的這些情形既有事物原本的樣子，也常有事物往日的形態，或是事物可能會呈現出的樣貌；因為大海比山川更加古老，承載著所謂「時間」的記憶和幻夢。

滿月高懸天空的夜晚，白船會從南方駛來，極為輕快地滑過海面，悄無聲息。無論大海是凶暴還是平靜，無論海風是友善還是逆反，它都一定會輕快無聲地滑過海面而來，它高掛白帆，奇異的多層長槳有節奏地起起落落。一天夜裡，我在甲板上瞥見一個男人，他留著鬍鬚，身穿長袍，似乎在招呼我上船，前往未知的美麗海岸。後來我在滿月下又見過他許多次，每次他都會邀請我。

月光極為明亮的一個夜晚，我接受了他的邀約，踏著月光搭起的橋樑走過水面，登上白船。那個招呼我的男人用一種柔和的語言歡迎我，這種語言在我聽來很熟悉。我們駛向神祕的南方，滿月的甘醇光輝將海面照成金色，槳手用悅耳的歌聲填充時間。

破曉時分，在玫瑰色的燦爛曙光映照下，我見到了遙遠國度的綠色海岸，它明媚而美麗，我對它一無所知。海邊聳立著一層層宏偉的梯臺，樹木鬱鬱蔥蔥，奇異神廟閃閃發亮的白色屋頂和柱廊比比皆是。隨著我們駛近綠色的海岸，留鬍鬚的男人告訴我這片土地名叫扎爾之地，存留著人類一度產生但隨即忘記的所有美麗的夢境和念頭。我再次仰望梯臺，意識到他說的是實話，因為我前方的景象裡有很多我曾經在地平線外的霧靄中和大海的磷光深處窺見的事物。這裡還有比我所知道的一切都更加綺麗的身影和奇想；年輕詩人在追尋中死去，世界還沒來得及知曉他們的所見所夢，而這就是他們的幻境。但我們沒有登上扎爾那綠草茵茵的山坡，因為據說踏上那裡就再也不能返回故鄉的海岸了。

白船悄無聲息地離開扎爾的神廟梯臺，我們看見前方遙遠的地平線上浮現出一座宏偉城市的無數尖塔；留鬍鬚的男人對我說：「那是薩拉里昂，千萬奇景之城，存留著人們徒勞地妄圖想像的所有神祕事物。」來到近處，我再次凝神望去，發現這座城市比我見過或夢過的任何一座城市都要龐大。神廟的尖頂直插天空，誰也見不到塔頂的模樣；冷酷的灰色高牆延伸到地平線背後遙遠的地方，隔著這面牆，只能窺見幾個屋頂，它們怪異而陰森，裝飾著華麗的簷壁和勾人的雕像。我無比渴望進入這座迷人又令人厭惡的城市，於是請留鬍鬚的男人讓我在雕刻華美的阿卡列爾巨門旁的石砌棧橋下船；他和藹地拒絕了我的懇求，說：「進入千萬奇景之城薩拉里昂的訪客很多，但沒有人。在城內行走的只有惡魔和不再屬於人類的瘋狂怪物；未埋葬的死者化為白骨，鋪滿了所有街道，因為他們仰望了幻靈拉西，這座城市的統治者。」於是白船駛過薩拉里昂的高牆，跟著一隻向南飛的鳥兒走了許多天，牠陡然出現在天空中，有光澤的羽毛呼應著天空的顏色。

然後我們來到了一片怡人的海灘，岸邊綻放著所有色彩的花朵，我們看見內陸遠處有可愛的樹林和鮮豔的藤架沐浴著正午的陽光。從視線外的涼亭裡傳來了陣陣歌聲，偶爾能聽清一兩句的唱詞與其相得益彰，夾雜其中的微弱笑聲非常美妙，我不由得急切地催促槳手划向那天堂般的景象。留鬍鬚的男人一言不發，只是盯著我，任憑白船靠近百合花盛開的岸邊。一陣風忽然吹過鮮花怒放的草地和枝葉繁茂的樹木，帶來的氣味使我戰慄。風越來越大，空氣中充滿了致命的屍臭，它只可能來自瘟疫襲擊後的城鎮和被挖開的墓地。我們發狂般地駛離那片被詛咒的海灘，這時留鬍鬚的男人終於開口，他說：「這是蘇拉，歡愉未達之地。」

於是白船繼續跟隨天空之鳥前行，在芬芳的輕風吹拂下駛過受祝福的溫暖海洋。我們日復一日、夜復一夜地航行，滿月時聽著槳手吟唱的悅耳歌曲，歌曲和我駛離遙遠故土的那個夜晚聽見的一樣美妙。終於，我們靠著月光的指引，停泊在了索納—內爾的港口，孿生的水晶岬地守護著港口，它們在空中交匯成輝煌的拱門。這是奇幻之地，我們踏著月光結成的金橋，登上遍地蒼翠的海岸。

索納—內爾之地既不存在時間也不存在空間，既不存在受苦也不存在死亡；我在這裡居住了許多個萬古的歲月。樹木和草原青翠欲滴，花朵豔麗而芬芳，溪流碧藍而有韻律，泉水透亮而涼爽，神廟、城堡和索納—內爾城池莊嚴而壯美。那片土地沒有邊界，每一片美景之外都屹立著另一片美景。幸福的人們在鄉村地帶和華麗的城市中漫步，他們擁有與生俱來的無瑕氣度和完全的喜樂。在我於此居住的萬古歲月中，我愉快地信步穿過一座座花園，悅目的灌木叢背後隱約可見趣致的寶塔，白色的步道兩旁是嬌弱的花朵。我爬上平緩的山丘，站在丘頂，那令人迷醉的動人景色一覽無餘，尖屋頂聳立的小鎮棲息在蒼翠的山谷之中，巨大城市的金色拱頂在無窮遙遠的地平線上熠熠生輝。我在月光下瞭望波光粼粼的大海、水晶的對生岬地和白船停靠的平靜港灣。

在古老的薩普之年的一個夜晚，我看見滿月勾勒出天空之鳥的召喚身影，第一次感覺到了內心的騷動。於是我和留鬍鬚的男人交談，把我新的渴望告訴他，我想起程前往遙遠的卡休里亞，從來沒有人親眼見過那片土地，但普遍認為它就在西方的玄武岩巨柱之外。那裡是希望之地，我們所知存在於他方的一切完美理念都在那裡綻放光彩，至少人們如此相信。然而留鬍鬚的男人對我說：「請當心人們聲稱卡休里亞所在的危險海域。索納—內爾不存在痛苦和死亡，但誰能說清西方的玄武岩巨柱之外有什麼呢？」話雖這麼說，下一個滿月之夜我還是登上了白船，留鬍鬚的男人不情願地離開快樂的港灣，前往人類從未涉足過的海域。

天空之鳥在前方飛翔，帶領我們駛向西方的玄武岩巨柱，但槳手不再在滿月下吟唱悅耳的歌曲了。我在心中經常幻想未知的卡休里亞之地，想像它壯麗的叢林和宮殿，思考會有什麼樣新鮮的快樂在那裡等待我。「卡休里亞，」我對自己說，「是諸神的住所，擁有不計其數的黃金城市。它的森林全是沉香木和白檀，甚至還有芬芳的卡莫林樹，豔麗的鳥兒在樹木間飛翔，唱著動聽的歌曲。卡休里亞那鮮花綻放的青翠山峰上矗立著粉色大理石修建的神廟，殿堂中遍佈雕刻或描繪的光輝景象，庭院裡流淌著冷冽的銀色泉水，從洞窟中發源的納格河經過此處，芬芳的水流奏出猶如音樂的醉人聲響。卡休里亞的各個城市環繞著黃金的城牆，人行道同樣鋪著黃金。城市的花園裡種著奇異的蘭花，散發香氣的湖泊底部滿是珊瑚和琥珀。夜晚的街道和花園會點起由三色玳瑁殼甲鑲嵌而成的豔麗燈籠，歌手和魯特琴手的輕柔樂聲回蕩在城市裡。卡休里亞城的房屋都是宮殿，全部建在流淌著神聖的納格河之水的芬芳運河上。房屋是用大理石和斑岩建造的，屋頂鋪著閃亮的黃金，反射太陽的光輝，增添城市的輝煌，供至福的諸神在遙遠的山峰上觀賞。其中最美麗的無疑是偉大君王多里埃布的宮殿，有人說他是半神，有人說他就是神。多里埃布的宮殿何其偉岸，牆壁上聳立的大理石塔樓何其眾多。寬闊的殿堂裡聚集著無數臣民，懸掛著各個時代的紀念品。屋頂由純金鑄造，紅寶石和天青石的高大立柱支撐著它，立柱上雕刻著諸神和英雄的形貌，人們仰望時就像在眺望活生生的奧林帕斯山。宮殿的地板上鋪著玻璃，被巧妙照亮的納格河流淌其下，出了神奇的卡休里亞就無人知曉的豔麗魚兒在水中游動。」

我就是這麼向自己描述卡休里亞的，但留鬍鬚的男人依然勸我返回索納－內爾那快樂的海岸，因為索納－內爾為世人知曉，而從未有人親眼見過卡休里亞。

跟隨天空之鳥航行到第三十三天，我們望見了西方的玄武岩巨柱。濃霧包裹著它們，因此凡人的眼睛無法見到它們背後或頂端的情形，確實也有人聲稱巨柱直插天際。留鬍鬚的男人再次懇求我掉頭而歸，但我充耳不聞；我依稀覺得從玄武岩巨柱背後的濃霧中傳來了歌手和魯特琴手的樂聲，它們比索納－內爾最動聽的歌曲還要悅耳，而且聽上去像是在讚美我——讚美我敢於在滿月下揚帆遠航，甚至在幻想之地居住。

於是白船駛進西方的玄武岩巨柱之間，循著樂聲而去。然而等音樂停歇、霧氣散盡，我們見到的不是卡休里亞之地，而是激流湧動的憤怒大海，我們的三桅帆船束手無策，被水流帶往未知的目標。很快，飛流濺落的轟鳴聲遠遠傳進了我們的耳朵，眼睛見到前方遙遠的地平線上，駭人的大瀑布激起滔天的水花，這個世界的所有海洋都在此處流進虛無的深淵。留鬍鬚的男人淌下熱淚，對我說：「我們棄絕了美麗的索納－內爾之地，我們將再也不會見到它了。諸神比凡人更偉大，他們已經勝利。」於是我閉上眼睛，等待我知道必將到來的撞擊，遮蔽了在激流邊緣嘲弄地拍打藍色翅膀的天空之鳥的影像。

撞擊的結果是黑暗，我聽見人類和非人之物的尖叫聲。風暴從東方襲來，我蜷伏在從腳下升起的潮濕石板上，寒風吹得我瑟瑟發抖。在聽見另一次撞擊聲後，我睜開眼睛，發現自己置身於燈塔的瞭望臺上，萬古歲月之前，我就從此處起航。底下的黑暗中隱約浮現出一艘撞毀在無情礁石上的船隻的龐然輪廓，等我從殘骸上移開視線，才發現自從我祖父開始守護這座燈塔以來，它第一次熄滅了。

那天夜裡值班的晚些時候，我回到燈塔裡，看見牆上的日曆依然停留在我登船遠航的那一天。破曉後我走下燈塔，去礁石上搜尋那艘船的殘骸，只找到兩件東西：一隻奇異的死鳥，羽毛的顏色猶如青空；一截折斷的桅杆，比浪花頂端或山巔積雪還要白。

此後，大海不再向我吐露它的祕密；儘管滿月又無數次地高懸於天空中，但從南方來的白船再也沒有出現過。

降臨薩爾納思的厄運
The Doom That Came to Sarnath

米納爾之地有個平靜的大湖，既沒有江河流入湖中，也沒有江河流出。一萬年前，偉大城市薩爾納思曾經矗立在湖岸旁，如今已經不復存在。

據說，在這個世界尚年輕的遙遠得無法記憶的年代，薩爾納思人甚至還沒有來到米納爾之地的時候，湖岸旁曾經矗立著另一座城市：灰岩之城伊伯。它和湖泊本身一樣古老，在此居住的生物的模樣並不讓人賞心悅目。這些生物異常怪誕、醜陋，一個世界混沌初開、造物粗糙之時的生物都大抵如此。根據卡達瑟倫磚石圓柱上的記載，伊伯生物的皮膚是慘綠色的，與湖水和湖面上升起的霧氣相同；它們有著鼓出的眼睛、鬆弛而外噘的嘴唇，還有輪廓奇特的耳朵。無法用語言交談。記載還說它們是某個夜晚在濃霧中從月亮上降臨世間的——不但這些生物如此，平靜的大湖和灰岩之城伊伯亦然。這些也許僅僅是傳說，但可以確定的是，它們崇拜一尊海綠色的石雕偶像，這尊偶像被雕成海中巨蜥波克拉格的模樣；每逢凸月的夜晚，它們就會在石像前跳起可怖的舞蹈。根據伊拉奈克的紙莎草文書記載，它們在某一天發現了火，從此就在諸多儀式上點起火焰。有關這些生物的記載為數不多，因為它們生活在非常古老的時代，而人類還很年輕，對非常古老的生物知之甚少。

萬古歲月之後，人類來到了米納爾之地；膚色黝黑的牧人驅趕著羊群而來，他們在蜿蜒流淌的阿伊河上建造了索拉、伊拉奈克和卡達瑟倫。其中一些部落比其他部落更加堅韌不拔，在湖畔土中挖掘出貴重金屬之處，建造了薩爾納思。

居無定所的部落在距離灰城伊伯不遠處放下了薩爾納思的奠基石，見到伊伯的生物，他們感到極為驚詫，這種驚詫中混合著憎惡，因為他們不認為有著如此外貌的生物應該在黃昏時分行走於人類世界的周圍。他們也不喜歡伊伯的灰色巨石頂端的怪異雕像，因為那些雕像非常恐怖，且極其古老。這些生物和雕像為何會逗留世間直到今天，甚至在人類出現之後依然存在，這個問題誰也無法回答；唯一的可能性是米納爾之地遠離清醒世界和夢境世界的其他國度，因此停滯不前。

薩爾納思的居民越看伊伯的生物就越是憎惡它們，首要原因是他們發現這些生物很弱小，身體軟如果凍，無法抵禦石塊、長矛或者弓箭。有一天，包括投石兵、持矛者和弓箭手在內的年輕士兵集合起來攻打伊伯，屠殺了城內所有的「居民」，用長矛把怪誕的屍體推進湖裡，因為誰也不願觸碰那些東西。他們不喜歡伊伯的灰色巨像，於是把它們也投進了湖水；這些巨石必定來自遠方，因為米納爾之地或鄰近區域都找不到類似的東西，想到那些怪物在此事上耗費的巨大勞力，眾人不禁感到驚詫。

就這樣，極其古老的伊伯城市被抹去了所有痕跡，只留下依照巨蜥波克拉格雕刻而成的那尊海綠色石像。年輕的戰士把石像帶回薩爾納思，當作征服舊神和伊伯生物的象徵，也當作統治米納爾之地的標誌。然而，就在石像被放進神廟的那天夜裡，必定發生了某些恐怖的事情，因為隔著湖面都能看見怪異的光芒。到了早晨，人們發現石像已經消失，而大祭司塔倫—伊什倒地身亡，死於某種不可言喻的恐懼。彌留之際，塔倫—伊什在貴橄欖石的祭壇上用顫抖的潦草筆跡刻下了代表滅亡的徽記。

薩爾納思在塔倫—伊什之後有過許多任大祭司，但海綠色石像再也沒有被找到。無數個世紀來來去去，薩爾納思變得極為繁榮，只有祭司和老婦才記得塔倫—伊什在貴橄欖石祭壇上刻下了什麼。薩爾納思和伊拉奈克之間出現了篷車商隊，從土裡掘出來的貴重金屬被用來換取其他金屬、罕見布料、珠寶、書籍、匠人的工具和阿伊河蜿蜒河畔及周邊區域的居民所知的各種奢侈物品。於是薩爾納思逐漸強大，成為知識和美麗的彙聚之地，甚至派遣軍隊征服了鄰近的城市；最後，坐上薩爾納思王座的君主，已能統治整個米納爾之地和與其相鄰的所有地區。

壯麗的薩爾納思是世界的奇蹟和全人類的驕傲。他們從沙漠裡挖出大理石，拋光後壘砌城牆，城牆高三百腕尺（注1），寬七十五腕尺，戰車能在頂端並駕齊驅。城牆全長五百斯達地（注2），只敞開面向湖水的那一側，那裡用綠色的石塊砌成了防波堤，擋住一年一次在慶祝伊伯毀滅的節日之時漲起的奇異潮水。薩爾納思城裡有五十條街道從湖畔通往供篷車商隊出入的城門，又有另外五十條街道與其交錯。街道上鋪著縞瑪瑙，供馬匹、駱駝和大象行走的路面則鋪著花崗岩。薩爾納思的城門與通往湖畔的街道的數量相同，城門均由青銅鑄成，兩旁放置著獅子和大象的雕像，由於年代久遠，使用的石料不再為人所知。薩爾納思的房屋由釉面磚和玉髓修建，每一幢都有帶圍牆的花園和水晶般剔透的池塘。他們用奇異的技法修建房屋，因為其他城市都沒有類似的建築物；來自索拉、伊拉奈克和卡達瑟倫的旅行者見到罩在房屋頂上的輝煌拱頂時總是讚歎不已。

然而更加值得讚歎的是宮殿、神廟和古代帝王佐卡爾興建的花園。薩爾納思的宮殿為數眾多，其中最不起眼的也比索拉、伊拉奈克和卡達瑟倫的所有宮殿都要壯麗。宮殿的穹頂極高，人們置身其中有時會覺得自己就站在天穹之下；但是，當浸泡多瑟爾之油的火炬點亮後，會照亮描繪君王和軍隊的巨幅壁畫，見到如此宏偉景象的人必感到情緒激昂，同時驚訝得目瞪口呆。宮殿裡有著無數的立柱，全都是彩色大理石質地，雕刻得

注 1古代長度單位，等於從中指指尖到肘的前臂長度，約為17至22英吋（43至56公分）。

注 2希臘羅馬長度單位，1斯達地約合607英呎（185公尺）。

美輪美奐。大多數宮殿的地板由綠玉、青金石、纏絲瑪瑙、紅榴石和其他精挑細選的材料鑲嵌而成，見者會覺得自己彷彿走在滿栽罕見花卉的花壇裡。噴泉的池底與之類似，水管用巧妙的技法令人愉快地隱藏起來，噴灑出帶有香味的清水。然而在米納爾及周邊土地統治者的宮殿面前，其他所有的建築物都要相形見絀。王座放置在一對踞伏的黃金雄獅之上，許多級臺階之下是閃閃發亮的地板。王座由一整塊象牙雕刻而成，沒有一個活著的人知道如此巨大的象牙來自何方。那座宮殿裡還有許多陳列室和數個環形鬥獸場，獅子、人類和大象在鬥獸場上廝殺，博取帝王的歡心。有時人們會用粗大的導水管將湖水引入鬥獸場，然後上演激動人心的海戰，或者讓人類下水與致命的海生怪物搏鬥。

薩爾納思有十七座彷彿高塔的神廟，它們高聳入雲、美不勝收，所用的色彩繽紛豔麗石料在其他地方都聞所未聞。最巍峨的神殿足有一千腕尺高，大祭司在此居住，他們的威儀幾乎不亞於帝王。地面一層的廳堂與宮殿裡的廳堂一樣廣闊和壯觀；薩爾納思主神佐—卡拉爾、塔瑪什和洛邦的崇拜者在此匯聚，熏香包裹的聖祠與帝王的寶座一樣尊貴。佐—卡拉爾、塔瑪什和洛邦的神像與其他神祇的神像不同，它們雕刻得栩栩如生，人們甚至肯發誓稱三位留著鬍鬚的優雅神祇就坐在象牙寶座上。閃亮的鋯石臺階一眼望不到盡頭，它們通往塔頂的房間，大祭司白天在那裡俯瞰城市、平原和湖水；夜晚則望著神祕的月亮、意義重大的恒星與行星和它們在湖面的倒影。厭憎海生巨蜥波克拉格的極其祕密和古老的儀式在此處舉行，塔倫—伊什寫下滅亡徽記的貴橄欖石祭壇也置於此地。

古代君王佐卡爾興建的花園同樣引人入勝。花園位於薩爾納思的正中心，佔據了一大片土地，周圍由高牆環繞。巨大的玻璃拱頂籠罩整個花園，天晴時太陽、月亮、恒星和行星的光芒能照進花園，天陰時拱頂上就會懸掛太陽、月亮、恒星和行星的燦爛圖像。夏天，巧妙揮動的扇子會掀起涼爽芬芳的清風；冬天，隱蔽的爐火會送來暖風，因此花園裡四季如春。小溪流淌在閃亮的鵝卵石上，分開綠色的草坪和姹紫嫣紅的花園，不計其數的橋樑橫跨其上。水流的路線上有許多瀑布，荷花綻放的池塘同樣為數不少。白天鵝在溪流和池塘裡戲水，珍稀鳥兒隨著水聲啁啾歡唱。整齊的梯臺林立於蒼翠的河岸上，點綴著爬滿藤蔓、香花盛開的藤架和大理石與斑岩搭成的靠椅和長凳。花園裡還有許多小聖祠和神廟，人們可以在此休息，或向次等神祈禱。

薩爾納思每年都要舉辦慶祝毀滅伊伯的祭典，屆時會有美酒、歡歌、舞蹈和形形色色的歡愉享樂。人們誠摯地向蕩平了古老怪物的勇士的靈魂致敬，舞者和魯特琴手會戴上來自佐卡爾花園的玫瑰花冠，盡情嘲弄有關那些生物及其舊神的記憶。帝王會俯瞰湖面，詛咒沉沒於水底的那些屍骨。起初，大祭司並不喜歡這種慶典，因為海綠色偶像如何消失、塔倫—伊什如何死於恐懼和留下警告的怪異故事仍在他們之間流傳，據說從高塔上偶爾還能看見湖底發出亮光。然而許多歲月風平浪靜地過去了，連大祭司也開始笑罵詛咒，加入慶祝者的狂歡。事實上，在高塔裡時常舉行厭憎海生巨蜥波克拉格的古老祕密儀式的，不正是他們自己嗎？薩爾納思，世界的奇蹟和全人類的驕傲，就這樣在富足和快樂中度過了千年時光。

慶祝伊伯毀滅的千年慶典奢華得超乎想像。米納爾之地從十年前就開始議論此事，隨著這一天的臨近，人們從索拉、伊拉奈克、卡達瑟倫以及米納爾和周圍區域的其他城市乘著馬匹、駱駝和大象紛紛來到薩爾納思。到了約定的那個夜晚，王公在大理石城牆前搭起亭臺，旅行者則支起帳篷，狂歡者的歌聲響徹湖畔。宴會大廳裡，帝王納爾濟斯—赫伊倚靠在寶座上，來自被征服之地潘斯的酒窖的陳年佳釀令他沉醉，歡慶的貴族和忙碌的奴隸簇擁著他。宴席上有無數珍饈美饌：產自中海的納里埃爾群島的孔雀，產自遙遠的因普蘭山丘的羔羊，產自布納其克沙漠的駱駝腳掌，產自塞達瑟里亞叢林的堅果和香料，產自波濤拍岸的米塔爾珍珠溶入索拉產的醋汁。醬汁更是不計其數，由全米納爾各地最優秀的廚師精心烹製，能夠討好每一位食客的獨特口味。然而在所有食物之中，最珍貴的還是從湖裡打來的大魚，每一條都碩大無朋，擺在飾有紅寶石和鑽石的金盤上供人品嘗。

帝王和貴族在宮殿裡縱情享樂，欣賞著金盤裡等待他們品嘗的寶貴大魚，這時其他人也在各處享用宴席。大神廟的高塔頂上，祭司在狂歡；沒有牆壁的亭臺裡，鄰近地區的王公在作樂。首先看見暗影從凸月落向湖水的是大祭司格納伊—卡赫，可憎的綠色瘴氣則從湖面升向月亮，險惡的濃霧隨即籠罩了厄運臨頭的薩爾納思的高塔和拱頂。高塔裡和城牆外的人們很快目睹水面上泛起奇異的光芒，見到離湖岸不遠處高高聳立於水面之上的灰色礁岩亞庫里昂已經幾乎被完全淹沒。不明所以的恐懼蔓延得非常迅速，伊拉奈克和遠方洛科爾的王公立刻收起帳篷、拆卸亭臺，朝著阿伊河跑去，儘管他們並不理解自己為何要離開。

午夜將近之時，薩爾納思所有的青銅城門同時被衝開，癲狂的人群黑壓壓地跑向平原，前來做客的王公和旅行者就是如此驚恐地逃離此處。無法忍耐的恐懼所滋生的瘋狂扭曲了這些人的面容，他們舌頭吐露的字句過於可怕，沒有任何聽者敢於停步驗證。嚇得眼神癡狂的人們大聲尖叫，講述他們在帝王宴會廳裡目睹的景象。隔著窗戶向裡看，見到的不再是納爾濟斯—赫伊及其貴族和奴隸的身影，而是一群無法用語言描述的綠皮怪物，它們不會用語言交談，有著鼓突的眼睛、鬆弛而外噘的嘴唇，還有輪廓奇特的耳朵；這些怪物跳著恐怖的舞蹈，用爪子抓著鑲嵌紅寶石和鑽石的金盤，而金盤裡盛著詭異的火焰。王公和旅行者騎著馬匹、駱駝和大象逃離厄運臨頭的城市薩爾納思，等他們再次望向霧氣瀰漫的湖面時，眼見湖水已經完全淹沒了灰色礁岩亞庫里昂。

逃離薩爾納思的眾人把消息傳遍了整個米納爾之地和相鄰的所有地區，篷車商隊不再前往那座被詛咒的城市，尋求此處出產的貴重金屬。接下來很長一段時間裡，沒有任何旅行者願意前往此處，後來也只有遠方法隆納的那些熱愛冒險的勇敢年輕人敢於踏上這段旅程；這些年輕人黃髮、藍眼，與米納爾人沒有血緣關係。他們確實抵達了那個湖，想親眼看見薩爾納思的風采，但只見到平靜的大湖本身，灰色礁岩亞庫里昂在離湖岸不遠處高高聳立於水面之上，世界的奇蹟和全人類的驕傲卻不見蹤影。三百腕尺高的城牆和更高的塔樓曾經矗立之處，如今只是沼澤般的灘塗泥地，五千萬人類往日的家園，現在只有可憎的綠色水生蜥蜴爬來爬去。就連貴重金屬的礦場也不復存在，因為滅亡確實降臨了薩爾納思。

但人們發現一尊怪異的綠色石像半埋在水草叢中；這尊石像極為古老，上面長滿了海藻，雕成海中巨蜥波克拉格的模樣。這尊石像後來被供奉在伊拉奈克的大神殿裡，每逢凸月之夜，整個米納爾之地都會向它頂禮膜拜。

Celephaïs

塞勒菲斯

庫拉涅斯在一個夢中見到了山谷裡的城市、城市背後的海岸、俯瞰大海的積雪山頂和色彩豔麗的槳帆船，那些船隻駛出海港，朝著海天相接之處的遙遠國度而去。同樣在一個夢中，他得到了庫拉涅斯這個名字，醒來時人們用另一個名字稱呼他。對他來說，在夢中得到一個新名字也許是再自然不過的事情；因為他是他家族的最後一員，獨自生活在倫敦數百萬冷漠的居民之中，因此能夠與他交談、提醒他記住過去身分的人並不多。他已經失去了財產和土地，也不在乎周圍的人們如何生活，更願意做夢和記錄他的夢境。他向別人展示他寫下來的內容，換來的卻只有嘲笑；因此一段時間之後，他不再讓別人閱讀他的文字，最終徹底停止寫作。他越是脫離周圍的世界，他的夢境就越是美妙；企圖在紙上描述它們，本來就只會徒勞無功。庫拉涅斯不夠現代，想法與其他寫作者也不盡相同。後者竭盡全力從生命身上剝去名為神話的錦袍，赤裸裸地展示真實這個骯髒東西的醜陋之處，而庫拉涅斯追求的卻僅僅是美。他發現事實和經驗難以揭示美的存在，於是轉而投向奇想和幻覺，最終在自己的家門口找到了它，它就存在於童年故事和夢境的模糊記憶之中。知道在童年故事和幻想中蘊含著何等奇蹟的人為數甚少；因為我們小時候願意聆聽和做夢，我們思考，但只會得到半成形的念頭；而成年後我們嘗試回憶時，我們的感官已經在生活這劑毒藥之下變得遲鈍和平凡。然而我們有些人會在半夜驚醒，他們見到了奇異的幻覺：令人迷醉的山丘和花園，在陽光下歡唱的噴泉，懸於呢喃海洋之上的金色懸崖，朝著用青銅和石塊建造的沉睡城市延伸的平原，虛幻的英雄隊伍騎著身披華麗馬衣的白馬走在茂密森林的邊緣上；這時我們會知道我們曾經扭頭望向象牙大門內的奇蹟世界，那個世界一度屬於我們，直到我們變得明智和不快樂。

庫拉涅斯忽然見到了童年時他的舊日世界。他常常夢到他出生的那幢宅邸，那幢遍覆常春藤的石砌大宅，他的十三代先祖都在此處居住，他原本希望也能在此了卻殘生。夢中是個芬芳的夏日夜晚，他在月光下偷偷溜出屋子，穿過花園，走下梯臺，經過庭院裡的大橡樹，順著漫長的白色小徑走向村莊。村莊看上去非常古老，邊緣殘缺不全，就像初虧時的月亮，庫拉涅斯很想知道村中小屋的尖屋頂下隱藏的究竟是沉睡還是死亡。街上的高稈草宛如長矛，兩邊的窗戶不是已經破碎就是翳翳瞪視。庫拉涅斯沒有逗留，他像是被某個目標召喚似的向前走去。他不敢違抗這種召喚，因為他害怕事實會證明它僅僅是一個幻象，就像清醒生活中的衝動和渴望，不會指向任何目標。他被牽引著從村莊的街道拐進一條小巷，走向海峽旁的峭壁，他來到了一切終結之處——懸崖和深淵，整個村莊和整個世界陡然落入連回聲都不存在的無盡虛無，連前方的天空都空無一物，崩裂的月亮和窺視的群星也無法將其照亮。信念催促他向前走，邁出懸崖，掉入深淵，他飄飄蕩蕩地向下落去，向下，一直向下；經過黑暗、無形、沒有被夢見的夢境，經過隱約發光的球體——它們也許是部分被夢見的夢境，經過狂笑的有翼怪物——它們似乎在嘲諷所有世界的造夢者。隨後，前方的黑暗中出現了一道裂隙，他見到了山谷中的城市在底下無窮遠處熠熠生輝，城市背後是海洋和天空，海岸不遠處有一座白雪覆頂的山峰。

庫拉涅斯剛見到那座城市就醒了，然而僅憑這短暫的一瞥，他就知道那只可能是塞勒菲斯，坦納里亞山脈另一側歐斯—納爾蓋谷地中的恢宏城市，他的靈魂曾經在此處居住過一段永恆的時光，然而在現實中只是短短的一個小時，那是多年前的一個夏日午後，他從保姆身旁逃跑，在村莊附近的峭壁上望著雲朵，讓溫暖的海風帶他進入夢鄉。

三天後的夜裡，庫拉涅斯再次來到塞勒菲斯。和以前一樣，他首先夢見了那座沉睡或已死亡的村莊，隨後墜入只能無聲無息飄落的深淵；裂隙再次出現，他望見了城市裡閃亮的尖塔，看到了優雅的槳帆船停泊在藍色港灣之中，目睹亞蘭雪峰的銀杏樹隨著海風搖曳。但這次他沒有被陡然拽出夢鄉，而是像有翼生物般漸漸落向綠草茵茵的山坡，直到雙腳輕輕落在草坪上。他確實回到了歐斯—納爾蓋谷地中的恢宏城市塞勒菲斯。

庫拉涅斯在芬芳的青草和鮮豔的花朵之間走下山坡，踏上多年前他曾在此刻下名號的小木橋，越過汩汩流淌的納拉克撒河，穿過颯颯作響的樹林，來到城門口的大石橋前。一切都和從前毫無區別，大理石城牆沒有黯然失色，城牆上拋光的青銅雕像也沒有生銹。庫拉涅斯意識到他不需要擔心，他熟悉的事物未曾離他而去，就連守城的衛兵也依然如故，和他記憶中的一樣年輕。他走進城市，穿過青銅城門，踏上縞瑪瑙人行道，商人和駱駝馭手和他打招呼，就彷彿他從來沒有離開過；納斯—霍薩斯的綠松石聖殿同樣是原先的模樣，頭戴蘭花花冠的祭司告訴他，歐斯—納爾蓋不存在時間，只存在永恆的青春。庫拉涅斯隨後穿過立柱林立的長街，走向面向大海的城牆，商人和水手在那裡聚集，還有來自海天相接之處的奇異之人。他在此處駐足良久，望著燦爛奪目的港灣，海波在不知名的太陽底下閃閃發亮，來自遙遠國度的槳帆船輕快地划過水面。他同樣仰望海岸邊巍然聳立的亞蘭雪峰，它低處的山坡上綠樹搖曳，白色的峰頂觸碰到了天空。

庫拉涅斯前所未有地想登上一艘槳帆船，前往他聽說過許多奇異故事的遙遠國度，他再次去尋找無數年前答應過帶他出海的那位船長。他找到了那個人，後者名叫阿思卜，和以前一樣坐在同一個裝滿香料的箱子上，阿思卜似乎沒有覺察到時光的流逝。兩人划小船登上港灣裡的一艘槳帆船，向槳手發號施令，駛向通向天空、波濤洶湧的瑟倫尼里安海。他們起起伏伏地在海面上航行了數天，最終來到海天相接之處的地平線。槳帆船連一瞬間也沒有停頓，而是輕而易舉地浮上蔚藍的天空，在玫瑰色的蓬鬆雲團之間航行。庫拉涅斯在龍骨之下的極遠處見到了美麗得超凡脫俗的奇異國度、河流和城市，大地在似乎永不減弱、消失的陽光下慵懶地綿延伸展。阿思卜終於開口，旅程即將結束，他們很快將駛入粉色大理石建造的雲霧之城塞拉尼安的海港，這座城市坐落於天際的海岸邊，西風在此處流入天空；但當塞拉尼安那雕刻精美的眾多塔樓中最高的一座剛進入視線，天空中的某處忽然響起某個聲音，庫拉涅斯在倫敦的頂樓居所裡陡然醒來。

接下來的許多個月，庫拉涅斯徒勞地搜尋奇蹟之城塞勒菲斯和能夠飛上天空的槳帆船；儘管夢境帶他去了許多美不勝收、聞所未聞的地方，但他遇到的每一個人都無法告訴他該如何找到坦納里亞山脈另一側的歐斯—納爾蓋。一天夜裡，他飛過黑暗的山脈，見到底下有一些彼此相隔很遠的黯淡而孤獨的篝火，毛髮蓬亂的奇異生物成群結隊，首領身上繫著叮噹作響的鈴鐺；他來到這片山野地帶最荒涼的區域，此處非常偏僻，親眼見過它的人寥寥無幾，他在這裡發現了一道古老得駭人的石砌擋牆或堤道，它沿著山脊和峽谷蜿蜒而行，極其巨大，不可能由人類之手修建而成，無論朝哪個方向看都見不到盡頭。他在灰色的黎明中越過擋牆，面前的這塊土地有著趣致的花園和美麗的櫻桃樹，太陽升起之後，他目睹的景象無比美麗：紅色和白色的花朵、綠色的樹葉和草坪、白色的小徑、鑽石般透亮的小溪、藍色的池塘、雕飾精美的橋樑和紅色屋頂的寶塔，純粹的喜悅淹沒了他，一時間甚至忘記了塞勒菲斯的存在。他順著白色小徑走向一座有著紅色尖頂的寶塔，打算向那片土地的居民詢問該如何去往塞勒菲斯，但他在此處沒有找到任何人類，只見到了鳥兒、蜜蜂和蝴蝶。另一個夜晚，庫拉涅斯爬上沒有盡頭的潮濕螺旋石階，經過塔身的一扇窗戶，俯瞰被滿月照亮的廣闊平原和一條長河；一座沉寂的城市從河畔向遠方鋪展，他覺得他在城市中瞥見了一些似曾相識的特徵或佈局。若不是恐怖的極光從地平線之下的遙遠彼方噴薄而出，他肯定會下去打聽該如何前往歐斯—納爾蓋，因為極光讓他看清了已是廢墟的這座城市有多麼古老，而蘆葦叢生的長河停滯不動，死亡籠罩著這片土地，自從凱納拉索利斯王從征途中歸來、直面諸神的報復之時，死亡就已經盤踞在這片土地上了。

庫拉涅斯就這樣苦苦尋找奇蹟之城塞勒菲斯和能夠飛向天空之城塞拉尼安的槳帆

船，在過程中目睹了無數奇景，有一次險些未能從不可描述的大祭司手中逃脫，大祭司用黃色絲綢面具遮擋容貌，獨自居住在寒漠冷原上的一座史前石砌隱修院裡。他漸漸對令人痛苦的白晝喪失了耐心，開始購買藥物來延長睡眠週期。大麻膏給了他極大的幫助，有一次送他進入了形體不存在的空間領域，發光的氣體在那裡研究存在的奧祕。一團紫色的氣體告訴他，這塊空間領域處於他稱之為無限的事物之外。這團氣體沒有聽說過行星和有機體的存在，只將庫拉涅斯視為來自物質、能量和引力存在的無限領域的一名客人。庫拉涅斯無比渴望回到尖塔林立的塞勒菲斯，於是加大藥量；但很快他便家財散盡，無法繼續購買藥物。夏季的某一天，他被趕出頂樓房間，漫無目標地在街道上遊蕩，茫茫然走過一座橋，來到房屋變得越來越稀疏的地方。就是在這裡，他的願望終於實現，一支騎士的隊伍從塞勒菲斯遠道而來，迎接他永遠前往彼方。

這是一群英武的騎士，他們騎著棗紅色的馬匹，身穿閃亮的鎧甲，披著繡有奇特圖案的金絲披風。他們為數眾多，庫拉涅斯幾乎錯認他們是入侵的軍隊，但他們的首領告訴他，他們來是為了向他表示敬意，因為正是他在夢中創造了歐斯－納爾蓋，而他因此被指定為塞勒菲斯的主神，直到永遠。他們給了庫拉涅斯一匹馬，讓他走在隊伍的最前排，他們威風堂堂地策馬穿過薩里的丘陵，朝著庫拉涅斯及其先祖的出生之地而去。說來讓人難以置信，他們似乎逆著時間疾馳向過去；每次在暮光中經過村莊時，他們見到的往往是喬叟或其祖輩才有可能目睹的房屋或村落，有時甚至會看見帶著小隊扈從的騎士。天色越來越暗，他們跑得越來越快，沒過多久，他們迅疾得彷彿不可思議地在天空中飛翔。在朦朧的黎明時分，他們來到了庫拉涅斯小時候見過的村莊，當時那個村莊生機盎然，後來在他的夢中陷入沉睡或死亡。村莊此時生機盎然，早起的村民向騎手們行禮，隊伍沿著街道嗒嗒奔馳，拐進那條通往夢之深淵的小巷。庫拉涅斯以前只在黑暗中進入過那個深淵，他很想知道它白天會是什麼樣子；於是隨著隊伍接近懸崖邊緣，他急切地向前望去。就在他們跑上通向斷崖的坡道時，一道金光從東方某處射來，用輝煌的幕布遮蔽了所有景象。深淵變成了一團攪動著的玫瑰紅和蔚藍的輝光，不可見的聲音高唱歡欣鼓舞的曲調，騎士隊伍躍出懸崖邊緣，優雅地飄浮下落，經過閃亮的白雲和銀色的光霧。騎手們墜落了無窮遠的距離，馬匹踢騰著乙太，像是馳騁在金色的沙灘上；光輝的霧靄終於分開，更加燦爛的景象出現在眼前，光榮屬於奇蹟之城塞勒菲斯、城市背後的海岸、俯瞰大海的積雪山頂和色彩豔麗的槳帆船，那些船隻駛出海港，朝著海天相接之處的遙遠國度而去。

庫拉涅斯從此統治著歐斯—納爾蓋和相鄰的所有夢境國度，他在塞勒菲斯和雲城塞拉尼安輪流處理政事，直到今天依然在那裡執政，也將永遠快樂地統治那片土地。然而在印斯茅斯的懸崖下，海峽中的波濤卻嘲諷般地戲弄著一具流浪漢的屍體，他在黎明時分踉蹌穿過半荒棄的村莊；海浪不斷把它拋上常春藤覆蓋的特雷弗塔附近的礁石，一個極其肥胖、格外無禮的釀酒富豪正在那裡享受買下絕嗣貴族產業的樂趣。

The Quest of Iranon
伊拉農的探求
SEA
THRAN
HLANITH
RIVER ZURO
LHOSK
CELEPHAÏS
RIVER OUKRANOS
KARTHIAN HILLS
MT. SIDRAK
NIR
ULTHAR
TELOTH
CARCASSONNE
HATHEG
SARRUB
DYLATH-LEEN
CITY

頭戴藤蔓花冠的年輕人漫無目標地走進花崗岩之城泰洛斯，他黃色的頭髮閃著沒藥的光彩，紫色長袍在越過橫亙於古老石橋前的希德拉克山脈時被荊棘勾得七零八落。泰洛斯的居民膚色黝黑，生性嚴苛，居住在方正的房屋裡，他們皺著眉頭盤問陌生人，想知道他來自何方、叫什麼名字和為何來到此處。年輕人如此回答：

「我叫伊拉農，來自阿伊拉，我對那座遙遠的城市只有模糊的印象，但我四處尋覓，只想重新找到它。我是一名歌手，在那座遙遠的城市裡學到了我演唱的歌謠，我的使命是用童年的記憶製造美感。我的財產是微不足道的記憶和夢境，希望能在月色溫柔、西風吹拂睡蓮花蕾時在花園裡歌唱。」

泰洛斯的居民聽他說完，壓低聲音交頭接耳；儘管這座花崗岩之城裡不存在歡笑和歌曲，但這些嚴苛的居民偶爾也會在春天望向卡爾西恩山丘，想像旅行者講述的遠方奧奈依之地的魯特琴。想到這裡，他們邀請陌生人留下，在米林之塔前的廣場上演唱，不過他們不喜歡他破爛長袍的顏色、抹在他頭髮上的沒藥、他用藤蔓編成的花冠和他洪亮聲音中的青春活力。傍晚時分，伊拉農開始唱歌，聽見他的歌聲，一位老人不禁祈禱，一名盲人說他見到歌手的頭上有光環。但泰洛斯的大多數居民只是打個哈欠，有人放聲大笑，有人回家睡覺；因為伊拉農歌唱的僅僅是他的回憶、他的夢境和他的渴望，沒有吐露任何有用的消息。

「我記得暮靄、月亮和悅耳的歌聲，記得有人在窗口哄我睡覺。金色的燈光從窗外的街道上照進窗戶，影子在大理石的房屋上跳舞。我記得一方月光落在地上，月光和其他的光線都不一樣，我母親對我唱搖籃曲時，種種幻象在月光中舞動。我還記得夏日晨間的明媚陽光照在色彩斑斕的山丘上，吹得樹木歌唱的南風帶來甜美的花香。

「噢，阿伊拉，大理石與綠柱石之城，你的美景數不勝數！我多麼熱愛澄澈的尼斯拉河兩岸的芬芳溫暖樹林，流過蒼翠山谷的克拉小河上的諸多瀑布！孩子們在那樹林和那山谷裡為彼此編織花環，黃昏時分我躺在山上的亞斯樹下，望著底下城市的燈火，蜿蜒的尼斯拉河猶如一條玉帶，反射點點星光，而我沉沉睡去，進入奇異的夢鄉。

「城市裡的宮殿由帶花紋的彩色大理石建造而成，有著金色的拱頂和滿牆的壁畫，翠綠的花園裡有著蔚藍色的池塘和水晶般的噴泉。我經常走進花園嬉戲，在池塘裡蹚水，躺在樹下的淺彩花叢中做夢。偶爾在日落時分，我會沿著山坡上的漫長道路走向城堡和開闊的空間，俯視腳下的阿伊拉，大理石與綠柱石的魔法之城，在金色火焰的袍服中壯麗奪目。

「我離開你的時間已經太久，阿伊拉，我們被流放時我還年幼；我父親曾經是那裡的國王，因此我必定還會投入你的懷抱，因為這是命運的安排。我踏遍七大洲尋覓你的身影，有朝一日我會統治你的樹林和花園、街道和宮殿，聽我吟唱的人會懂得我的歌，不會嘲笑或轉身離去。因為我是伊拉農，我在阿伊拉是一名王子。」

那天夜裡，泰洛斯的人們允許陌生人在馬廄裡休息。第二天上午，一名執政官來找他，說他必須去皮匠阿索克的店鋪當學徒。

「但我是伊拉農，歌曲的吟唱者，」他說，「對皮匠這門手藝沒有興趣。」

「泰洛斯的所有居民都必須勞作，」執政官答道，「這是法律規定的。」

伊拉農答道：「你們為何勞作？難道不是為了生活和追求快樂？假如勞作只是為了更多的勞作，快樂什麼時候才能找到你們？你們為了生活而勞作，但構成生活的難道不是美和音樂？假如你們當中甚至找不到一個歌手，那麼勞作的收穫又在哪裡呢？沒有音樂的勞作就像沒有終點的疲憊旅程。死亡難道不是反而更加愉快嗎？」

但執政官並不理會他的辯解，陰沉著臉斥責陌生人。「你這個年輕人真是奇怪，我既不喜歡你的形象，也不喜歡你的聲音。你說的話褻瀆神聖，因為泰洛斯的諸神說過勞作是好的。我們的諸神曾經承諾，我們死後會進入光明的安息之地，我們在那裡可以享受永恆的休憩，那裡只存在清澈和冰冷，沒有任何思想能磨損意識，也沒有任何美會折磨眼睛。現在你或者立刻去找皮匠阿索克，或者就在日落前離開這座城市。所有人都必須勞動，唱歌純屬浪費力氣。」

於是伊拉農離開馬廄，走上狹窄的石板街道，身旁只有陰鬱的花崗岩方正房屋。他想在春季的輕風中找到一絲綠色，然而泰洛斯完全由石塊建成，找不到任何植物。每一個人都皺著眉頭，包括在緩緩流淌的祖羅河的石砌堤岸上坐著的那個小男孩，他悲哀的眼睛望著河水，尋覓初融雪水從山丘那裡帶來的萌芽綠枝。

男孩對他說：「你莫非就是執政官議論的那個人，正在苦苦尋找美麗土地上的美麗城市？我是羅姆諾德，出生就帶著泰洛斯的血脈，但並不習慣這座花崗岩城市的生活方式，日復一日渴望見到溫暖的樹林和擁有美和音樂的遙遠國度。翻過卡爾西恩山脈就是奧奈依——魯特琴和舞蹈之城，人們的傳聞都公認它既可愛又恐怖。我本打算等長大到能找到去路後，就前往那個地方，而你正應該去那裡，讓當地的居民聽你唱歌。咱們離開泰洛斯城吧，一同穿過春季的山川。你可以教我旅行的訣竅，而晚星一顆接一顆現身、將夢境帶給造夢者的頭腦時，我將聆聽你的歌聲。另外，魯特琴和舞蹈之城奧奈依說不定就是你苦苦尋找的美麗之地阿伊拉呢，因為據說你離開阿伊拉已經很久，而名稱常常會有變化。咱們去奧奈依吧，金色頭髮的伊拉農，那裡的居民會瞭解我們的渴望，像對待兄弟一般歡迎我們，永遠不會嘲笑或鄙夷我們的話語。」

伊拉農答道：「正合我意，我的孩子；假如這座石砌城市裡有人渴望美，他必須翻過群山去尋找，而我不會撇下你，讓你在遲緩的祖羅河畔望眼欲穿。但你不要以為歡愉和理解就在卡爾西恩山脈的另一頭，或者在一天、一年甚至五年旅行就能抵達的任何地方。要記住，小時候我和你一樣，住在冰冷的澤拉河畔的納爾索斯山谷裡，沒有人願意聽我講述我的夢境；我對自己說，等我長大了就去南方山坡上的辛納拉，在集市上對著微笑的騎駝商人唱歌。然而等我來到辛納拉，卻發現騎駝商人全都是下流的醉鬼，他們的歌與我的歌不是一回事，於是我搭乘駁船沿澤拉河而下，前往縞瑪瑙城牆的嘉倫。嘉倫的士兵嘲笑我，把我趕出城門，就這樣我流浪走遍了許多城市。我見過大瀑布下的斯泰瑟羅斯，注視過曾經矗立著薩爾納思的大沼澤。我去過蜿蜒流淌的阿伊河上的索拉、伊拉奈克和卡達瑟倫，在洛瑪之地的奧拉索爾城住過很久。儘管偶爾也有聽眾願意聽我唱歌，但數量從來都不多，我知道我只有在阿伊拉才會得到歡迎，我的父親一度以國王身分統治過那座大理石與綠柱石之城。因此咱們要尋找的是阿伊拉，不過翻越卡爾西恩山脈，去魯特琴賜福的遙遠城市奧奈依看看也沒什麼不好，它說不定就是阿伊拉，儘管我並不這麼認為。阿伊拉的美麗超乎想像，描述它的人都會陷入狂喜，而駱駝馭手卻只會色瞇瞇地悄聲談論奧奈依。」

日落時分，伊拉農和小羅姆諾德從泰洛斯出發，他們在綠色山丘和涼爽森林裡迷失了很久。道路崎嶇不平、難以看清，他們似乎無法接近魯特琴和舞蹈之城奧奈依；但黃昏時分，繁星開始出現在天空中，伊拉農就會歌唱阿伊拉和它的無數美景，羅姆諾德在一旁聆聽，從某種程度上說，他們都很快樂。他們吃了無數水果和紅莓，對時間的流逝毫不在意，許多年肯定就這麼悄然過去了。小羅姆諾德不再是個孩子，聲音從尖細變得低沉，伊拉農還是原來的樣子，依然用他在樹林裡找到的藤蔓和芬芳樹脂修飾他的金髮。到了某一天，羅姆諾德看上去竟然比伊拉農更加老了，儘管伊拉農在泰洛斯那石砌堤岸、流淌遲緩的祖羅河畔見到他留神尋找萌芽綠枝時，他還僅僅是個孩子。

一個滿月的夜晚，兩名旅行者終於爬上山頂，低頭望去，見到了奧奈依的萬家燈火。農夫告訴他們說城市已經不遠，而伊拉農知道這裡不是他的故鄉阿伊拉。奧奈依的燈火與阿伊拉的全然不同，它們刺眼而耀眼，而阿伊拉的燈火柔和而有魔力，就像伊拉農的母親唱著搖籃曲哄他睡覺時落在床邊地板上的月光。但奧奈依畢竟是魯特琴與舞蹈之城，伊拉農和羅姆諾德於是走下陡峭的山坡，希望能遇到會在歌曲和夢境中得到快樂的人們。他們走進城市，見到戴著玫瑰花冠的狂歡者往來於屋舍之間，從窗口和陽臺探出身子，他們聽伊拉農唱歌，向他投擲鮮花，唱完後鼓掌喝彩。伊拉農一時間以為他找到了所想所感與他相似的同類，儘管這座城市的美麗還不到阿伊拉的百分之一。

待到黎明時分，伊拉農卻沮喪地環顧四周，因為奧奈依的拱頂在陽光下不會綻放金光，而是淒涼的灰色。奧奈依的居民因為狂歡而臉色蒼白，因為酗酒而神情茫然，與阿伊拉那容光煥發的居民毫無相似之處。但由於這些人向他投擲鮮花，為他的歌曲鼓掌，伊拉農還是決定留下。羅姆諾德也一樣，他喜愛這座城市的歡宴，把玫瑰和桃金娘花插在黑髮上。伊拉農常常在晚上對狂歡者唱歌，他的打扮和以前一樣，只戴山間藤蔓編成的花冠，心中想著阿伊拉的大理石街道和澄澈的尼斯拉河。他在帝王那飾有壁畫的廳堂裡唱歌，腳下的水晶臺座矗立在鋪滿鏡子的地面上，在他的歌聲中，聽眾漸漸覺得地板倒映出的是某些古老、美麗、半真實半記憶的景象，而不是喝得臉色通紅、向他投擲玫瑰花的歡宴賓客。帝王命令他脫掉襤褸的紫袍，讓他穿上綢緞和金線的華服，住進掛著繡帷的房間，睡在芬芳的雕花木床上，床還配有華蓋和繡花的絲綢床單。伊拉農就這樣在魯特琴和舞蹈之城奧奈依住了下來。

伊拉農不知在奧奈依逗留了多久，後來帝王從利拉尼安沙漠請來了會劇烈旋轉的舞者，從東方的德里嫩請來了皮膚黝黑的魯特琴手，從此狂歡者向伊拉農投擲的玫瑰花就不如向舞者和魯特琴手的那麼多了。日子一天天過去，花崗岩城市泰洛斯的孩子羅姆諾德變得越來越粗俗，喝得臉色越來越紅，他越來越少做夢，從伊拉農的歌曲中得到的快樂也越來越少。伊拉農儘管非常悲傷，但他無法停止歌唱，無法停止在晚上講述他夢中的大理石與綠柱石之城阿伊拉。一天夜裡，臉色通紅、身體發胖的羅姆諾德身穿繡著罌粟花的絲綢袍服，躺在宴會廳的躺椅上，他重重地噴著鼻息，扭動著死去了；而伊拉農依然白皙和苗條，正在遠離眾人的角落裡對自己唱歌。伊拉農在羅姆諾德的墓前流淚，把羅姆諾德曾經喜愛的萌芽綠枝撒在墓上，他脫掉絲綢的衣服，摘下庸俗的首飾，穿上他來時穿的襤褸紫袍，戴著山裡新鮮藤蔓編成的花冠，離開魯特琴與舞蹈之城奧奈依，把它拋在腦後。

伊拉農躑躅走向夕陽，依然在尋找他的故鄉，尋找能夠理解和珍視他的歌曲和夢境的同胞。在塞達斯里亞的所有城市，在布納齊克沙漠另一側的所有國度，快樂的孩童嘲笑他過時的歌曲和襤褸的紫袍；但伊拉農永遠那麼年輕，頭戴藤蔓花冠，唱誦阿伊拉，歌唱往昔的喜悅和未來的希望。

就這樣，一天夜裡，他來到了一名年邁牧羊人的骯髒小屋，牧羊人彎腰駝背，渾身汙穢，他在流沙沼澤旁的多石山坡上牧養瘦弱的羊群。就像對許多其他人一樣，伊拉農對老人說：「您能告訴我嗎，我該去哪裡尋找大理石和綠柱石之城阿伊拉，那裡有澄澈的尼斯拉河和克拉小河的瀑布在那蒼翠的山谷和長滿亞斯樹的丘陵間歡唱？」

牧羊人聽著他的話，長時間奇怪地審視伊拉農，像是在回想非常遙遠的往事，他打量陌生人臉上的所有線條、他金色的頭髮和他用藤蔓編成的花冠。然而他已經老了，他頹然搖頭，答道：「噢，陌生人，我確實聽說過阿伊拉這個名字，也聽說過你提到的其他地名，但它們來自漫長歲月之前的久遠往昔。我小時候從一名玩伴的嘴裡聽到過這些名稱，他是個乞丐的孩子，天生會做怪異的夢，喜愛編造有關月亮、鮮花和西風的長篇故事。我們經常嘲笑他，因為我們從他生下來就認識他，他以為自己是國王的兒子。他相貌英俊，甚至比得上你，但腦袋裡只有愚蠢和古怪的念頭；他小時候就離家出走了，去尋找願意愉快地聽他唱歌和講述夢境的同伴。他多麼喜歡唱歌給我聽啊，歌裡全是從來不存在的國度和不可能成真的事情！他確實常常提起阿伊拉；阿伊拉、名叫尼斯拉的河和克拉小河上的瀑布。他總說他曾在那裡居住，是一名王子，但我們從他生下來就認識他。世上從不存在阿伊拉這座大理石城市，也沒有人能從那些古怪的歌曲中找到快樂，除了在我童年玩伴伊拉農的夢裡，而他早已離去。」

暮靄之中，晚星一顆接一顆現身，月亮把光線投射在沼澤上，孩子在母親的搖籃曲中入睡時，他見到的也正是這樣的月光；極老的男人慢慢走進致命的流沙，他身穿襤褸的紫袍，頭戴枯萎的藤蔓花冠，眼睛望著前方，彷彿見到了美麗城市的金色拱頂，那裡住著懂得他夢境的同胞。那天夜裡，某些年輕和美好之物在這個衰老的世界上消亡了。

The Other Gods

蕃神

地球諸神居住在世間最高的山峰上，禁止見過他們的人講述他們的樣子。他們曾經居住在較低的山峰上，但隨著平原上的凡人登上只有岩石和積雪的山坡，諸神只能遷往越來越高的山峰，而現在只剩下最高的這一座了。諸神離開曾經居住過的山峰時，會抹去他們留下的所有痕跡；據說只有一處例外，他們在名叫恩格蘭奈克的山峰上刻下了自己的面容。

現在沒有更高的山峰能夠供他們躲避人類的逼近了，於是諸神共同前往寒冷荒漠上人類從未涉足過的未知之地卡達斯，性情也變得酷烈。他們曾經允許人類取代他們的位置，但現在諸神變得暴虐，禁止人類前往他們的棲身之處，若是來了則禁止離開。人類最好對寒冷荒漠中的卡達斯一無所知，否則肯定會不知好歹地苦苦探究。

有時當地球諸神思念家鄉，就會在寂靜的深夜中造訪他們曾經居住的山峰，試著像以前那樣在記憶中的山坡上嬉戲，黯然飲泣。人類會在白雪積頂的蘇萊山上感覺到諸神的淚水，但他們以為那僅僅是雨水；也會在勒里安山上的哀傷晨風中聽見諸神的歎息。諸神常常乘著雲船旅行，睿智的農夫通曉傳說，不會在夜間多雲時靠近某些高峰，因為諸神已經不像古時那樣寬容仁慈了。

斯凱河對岸的烏撒曾經住著一位老人，他渴望目睹地球諸神的模樣；他潛心研究過《玄君七章祕經》，熟悉來自遙遠冰封之地洛瑪的《納克特抄本》。人們叫他智者巴爾塞，村民會向你講述他如何在奇異的月食之夜登上一座山峰。

巴爾塞知道許多諸神之事，甚至能預言他們的來去，他推測出了諸神的許多祕密，他甚至自封為一名半神。正是在他明智的建議之下，烏撒的議員才會通過嚴禁殺貓的法律；也正是他第一個告訴年輕的祭司阿塔爾，黑貓在仲夏節前夕的午夜會集體前往何方。巴爾塞精通有關地球諸神的全部知識，親眼看見他們面容的願望油然而生。他深信他對諸神的隱祕知識的瞭解，能保護他不受諸神之怒的傷害，他的信念無比堅定，因而在知道諸神必定會出現在哈瑟格—克拉峰頂的夜晚，他登上了這座巍峨的岩石山峰。

哈瑟格—克拉得名於哈瑟格之地，位於哈瑟格以外的多石荒漠深處，它默然聳立，就像寂靜神廟中的一尊石雕。濃霧永遠哀傷地圍繞著峰頂，因為濃霧就是諸神的記憶，而諸神在久遠往昔居住在哈瑟格—克拉時熱愛這個地方。地球諸神經常乘坐雲船造訪哈瑟格—克拉，將白色的霧氣鋪滿山坡，藉著明亮的月光，在峰頂跳起懷舊的舞蹈。哈瑟格的村民說，無論什麼時候攀登哈瑟格—克拉都不是好事，尤其是夜裡在白色霧氣遮蔽峰頂和月光時，攀登會送命；但巴爾塞對此置若罔聞，他從相鄰的烏撒來到這裡，帶著他的弟子，年輕的祭司阿塔爾。阿塔爾僅僅是一位客棧老闆的兒子，有時還會感到害怕；但巴爾塞的父親曾是一位伯爵，居住在古老的城堡裡，因此他的血液裡沒有普通人的迷信，聽了惶恐農夫的話只是放聲大笑。

巴爾塞和阿塔爾不顧農夫的懇求，離開哈瑟格走進多石的荒漠，夜裡在篝火旁議論地球的諸神。他們行走了許多天，終於遠遠地見到了高聳的哈瑟格—克拉和圍繞峰頂的哀傷雲霧。他們在第十三天抵達了山峰的荒涼腳下，阿塔爾講述他感到的恐懼，但巴爾塞年長而博學，心中沒有恐懼，他勇敢地走在前面，爬上自從參蘇之後就沒有人類涉足過的山坡，古老的《納克特抄本》的作者懷著恐懼在書中提到過參蘇的事蹟。

山路崎嶇不平，岩隙、斷崖和落石帶來了無數危險。氣候漸漸變得寒冷，腳下的積雪也多了起來；巴爾塞和阿塔爾屢次滑倒，他們用斧頭開路，撐著手杖，艱難地爬向高處。最終空氣變得稀薄，天空改變顏色，兩位登山者發現難以呼吸；但他們依然竭盡全力攀登，驚詫地欣賞奇異的景色，每次想到月光普照、白色霧氣籠罩峰頂時會發生什麼，他們就激動得戰慄。他們朝著世界屋脊爬了三天，爬得越來越高、越來越高；而後他們紮營休息，等待霧氣遮蔽月亮的時辰。

接下來的四個夜晚，天上沒有一絲雲，月光冰冷地穿過沉寂峰頂周圍的哀傷霧氣。第五天是滿月之夜，巴爾塞遠遠地看見北方飄來了厚不透光的雲團，他和阿塔爾不再睡覺，而是望著雲團漸漸接近。它們濃密而威嚴，緩慢而從容地飄向前方；在高於兩名觀望者之處圍住山峰，擋住了月亮和峰頂。兩名觀望者目不轉睛地看了一個小時，霧氣嫋嫋盤旋，雲障變得越來越厚、越來越不平靜。巴爾塞熟悉地球諸神的各種知識，他側耳細聽，等待某些聲音，但阿塔爾感覺到了霧氣的寒意和夜晚的可怖，他愈加害怕了。巴爾塞向高處爬去，急切地向阿塔爾揮手，阿塔爾過了很久才跟上他的腳步。

霧氣極為濃重，他們走得非常艱難，儘管阿塔爾最終還是跟了上去，但他在被遮蔽的月光下幾乎看不見巴爾塞在朦朧山坡上的灰色身影。巴爾塞把阿塔爾甩得很遠，儘管年事已高，但他似乎爬得更加輕鬆；他不畏懼已經變得過於陡峭、只有最強壯和無畏的人才有可能攀登的地形，也沒有在阿塔爾幾乎不敢躍過的黑色寬闊地縫前止步。他們就這樣瘋狂地越過山岩和溝壑，腳下打滑，磕磕絆絆，面對淒涼的冰封山巔和無聲的花崗岩峭壁，兩人時常因為它們的廣闊和可怖的死寂而感到敬畏和害怕。

忽然，巴爾塞從阿塔爾的視線中消失了，他正在攀登一段駭人的岩壁，這段岩壁向外突出，擋住了沒有得到地球諸神啟示的所有攀爬者。阿塔爾在下方很遠處，正在思索等他爬到那個地方該怎麼做，這時突然驚詫地注意到光線變亮了，彷彿沒有雲霧的峰頂和月光照耀下的諸神集會之處已經近在咫尺。他手腳並用，爬向突出的岩壁和變亮的天空，他感覺到前所未有的強烈恐懼。他聽見巴爾塞在欣喜中狂熱地大叫，聲音從視野之外傳來：

「我聽見諸神的聲音了！我聽見地球諸神在哈瑟格—克拉山上狂歡的歌聲了！地球諸神的聲音為先知巴爾塞所知了！霧氣稀薄，月光明亮，我將看見諸神在他們年輕時喜愛的哈瑟格—克拉峰頂狂舞！巴爾塞的智慧使得他比地球諸神更加偉大，他們的魔法和障礙無法抵禦他的意志；巴爾塞將見到諸神，驕傲的諸神，隱祕的諸神，拒絕凡人視線的地球諸神！」

阿塔爾聽不見巴爾塞聽見的任何聲音，但他離突出的岩壁很近了，正在搜尋可供踏腳借力之處。這時他聽見巴爾塞的聲音變得尖細和響亮：

「霧氣已經非常稀薄，月光在山坡投下暗影；地球諸神的聲音高亢而狂野，他們畏懼智者巴爾塞的到來，他比他們更加偉大……月光在閃爍，地球諸神的舞蹈擋住了月光；我將看見諸神在月光中跳舞和叫喊的身影……月光開始黯淡，諸神害怕……」

巴爾塞叫喊這些話的時候，阿塔爾感覺到空氣中出現了詭異的變化，彷彿地球的法則在向更偉大的法則屈服；儘管峭壁還是和先前一樣陡峭，向上攀爬卻變得容易得令人害怕，他來到突出的岩壁前，心驚膽戰但輕而易舉地翻了過去，外凸的表面幾乎沒有構成任何障礙。月光奇異地變得昏暗，阿塔爾穿過霧氣向上疾馳，聽見智者巴爾塞在暗影中尖叫：

「月光已經黯淡，諸神在夜色下跳舞；天空中有恐怖之物，月盤遭受侵蝕，人類或地球諸神的典籍裡都沒有預言過……哈瑟格—克拉存在未知的魔法。因為驚恐，諸神的尖叫變成了狂笑，冰封的山坡無盡地投向黑暗的天空，而我正在疾墜而上……啊！啊！終於！在微弱的光線中，我目睹了地球諸神！」

阿塔爾頭暈目眩地沿著不可思議的陡峭山坡疾馳而上，他聽見黑暗中傳來可憎的笑聲，夾雜其中的慘叫只有在不能描述的噩夢中的地獄火河裡才有可能聽到；飽受折磨的一生所蘊含的所有恐怖和痛苦被塞進了一個無比殘忍的瞬間：

「藩神！藩神！外部地獄的諸神在保護虛弱的地球諸神！……轉開視線！……快回去！……千萬別看！……千萬別看！……無盡深淵的報復……受

「詛咒的可憎深淵……慈悲的地球諸神啊，我在墜入天空！」

於是阿塔爾閉上眼睛，捂住耳朵，不顧未知高處的恐怖吸力，企圖跳向下方，哈瑟格－克拉峰頂回蕩著可怕的雷聲，驚醒了平原上的好心農夫和哈瑟格、尼爾及烏撒的善良鎮民，他們因而在朦朧雲霧中窺見了沒有任何典籍預言過的奇異月食。等月亮再次露出真容，阿塔爾已經平安地躺在山峰低處的積雪中了，他沒有見到地球諸神，也沒有見到外部諸神。根據古老的《納克特抄本》的記載，參蘇在地球尚年輕時登上哈瑟格－克拉峰頂時，只見到了沉默的冰雪和岩石。然而等到天亮後，當烏撒、尼爾和哈瑟格的居民克服恐懼，爬上詭譎的山坡，搜尋智者巴爾塞的身影時，他們卻在山頂裸露的岩石上發現了一個寬達五十腕尺的怪異龐大印記，印記像是用巨大的鑿子刻在岩石上的。學者在《納克特抄本》古老得難以讀懂的可怖章節中也曾分辨出相似的符號，而這就是他們發現的東西。

人們再也沒有找到過智者巴爾塞，也無法說服神聖祭司阿塔爾為了他靈魂的安息而祈禱。更有甚者，時至今日，烏撒、尼爾和哈瑟格的居民依然害怕月食，每逢蒼白霧氣遮住峰頂和月亮的夜晚，他們就會祈禱。地球諸神有時依然會在哈瑟格－克拉的雲霧中跳著懷念的舞蹈；因為他們知道自己是安全的，喜歡從未知之地卡達斯乘雲船來到這裡，像以前那樣嬉戲，就像地球初生、人類尚無力攀登遙不可及之處時那樣。

永恆湮滅

Ex Oblivione

隨著最後的日子臨近，生存的醜陋瑣事漸漸迫使我陷入瘋狂，彷彿拷問者把小水滴不斷滴在受刑者身上的同一個位置上，因此我熱愛睡眠——這座光輝的避難所。我在夢中能找到一丁點現實中徒勞尋找的美，我漫步穿過古老的花園和魅惑的樹林。

有一次，輕柔而芬芳的風將南方的呼喚帶進我耳中，我在陌生的群星下開始了消沉的無盡航行。

有一次，我在細雨中乘駁船沿不見天日的地底河流航行，最終來到紫色暮光籠罩的另一個世界，這裡有著色彩繽紛的藤架和永不凋謝的玫瑰。

還有一次，我走過通往影影綽綽的樹林和廢墟的金色山谷，來到一面高牆前，古老的藤蔓將高牆變成綠色，牆上開著一扇青銅的小門。

我無數次穿過那條山谷，越來越久地在幽魂般的微光中駐足，巨樹怪誕地蜿蜒扭曲，樹木間是潮濕的灰色地面，時而能見到遍覆青苔的石塊，那些石塊屬於被掩埋的神廟。幻象的終點永遠是藤蔓橫生的高牆和那扇青銅的小門。

過了一段時間，清醒的日子因為缺乏色彩和一成不變而變得越來越不堪忍受，我經常在藥物帶來的安寧中穿過山谷和暗影舞動的樹林，思考我該如何抓住幻象，把它們變成我永久的住所，這樣我就不必返回缺乏趣味和新鮮色彩的乏味世界了。我望著高牆上的小門，感覺到門裡隱藏著一個夢境國度，我一旦進入就再也無法歸來。

於是每晚我都在睡眠中苦苦尋找被隱藏起來的鎖銷，去打開藤蔓覆蓋的古老高牆的青銅小門，然而鎖銷隱藏得極為良好。而我願意告訴自己，高牆裡的國度不僅更加恒久，而且更加美妙和絢爛。

一天夜裡，我在夢境城市札卡里翁找到了一份泛黃的莎草紙，上面寫滿了夢境賢者的哲思，很久以前他們曾在這座城市居住，這些人過於睿智，無法在清醒世界出生。莎草紙上記載著許多與夢境世界相關的事情，其中就有金色山谷和神廟樹林的傳說，還提到了一面高牆上的青銅小門。我看見這段文字，知道它說的正是我無法忘卻的那些景象，於是我花了很長時間研究泛黃的莎草紙。

有幾位夢境賢者用生花妙筆描述了我無法逾越的青銅小門裡的奇景，也有幾位記錄了恐怖和失望。我不知道我該相信哪一方，但越來越渴望永遠進入那片未知的土地；懷疑和祕密正是魅惑的力量所在，而沒有任何恐怖事物能比平凡生活日復一日的折磨更加可怕。因此，當我知道該如何配置能夠打開那扇門並讓我穿過它的藥物後，就決定要在下次清醒時服下它了。

昨天夜裡，我吞下藥物，精神恍惚地飄進金色山谷，穿過影影綽綽的樹林；這次我來到古老的高牆前，見到青銅小門開了一條縫。光芒從門縫中射出來，奇異地照亮了扭曲的巨樹和埋沒神廟的頂端，我在歡歌中飄向前方，期待目睹我將一去不返的那片土地的光輝。

門扉完全打開，藥物和夢境的魔力推動我穿過小門，我知道所有景象和榮光都迎來了終結；因為這個新的國度沒有陸地或海洋，只有無人居住、不存在界限的白色虛無空間。因此，我比我敢於期待的還要快樂，我重新融入那宇宙本質水晶般的無窮湮滅，所謂「我」這個惡魔般的牛命僅僅脫離他存在了短暫而荒蕪的一個瞬間。

綠色草原

The Green Meadow

與威尼弗雷德·V.傑克遜合著

導言

以下這篇非常奇特的敘述或經歷筆錄發現於極為特殊的情況之下，其過程本身就值得詳加介紹。一九一三年8月27日星期三，晨間8時30分，震耳的炸響和炫目的閃光驚擾了美國緬因州濱海小鎮波托旺克特的居民；當時靠近海邊的人們目睹了一個巨大火球從天空墜入離岸不遠的大海，濺起了高得難以置信的水柱。星期日，由約翰．里奇蒙、彼得．B．卡爾和西蒙．坎菲爾德組成的捕魚隊的拖網網住了一大塊含金屬的岩石並將它帶回岸上，這塊岩石重三百六十磅，按照坎菲爾德先生所說，看上去像一塊爐渣。大多數居民贊同這塊沉重的岩石正是四天前從天而降的火球；里奇蒙．M．鐘斯博士，當地的科學權威，認為它必定是一塊隕鐵或隕石。鐘斯博士在切削樣品送往波士頓請專家檢驗時，發現有一本奇異的小冊子嵌在半金屬質的岩石之中，小冊子如今依然在博士手上，記錄的正是接下來的這個故事。

就外觀而言，這個發現物很像一本普通的記事簿，長約5英吋，寬約3英吋，共三十頁。然而材質方面卻呈現出了奇異的特性。它的封面是地質學家無從分辨的某種深色岩石物質，用任何機械手段都無法破壞。化學試劑似乎也對它毫無作用。內頁與封面大體相似，只是顏色較淺，薄得近乎不存在厚度，可以任意折疊。整個冊子通過某些手段裝訂起來，但研究者難以說清其具體過程，只知道其中牽涉到將內頁材質與封面材質粘合在一起。兩種物質現在完全無法分離，無論使用多大的力量都不能撕開內頁。文字是純粹古典式的希臘語，多位古文字學研究者認為字母是西元二世紀前後通用的一種連寫草書體。文本本身難以確定年代。書寫方法無法推定，只能看出它類似於現代的書寫板和鐵筆。在已故哈佛教授錢伯斯的分析過程中，部分內頁——尤其是臨近敘述結尾時的那些——在被閱讀前就開始變得模糊，乃至於完全消失；如此情況構成了可謂無法彌補的損失。其餘的內容由古文字學家盧瑟福轉寫成現代希臘語，提交給兩名譯者。

麻塞諸塞州理工學院的梅菲爾德教授在檢驗怪異岩石的樣本後宣布它完全是一顆隕星；海德堡的馮溫特費爾德博士（於一九一八年被當作危險敵僑拘捕）並不贊同。哥倫比亞大學的布萊德利教授的看法則沒那麼教條主義，他指出岩石中含有大量未知成分，目前尚不可能對其明確分類。

這本奇異小冊子的存在、性質和內容都構成了無比巨大的難題，研究者甚至無法嘗試解釋。我們盡可能在語言允許的範圍內逐字逐句將其翻譯如下，希望最終有某位讀者能夠提出解釋，破解近年來這一最大的科學謎團。

原文如下，由伊莉莎白．內維爾．伯克利和小路易士．西奧博爾德翻譯。

這是個狹小的地方，我單獨一人。一側，在搖曳的青翠草地外，是大海；湛藍、清澈、波濤洶湧，濺起的水霧讓我沉醉。那水霧是那麼濃密，使我產生了大海與天空融合的奇異感覺；因為天空同樣是那麼清澈和湛藍。另一側是森林，幾乎與大海一樣古老，無窮無盡地朝著內陸伸展。森林異常幽暗，因為樹木巨大和茂盛得堪稱怪誕，數量也多得難以想像。龐大的樹幹呈現一種可怖的綠色，怪異地與我腳下狹長土地的綠色混雜在一起。一段距離之外，在我的左右兩側，奇異的森林向下伸展到水邊，遮蔽住海岸線，包圍了這塊狹長的土地。我注意到有些樹木完全長在水裡，彷彿什麼障礙都無法抵擋森林的擴張。

我沒有見到任何活物，也見不到除我以外任何活物存在過的痕跡。大海、天空和森林包圍著我，延伸進入超乎我的想像的區域。除了風吹樹葉和波濤翻滾，我也聽不見任何聲音。

站在這個沉寂的地方，我忽然開始顫抖；儘管我不知道是怎麼來到此處的，也幾乎不記得自己過去的姓名和身分，但我感覺到若是知道了有什麼東西潛伏在我周圍，我就必定會發瘋。我回想起曾經研究的事物、曾經夢見的事物、在另一段遙遠人生中想像和渴求的事物。我想到那些漫長的夜晚，我望著滿天繁星詛咒諸神，因為我自由的靈魂無法跨越那廣闊的深淵，而我的肉體同樣不可能接近它們。我回憶古老的瀆神儀式，還有對德謨克利特的莎草紙文書的可怖鑽研；隨著記憶浮現，更深的恐懼讓我瑟瑟發抖，因為我知道我確實是孤獨的——孤獨得恐怖。我單獨一人，但貼近某種浩瀚、模糊的意識搏動；我祈禱我永遠不會理解或接觸它們。我幻想我在綠色枝葉搖曳的聲音中覺察到了某種刻毒的恨意和惡魔般的得意。有時我覺得有些無法想像的駭人事物半隱藏在樹木的綠色鱗狀身軀之中，它們隱藏在視線之外，但無法逃過意識的感知，而枝葉在和它們進行恐怖的交談。在我的種種印象中，最難以忍受的是一種險惡的疏離感。儘管看著周圍的事物，我能叫出它們的名稱——樹木、草地、大海和天空；但比起我在另一段僅僅模糊記得的人生中與樹木、草地、大海和天空的關係，我覺得此刻它們和我的關係並不相同。我無法說清具體的區別，但隨著我覺察到這種印象的存在，我不禁在赤裸裸的驚恐中顫抖。

隨後，在先前除了朦朧大海無法看清任何東西的一個地方，我見到了綠色草原；陽光下波光粼粼、起伏不定的浩瀚水面將我和它隔開，但另一方面它又古怪地與我接近。先前我頻頻恐懼地扭頭，從右肩上望著背後的樹木，但此刻我更願意望著那片綠色草原，奇異地受到它的吸引。

就在我緊盯著那塊奇異草原的時候，我第一次感覺到腳下的大地動了起來。剛開始是某種搏動，其中蘊含著有意識行為的惡魔般的含義，我所站立的那塊海堤脫離了綠草茵茵的海岸，漸漸漂離陸地；它像是被某種無法抵擋的力量之流裹挾著，慢慢地向前行進。如此前所未有的現象使我陷入震驚和詫異，站在原地無法動彈；我僵硬地站在那裡，直到我和樹木蒼翠的陸地之間隔開了一條寬闊的水道。我精神恍惚，坐在地上，再次望向波光粼粼的海面和綠色草原。

樹木和或許藏在森林裡的生物似乎散發著無窮無盡的惡意。我不需要回頭去看也知道，因為隨著我越來越習慣於這個地方，我越來越少地倚重曾經是我全部依靠的五感。我知道綠色的有鱗森林憎恨我，但現在我已經安全地離開了它，因為我所在的那塊海堤已經漂得離岸邊很遠了。

然而一個危機剛剛過去，另一個就在前方出現了。承載我的浮島的泥土在不斷崩落，因此死亡無可避免地就在前方等待我。但是另一方面，我似乎能夠覺察到死亡對我來說並不是終結，於是我轉身再次望向綠色草原，奇特的安全感充滿我的心靈，與鋪天蓋地的恐懼感形成了怪異的對比。

就在這時，我聽見從遙不可及的遠方傳來了水流落下的聲音。那不是我熟悉的微小激流的嘩嘩聲，而是在遙遠的斯基泰群島才會聽見的聲音，彷彿整個地中海都傾瀉進了一個無底深淵。腳下越來越小的浮島正在漂向這個聲音，我卻心情舒暢。

背後極遠處發生了怪異而可怖的事情；我轉身去看，見到的景象讓我渾身顫抖。黑色的雲霧狀陰影瘋狂地在天空中舞動，它們籠罩在森林上，似乎在回應搖曳綠枝的挑釁。隨後，濃霧從海面上升起，與天空中的陰影合流，從我的視線中抹去了海岸。儘管太陽——究竟是何處的太陽，我並不知道——明晃晃地照耀著我周圍的水面，但不久前離開的陸地似乎在遭受魔王般的暴風雨襲擊，天空與海洋的意志粉碎了惡鬼般的樹木和它們所隱藏的生物。等雲霧散盡，我只見到了蔚藍的天空與湛藍的大海，陸地和樹木消失得無影無蹤。

就在這時，綠色草原傳來的歌聲完全虜獲了我的注意力。如我所說，在此之前我沒有見到任何人類生命的存在跡象；此刻我的耳朵卻聽見了模糊的吟唱聲，其起源和性質不可能是我的錯覺。我完全無法分辨歌詞的內容，但吟唱本身在我內心激起了一連串奇異的聯想；我想到我以前從埃及古籍中解譯出的某些隱約令人不安的字句，而那本古籍又抄錄自遠古時期麥羅埃(注)的一份紙草書。我不敢重複的字句在我腦海裡掠過，它們講述的是地球還極為年輕時的古老事物和生命形式。那些事物能夠思考和行動，應該算是活物，但諸神和人類都不願將其視為活物。何等奇異的一本書。

就在我聆聽的時候，我漸漸意識到一個先前只在潛意識中令我感到困惑的

注 蘇丹尼羅河東岸的古代城市，曾是庫施王國幾個世紀的首都。

情況。我的視線無論何時都沒有在綠色草原上分辨出任何有形狀的物體，我所有感知的總體結果僅僅是一片鮮亮而均勻的翠綠草地。我發覺洋流將帶著浮島在很近的距離內經過岸邊，因此我或許能進一步瞭解草原和那裡的歌聲。我想見到吟唱者的好奇心愈發高漲，但其中也摻雜著憂懼。

承載我的微小浮島持續崩解出一塊塊的泥土，但我並不在意它們的背棄；因為我感覺到我不會隨著我彷彿佔據的這個軀體（或看似軀體之物）死去而消亡。我感覺到我周圍的一切，甚至生與死，都只是幻覺；感覺到我超越了生死和有形個體的界限，成了一個脫離凡俗的自由存在；這些印象幾乎確鑿無疑。我對自己的方位一無所知，但覺得我不可能在我曾經無比熟悉的地球上。我感覺到的情緒，除了某種揮之不去的恐懼，完全是行路人剛踏上沒有盡頭的探索旅程時的心情。一時間想到了被我拋下的土地和人們，儘管我再也不會返回，但有朝一日我或許能找到某種奇異的方法，將我的冒險故事告訴他們。

我已經漂到了離綠色草原很近的地方，歌聲變得清晰，容易分辨；然而，儘管我通曉很多種語言，卻無法聽懂吟唱的歌詞。就像我在更遠處隱約感覺到的，它們確實很耳熟，但除了一種模糊而可怖的熟悉感，我卻連一個字都聽不懂。歌聲中有一種極為特殊的質感，我無法用語言形容它，既讓我害怕，又讓我感到迷戀。我的眼睛在綿延伸展的青草中逐漸分辨出了一些東西——覆蓋著亮綠色苔蘚的石塊，頗為高大的灌木叢，還有一些極其巨大難以定義的物體，它們似乎在灌木叢中以某種特異的方式移動或振動。我渴望能見到詠唱者的身影，而歌聲最響亮之處似乎就是物體數量最多和行動最活躍的地方。

我的浮島漂得更近了，遙遠的瀑布聲變得更加響亮，我終於清楚地看見了歌聲的來源，我在一個恐怖的瞬間裡記起了一切。我不敢形容那些事物，因為讓我感到困惑的所有難題全都得到了駭人的解答；答案會逼人陷入瘋狂，而我也確實幾乎喪失理智……我現在明白了身上發生的變化，某些曾經是人類的東西也經歷了同樣的變化！我知道了包括我在內的所有人都不可能逃脫的無盡循環……我將永遠活著，永遠擁有意識，但我的靈魂會向諸神哭喊，祈求能夠得到死亡和湮滅的恩賜……一切都展現在我眼前：震耳欲聾的激流之下是斯泰瑟羅斯之地，那裡的年輕人無限衰老……綠色草原……我將送信並跨越不可估量的恐怖深淵……

（以下文字無法辨識）

Memory
記憶
HRIA
NITHY-VASH
APHORAT
SNITH
CHASM
OF NIS
50
60

被詛咒的虧月黯淡地照亮尼斯的山谷，無力的犄角頂開箭毒木的致命樹葉，為月光闢出一條小徑。山谷深處，光線無法抵達的地方，不該被目睹的東西在蠕動。兩側山坡上牧草茂盛，邪惡的藤蔓和匍匐的植物在宮殿廢墟的石塊間爬行，緊緊地擁抱斷裂的立柱和奇異的獨塊巨石，掀開早已被遺忘的人們鋪下的大理石道路。小猿猴在崩塌庭院裡的參天巨樹上蹦跳，毒蛇和帶鱗的無名怪物蜿蜒進出幽深的藏寶地洞。潮濕苔蘚覆蓋下的沉睡石塊是多麼龐大，它們落下前所構成的石牆是多麼堅實。建造者把整個人生用在築起高牆上，而它們確實還在高貴地履行職責，因為灰色的蟾蜍在它們底下安了家。

山谷最底下流淌著薩恩河，河水黏稠，長滿水草。它從隱祕的泉眼中湧出，鑽進地下的岩洞，因此山谷精靈不知道河水為何赤紅，也不知道它究竟流向何方。

隨月光出沒的神怪對山谷精靈說：「我老了，遺忘了很多。告訴我，這些事物的建造者的作為、面貌和名字。」

精靈答道：「我叫記憶，我熟悉過往的知識，但我也老了。這些生物無法被瞭解，就像薩恩河的河水。我不記得他們的作為，因為他們只存在了短暫的一瞬間。我隱約記得他們的面貌，大致有點像樹上的小猿猴。我清楚地記得他們的名字，因為它和河流的名字押韻。這些往日的生物叫作『人類』。」

於是神怪飛回了犄角般的彎月，精靈則專注地望著庭院廢墟裡的一棵樹上的一隻小猿猴。

The Strange High House in the Mist

霧中的怪異高屋

清晨的霧氣從金斯波特之外懸崖下的海面上升起。羽毛般的白色霧氣滿載潮濕草原和海獸洞窟的迷夢，從深海飄向它的雲團兄弟。晚些時候，雲團將這些夢境的零落片段化作凝滯夏日的雨水，灑落在詩人房屋的陡峭屋頂上，人們的生活不該缺少有關怪異的古老祕密的流言和星球單獨在夜間彼此訴說的奇聞。故事在特里同的洞窟裡交織糾纏，海螺在海草叢生的城市裡吹出古神傳授的狂野曲調，飢渴的濃霧帶著傳說升向天空，從礁岩上望向大海，只能見到白濛濛的神祕帷幕，就彷彿懸崖的邊緣就是整個世界的盡頭，航標的莊嚴鐘聲毫無阻礙地回蕩在縹緲的乙太之中。

古老的金斯波特以北，危崖怪異地攀向高處，一個梯臺疊著另一個梯臺，最北的那一段高懸半空，就像一團凝固的灰色風捲雲。它孤獨佇立，就像突出在無盡虛空之中的一個陰森箭頭；海岸線在此處陡然拐彎，寬闊的米斯卡托尼克河從平原地帶傾瀉而出，流經阿卡姆，帶著森林的種種傳說和新英格蘭丘陵微少的離奇記憶，在此處匯入大海。就像其他地方的漁民眺望北極星那樣，金斯波特的漁民常常仰望懸崖，根據它遮擋或露出大熊座、仙后座和天龍座的情況判斷夜晚換崗的時間。在他們眼裡，它是蒼穹的一部分，霧氣掩住星辰或太陽時，人們也確實見不到它的身影。他們喜愛一部分斷崖，根據它怪誕的輪廓稱之為「尼普頓父親」，立柱林立的石階則名為「堤道」；但他們害怕最高的這段危崖，因為它過於接近天空。葡萄牙水手遠航而來第一次見到它時紛紛在胸前畫十字，年長的北方人認為攀登它會帶來比死亡更可怕的厄運——當然，前提是真的存在這種可能性。然而，那段危崖上卻有一幢古老的房屋，人們在晚間能見到小窗格的窗戶裡透出燈光。

這幢古老的房屋始終矗立在那裡，人們說房屋的住戶會和從深海升起的晨霧交談，每當懸崖邊緣成為世界盡頭、航標的莊嚴鐘聲毫無阻礙地回蕩在縹緲的乙太中時，望向大海就會見到奇異的景象。這些僅僅是道聽塗說，因為沒有人敢登上那段禁忌的危崖，本地人甚至不願用望遠鏡對準它。夏季的遊客倒是會端著時髦的望遠鏡掃視那裡，但見到的僅僅是古老的灰色屋頂，尖屋頂上鋪著木瓦，屋簷垂下來幾乎碰到灰色的地基，屋簷下的小窗向外窺視，黃昏時分會亮起黯淡的黃色燈光。夏季的遊客不相信幾百年來住在古老房屋裡的一直是同一個人，但也無法向任何一個真正的金斯波特人證明他們的觀點。就連水街那位可怖的老人——他對瓶子裡的鉛製鐘擺說話，用幾百年前的西班牙金幣購買日用品，在古老屋舍的庭院裡擺放石刻的偶像——也說在他祖父小時候那裡就已經是這個模樣了，而他所說的時代必定古老得難以想像，當時貝爾徹、雪利、波納爾或伯納德還在擔任英王陛下的麻塞諸塞海灣省區的總督。

一年夏天，一位哲學家來到金斯波特。他名叫湯瑪斯．奧爾尼，在納拉甘塞特灣的一所大學教某些沉悶的課程。他有個矮胖的妻子和幾個吵鬧的孩子，經年累月地看著相同的東西，因循守舊地思考相同的念頭，因而眼神中充滿疲憊和厭倦。他在尼普頓父親的王冠上眺望濃霧，嘗試越過堤道的巨大石階，走進霧中神祕的白色世界。一個又一個清晨，他躺在懸崖上，望著世界盡頭之外的玄祕乙太，聽著幽魂般的鐘聲和或許來自海鷗的瘋狂鳴叫。待到霧氣散去，大海露出無聊的原形，汽船的黑煙隨風飄散，他會歎息著下山回到鎮上，他喜愛沿著山坡上狹窄的古老街巷來來去去，研究搖搖欲墜的山牆和帶廊柱的古老大門，這些房屋曾經庇護過許多代堅韌的漁民。他甚至和可怖的老人交談過，後者並不喜愛陌生人，卻邀請他走進那座令人恐懼的古老屋舍，它低矮的天花板和蟲蛀的鑲板常常在幽暗的深夜聆聽令人不安的獨白回聲。

奧爾尼自然不可避免地注意到了半空中無人敢去探訪的灰色屋舍，它坐落於時常融入濃霧和虛空地伸向北方的險惡危崖上。古屋永遠高懸於金斯波特的頂上，有關它的神祕傳聞永遠在金斯波特的蜿蜒小巷中傳播。可怖的老人喘息著吐露過他父親講述的一個故事。一天深夜，一道閃電從那幢尖屋頂的屋舍射向天頂的烏雲；歐納奶奶——她位於船街的複斜屋頂小屋遍覆苔蘚和常春藤——用嘶啞的嗓音說出她祖母輾轉聽說的事情：黑影拍打翅膀飛出東面的濃霧，徑直鑽進那幢難以抵達的房屋唯一的窄門，窄門緊貼危崖面向大海的邊緣，只有乘船出海才能看見。

奧爾尼對奇異的新鮮事物的渴望過於強烈，金斯波特居民的恐懼和夏季遊客慣常的倦怠都無法阻止他，他最終做出了一個極其可怕的決定。儘管他接受的教育極為保守——或許正因為如此，因為單調的生活會孕育出人們對未知事物的渴求——但他立下宏願，一定要登上北面那段人們避之不及的懸崖，探訪半空中古老得異乎尋常的灰色屋舍。他更為理性的自我提出了看似合理的說法，認為那地方的住戶肯定是從內陸方向沿著米斯卡托尼克河口旁更容易攀爬的山脊進出的。他們知道金斯波特人不喜歡他們的居所，或者無法爬下金斯波特一側的山崖，因此選擇去阿卡姆購物。奧爾尼沿著比較低矮的山崖向前走，來到龐然危崖傲慢聳立、直插天際的地方，確定人類無法爬上或爬下它突出懸垂的南坡。危崖的東面和北面垂直聳立，高於海面數千英呎，因此只剩下朝向內陸和阿卡姆的西側。

8月的一天清晨，奧爾尼出發去尋找一條難以登上抵達峰頂的道路。他沿著怡人的小路向西北走，經過胡珀塘和古老的磚砌麵粉廠，來到長滿牧草的山坡前，山坡上就是米斯卡托尼克河上方的山脊，隔著河流和草場的幾里格外(注)，阿卡姆市喬治王風格房屋的白色尖頂構成了美麗的風景線。他在這裡找到了通往阿卡姆的林中道路，他想像中朝向海邊的小徑卻遍尋無著。樹木和田地佔滿了河口高築的堤岸，完全沒有人類活動的跡象；甚至連一面石牆或一頭迷途的奶牛都沒有，只有高高的草叢、巨大的樹木和糾纏的荊棘叢，最初的印第安人見到的很可能就是這個景象。他緩慢地向東跋涉，相較於左方的河口，腳下的位置越來越高，也越來越靠近大海。他發現步行開始變得困難，最終他不禁沉思，那個受到厭惡之處的住戶究竟該如何接觸外部世界，他們是否真的時常前

注 1里格等於3英哩。

往阿卡姆採購物品。

樹木漸漸變得稀疏，他在右方底下很遠處見到了金斯波特的山丘、古老的屋頂和尖塔。從這個高度望去，連中央山都變成了侏儒，他勉強能分辨出公理會醫院旁的古老墓地，流言稱墓地底下埋藏著可怕的洞窟或地道。前方是貧瘠的草地和矮小的藍莓樹叢，再過去就是危崖的裸露山岩和可怖的灰色屋舍的尖細屋頂了。山脊開始變得狹窄，奧爾尼孤零零地置身於半空中，感覺到頭暈目眩。他的南面是金斯波特之上的恐怖峭壁，北面是河口之上將近1英哩的垂直陡崖。前方忽然出現了一道寬闊的岩隙，他不得不趴在地上，手腳並用地爬到岩隙有坡度的底部，然後再順著天然形成的隘路爬上對面的岩壁。那幢詭異屋舍裡的居民就是這麼通行於大地和天空之間的！

他爬出岩隙，見到晨霧正在聚集，但他清楚地看見那幢位於極高處的邪異屋舍就在前方；牆壁是和岩石一樣的灰色，屋頂狂妄地高聳於從大海方向湧來的奶白色霧氣之中。他注意到屋子朝著陸地的一側沒有門，只有兩扇骯髒的小格窗，它們是十七世紀風格的牛眼窗。雲霧和混沌包圍了他，望向下方，他只能看見無垠的白色虛空。他孤零零地佇立於半空中，只有這幢極其令人不安的怪異房屋與他做伴；他躡手躡腳地繞向屋子正面，發現那一面的牆壁與懸崖邊緣齊平，除非踏著虛空中的乙太接近，否則根本不可能摸到那道僅有的窄門，他感覺到無法完全用「恐高」解釋特異的恐懼感。另外還有一點奇特之處，木瓦被蟲蛀得厲害，竟然還能蓋在屋頂上，而磚塊早已崩裂解體，卻依然構成了挺立的煙囪。

霧氣愈發濃重，奧爾尼無聲無息地繞到屋子的北面、西面和南面，試著打開三面的窗戶，發現它們全都鎖得嚴嚴實實。見到它們鎖著，他隱約有些高興，因為他越是打量這幢屋子，就越是不想進去。就在這時，一個聲音讓他停下了腳步。他聽見門鎖被撥動的咔嗒聲和門閂被拉開的聲響，隨後是悠長的吱嘎聲音，好像有人緩慢而小心翼翼地打開了一扇沉重的房門。聲音來自他看不見的面向大海的那一側，狹窄的房門朝著海浪之上數千英呎的霧氣瀰漫的虛無空間打開了。

屋舍裡響起了沉重而謹慎的腳步聲，奧爾尼聽見窗戶被一一打開，首先是對面北側的，然後是拐角另一頭西側的。接下來輪到南側低垂屋簷下的窗戶了，也就是他所在的這一側；不得不說，想到他的一側是這幢可憎的房屋，另一側是縹緲的虛空，他內心的感受已經超過了不適的範疇。他身旁的窗框上響起了摸索的聲響，他悄悄地重新繞到房屋西側，平貼在已經打開的窗戶旁邊的牆壁上。顯而易見，屋主已經回家，但他不是從陸地而來，也沒有乘坐氣球或人類能夠想像的飛行器。腳步聲再次響起，奧爾尼一點一點挪動到北側；但還沒等他找到藏身之處，就聽見了一個柔和的聲音在招呼他，他知道必須面對房屋的主人了。

一張蓄著黑色大鬍子的寬闊臉龐從西側的窗戶伸出來，眼睛閃著磷火般的光輝，帶著目睹聞所未聞之物留下的烙印。但他的聲音很輕柔，帶著盎然的古意，因此奧爾尼沒有畏縮，握住他伸出的棕色大手，借力翻過窗臺，進入有著黑色橡木牆板和雕花的都鐸時代傢俱的低矮房間。這個男人身穿非常古老的服裝，散發著某種難以說清的氣度，這種風采屬於大海的傳說和高大槳帆船的夢境。奧爾尼沒有記住他講述的諸多奇聞異事，甚至忘記了他的身分；但聲稱這個人既奇特又和藹，充滿了時間與空間那不可估量的虛空魔力。狹小的房間彷彿被某種黯淡的水生光源染成綠色，奧爾尼看見對面東側的窗戶沒有打開，不透光的厚玻璃像舊酒瓶的瓶底，將霧氣瀰漫的乙太擋在外面。

留鬍鬚的房主似乎很年輕，但雙眼飽含歲月的神祕；從他講述的亙古事物的傳說來看，小鎮的居民恐怕沒有猜錯，早在底下的平原建起村落、仰望他的默然居所之前，他就已經在與海中的霧氣和天空的雲朵交流了。白晝漸漸過去，奧爾尼依然在聽他講述古老時代和遙遠地方的傳奇：亞特蘭提斯的諸位王者如何與從洋底蜿蜒爬出的滑膩瀆神怪物戰鬥，迷航船隻在午夜時分如何依然能窺見波塞多尼斯(注)那廊柱林立、水草橫生的神廟，船隻見到波塞多尼斯就知道自己迷失了方向。房主講起泰坦時代的往事，但提到諸神甚至古神誕生前那朦朧的混沌第一紀元時則變得閃爍其詞，那時只有藩神才會來到斯凱河彼方烏撒附近的多石荒漠，在哈瑟格—克拉峰的頂端跳舞。

這時忽然響起了敲門聲；裝飾著門釘的古老橡木大門被敲響了，門外卻只有白色雲霧的深淵。奧爾尼驚恐地一躍而起，但留鬍鬚的男人示意他坐下，踮著腳尖走到門口，從非常小的窺視孔向外張望。他並不喜歡他見到的東西，於是把手指按在嘴唇上，輕手輕腳地繞著房間走了一圈，關上並鎖好所有窗戶，然後回到客人身旁古老的高背椅上。奧爾尼看見一個黑色的怪異輪廓依次出現在每一扇昏暗小窗的半透明窗格的另一側：來訪者繞著屋子查探了一番，然後才悻然離去；他很高興房主沒有應門。巨大的深淵中存在一些奇異之物，夢境的探索者必須小心行事，不要驚擾或遇見禁忌的存在。

暗影開始聚集；首先是桌子底下鬼祟的小塊暗影，隨後是壁板牆角裡更有膽色的那些。留鬍子的男人做了幾個玄祕的祈禱手勢，點燃了鑄造成奇異形狀的黃銅燭臺上的長燭。他不時望向房門，像是在等待什麼人。最後，他的視線似乎終於得到了回應，門上響起了一陣特別的敲門聲，它肯定遵循著某種非常古老的暗碼。這次房主沒有從窺視孔向外看，而是徑直抬起橡木門閂，拉開鎖銷，向群星和雲霧敞開沉重的木門。

隱約的和諧樂聲隨即飄進房間，它來自深淵中沉沒水底的大能種族的所有夢境和記憶。金色的火花在野草般的髮梢嬉戲，奧爾尼頭暈目眩地向它們臣服。手持三叉戟的尼普頓來了，歡鬧的特里同和奇異的涅瑞伊得斯也來了，海豚背負著巨大的鋸齒貝殼，威嚴的大深淵之主、灰髮的遠古者諾登斯端坐其上。特里同拿起海螺，吹出怪異的曲調，涅瑞伊得斯敲打黑色海底岩洞中未知潛行者的怪誕貝殼，發出古怪的聲音。灰髮者諾登斯伸出枯瘦的手，把奧爾尼和房主拉上巨大的貝殼，海螺和鑼鼓製造出令人畏懼的狂野

注 傳說中亞特蘭提斯的最後殘餘部分。

喧囂。不可思議的隊伍隨即飛進無垠的乙太空間，吵嚷的雜訊淹沒在回蕩的雷聲之中。

金斯波特的居民徹夜眺望天空中的那段危崖，風暴和雲霧使得他們只能偶爾瞥見一眼，接近凌晨時分，小窗裡黯淡的光芒陡然消失，他們壓低聲音談論恐怖和災禍。奧爾尼的孩子和矮胖的妻子向浸信會溫和的正信神祇祈禱，希望那位旅行者能借到傘和雨靴，除非大雨到天亮時就能停歇。朝陽滴著水珠、披著雲霧從海中升起，航標的莊嚴鐘聲在白茫茫的乙太漩渦中敲響。中午時分，精靈的號角聲響徹海面，奧爾尼衣服乾燥、腳步輕快地爬下懸崖，回到古老的金斯波特，眼神像是在眺望遙遠的彼方。他不記得他在依然無名無姓的隱士的天空居所裡夢見了什麼，也說不出他如何爬下其他人從未涉足過的那段危崖。他無法將這些事情說給任何人聽，只有可怖的老人除外，老人事後撚著白色長鬚，嘟囔著說了些古怪的話；他發誓說從危崖下來的人已經不完全是爬上去的那一個了，曾經名叫湯瑪斯・奧爾尼的這個人的迷失靈魂依然徘徊在灰色的尖屋頂之下或險惡白霧中難以想像的某個地方。

從那時起，這位哲學家工作、吃飯、睡覺，毫無怨言地履行公民的相應責任，在缺乏色彩的生活中消磨漫長的時光。他不再渴求遙遠山丘的魔力，也不再為了無底海洋中猶如綠色礁石般若隱若現的祕密而慨歎。經年累月的相同日子不再讓他感到難過，因循守舊的刻板念頭足以滿足他的想像力。他的好太太越來越胖，孩子漸漸長大，變得平庸和對社會有用，每當場合需要，他總能適時露出自豪的笑容。他的眼神裡沒有了不安分的光芒，除了深夜時分往日夢境重現之時，他才有可能聽見莊嚴的鐘聲和遙遠的精靈號樂。他再也沒有去過金斯波特，因為他的家人厭惡那些古怪的古老房屋，抱怨稱下水道系統差勁得無以復加。他們如今住在布里斯托高地一幢漂亮的單層宅院裡，此處沒有高聳的危崖，鄰居都是現代的城裡人。

然而在金斯波特，奇怪的傳聞卻廣為流傳，就連可怖的老人也說出了一樁他祖父沒有吐露過的祕聞。因為現在每當喧鬧的狂風自北而來，吹過融入天空的那幢古老高屋，就會打破以前使得金斯波特海邊漁民驚懼不已的陰鬱而不祥的寂靜。年長者說聽見古屋傳來令人愉快的歌聲和超越塵世範疇的快樂笑聲；天黑後，低矮窗戶裡的光芒也比以前更加明亮了。他們還說，強烈極光降臨那個地點的次數更頻繁了，在北方閃耀著藍色的光芒，呈現出冰封世界的幻象，而狂野的光華將危崖和屋舍映襯成怪誕的黑色剪影。破曉時分的雲霧變得更加濃厚，連水手也不敢斷言從海裡飄來的沉悶鐘聲一定來自莊嚴的航標。

然而最不妙的一點是在金斯波特年輕人的心中，古老的恐懼開始萎縮，他們變得喜愛在夜裡聆聽北風從遠方吹來的微弱聲音。他們發誓稱高處的坡頂屋舍裡不可能棲息著能夠帶來傷害和痛苦的東西，因為新出現的聲音含有快樂的節拍，伴隨著悅耳的歡笑和音樂。他們不知道海霧有可能將什麼樣的見聞帶給最北端那鬼魂出沒的危崖，但他們渴望能找到一些蛛絲馬跡，搞清楚是何等奇物在雲霧最濃厚時扣開了崖頂的窄門。年長者擔憂有朝一日他們會一個接一個地爬上天空中那難以抵達的峰頂，查明在陡峭的木瓦屋頂下隱藏了許多個世紀的祕密，而那正是岩石、群星和金斯波特古老恐懼的一部分。他們並不懷疑這些無所畏懼的年輕人能夠回來，但他們認為光芒會從他們的眼中消失，隨之而去的還有他們胸中的意氣，他們不希望趣致的金斯波特與山坡上的街巷和古老的山牆一起變得倦怠消沉。而在霧氣和迷離夢境從天空飄向天空的歇腳之處時，那未知但可怖的縹緲高屋裡，隨著一個又一個聲音的加入，歡暢的笑聲變得越來越響亮和狂野。

年長者不希望年輕人的靈魂離開古老金斯波特舒適的家庭生活和複斜屋頂下的酒館，也不希望高聳山岩頂上的歡歌笑語變得更加響亮。隨著那些聲音的到來，從海上湧來了新的霧氣，北方也出現了新的光芒，因此他們認為其他的聲音還會帶來更多的武器和更多的光芒，直到古老諸神（他們擔心被公理會的教長聽見，故而只敢在交頭接耳間提及他們的存在）也許會從海底深處和寒漠中的未知之地卡達斯歸來，盤踞在被邪靈佔據的危崖高處，而那裡過於接近安靜而簡樸的漁民居住的和緩丘陵和山谷了。他們不希望發生這種事情，因為普通人不歡迎不屬於塵世的一切東西；另一方面，可怖老人常常想起奧爾尼提到的使得孤獨住戶畏懼的敲門聲，還有他隔著牛眼窗半透明的玻璃見到的向內窺探的黑色身影。

但是，只有古神才能對這些事物給出定論；另一方面，晨霧依然會爬上令人眩暈的孤獨危崖，湧動於陡峭屋頂的古老房屋周圍，待到夜晚帶來鬼祟的亮光，屋簷低垂的灰色房屋不復得見，北風便會洩露怪異的狂歡正在舉行。羽毛般的白色霧氣滿載潮濕草原和海獸洞窟的迷夢，從深海飄向它的雲團兄弟。故事在特里同的洞窟裡交織糾纏，海螺在海草叢生的城市裡吹出古神傳授的狂野曲調，飢渴的濃霧帶著傳說升向天空；而金斯波特不安地偎依在較為低矮的斷崖身旁，可怖的巨岩如哨兵般高懸其上，望向大海只能見到白濛濛的神祕帷幕，就彷彿懸崖的邊緣就是整個世界的盡頭，而航標的莊嚴鐘聲毫無阻礙地回蕩在縹緲的乙太之中。

夢尋未知之地卡達斯
The Dream-Quest of Unknown Kadath

藍道夫．卡特已經三次夢見那座奇異的城市，三次他都還在城市上方的高臺停留時就被匆匆拖離了夢境。城市裡，高牆、廟宇、柱廊和花紋大理石修築的拱橋在夕陽中閃著悅目的金光；銀色底座的噴泉在寬敞的廣場和芬芳的花園裡灑出水花，反射出彩虹般的光華；寬闊的街道向前伸展，優雅的樹木、繁花錦簇的花壇和象牙鑿刻的雕像在兩旁熠熠生輝。北面陡峭的山坡上，紅色屋頂和古老的尖頂山牆層層疊疊，籠罩著綠草茵茵卵石鋪就的巷弄。這裡是諸神狂熱的造物，是天國號角吹出的樂曲，是不朽鐃鈸奏響的音符。神祕的氣息縈繞著這座城市，就彷彿雲霧縈繞人類從未涉足過的奇異山峰；卡特屏住呼吸，滿懷期待地站在鏤空成欄杆的胸牆前，近乎消散的記憶帶來的辛酸和憂慮、因失去某些事物而產生的痛苦、渴求重歸那令人敬畏且極為重要之處的令人瘋狂的欲望席捲而來，淹沒了他。

他知道這座城市必定曾經對他擁有超乎尋常的意義；但他究竟是在哪次輪回或哪個化身裡、在夢境中還是在清醒時瞭解它的，他自己也說不出來。它模糊地喚醒了久遠以前、已被遺忘的最初年少時期的微弱記憶，那時候驚異與快樂存在於每一天的所有神祕探索之中，黎明與黃昏同樣如先知般大步邁向魯特琴與歌曲交織而成的渴望聲響。然而每天夜裡，他站在高處有著奇特花壇和雕鑿欄杆的大理石露臺上，眺望夕陽下飽含美麗與非凡特性的靜默城市，他都會感覺到夢境的暴虐諸神對他施加的束縛；因為他絕不可能離開那個至高的地點，他不可能走下無窮無盡延伸的寬闊的大理石臺階，前往鋪展在底下、蘊含著遠古魔力的魅惑街道。

他第三次從夢中醒來時，依然未曾走下那些臺階，踏上夕陽映照的靜默街道，他長久而懇切地向夢境的隱祕諸神祈禱，喜怒無常的他們棲息於未知之地卡達斯的烏雲之上，人類從未涉足過的冰寒荒原之中。他在夢中祈禱，踏入其火焰柱與清醒世界的大門相距不遠的洞穴神廟，通過蓄著長鬚的祭司納什特和卡曼—薩向諸神獻祭，他們卻既沒有回應或表現出任何慈悲，也沒有顯露垂青於他的徵兆。然而，他的祈禱肯定傳進了某個悖逆者的耳朵，因為自從他第一次祈禱開始，他就再也沒有見到過那座奇異的城市，彷彿那三次遠遠的窺視僅僅是意外或疏忽，違背了諸神的意願或某些隱祕的計畫。

最後，卡特受夠了渴求那些在夕陽下閃爍光芒的街道和古老的鋪瓦屋頂之間神祕莫測的山間小巷，他難以入眠，清醒時也無法將它們驅逐出腦海，於是決定帶著他大膽的奢求前往人類從未涉足過的地域，挑戰冰封的寒漠，穿過黑暗，前往未知之地卡達斯——雲霧遮蔽它的身形，無法想像的星辰為其加冕，偉大諸神的縞瑪瑙城堡在那裡蘊含著祕密和永夜。

他在淺眠中走下七十級臺階，來到火焰洞穴，與蓄著長鬚的祭司納什特和卡曼—薩商討他的計畫。兩位祭司搖著戴著紅白雙冠的頭顱，發誓稱那將給他的靈魂帶來滅亡。他們指出，偉大諸神已經表達了他們的意願，用堅持不懈的懇求去滋擾他們只會引來不悅。他們還提醒他，不但從沒有人類踏上過未知之地卡達斯，而且人類從未揣測過它有可能坐落於哪一部分空間之中；人們甚至不知道它所在的夢境國度究竟是圍繞著我們的世界，還是環繞著星辰北落師門或畢宿五。假如它在我們的夢境國度之中，或許還有可能想方設法抵達那裡；然而自從時間誕生以來，只有三個完全的人類靈魂曾經跨越和重新跨越通往其他夢境國度的黑暗瀆神深淵，其中兩個歸來時已經徹底發瘋。如此旅程中有著無數難以預測的局部性危險；而在有序宇宙以外、夢境不能抵達之處還潛伏著令人驚愕、甚至狂言都不敢提及的終極險境；那無定形的最終毀滅力量存在於混沌的最底層，在一切無限的核心之處褻瀆神聖和沸騰翻滾，它就是沒有限制的惡魔君王阿撒托斯，沒有任何生物的嘴唇敢於大聲說出它的名諱，它在不能想像、永無光線、超越時間的幽閉之處貪婪地啃噬，伴隨著模糊不清、令人發狂的汙穢鼓聲和被詛咒的笛子吹奏的尖細和單調的哨聲；隨著那可憎的隆隆鼓聲和嗚咽笛聲，龐大的終極諸神，盲目、無聲、晦暗、無智的外神緩慢地、笨拙地、荒謬地舞動著，它們的靈魂和信使就是「伏行之混沌」奈亞拉托提普。

祭司納什特和卡曼─薩在火焰洞穴中警告卡特遠離這些事物，但他依然下定決心要去冰封寒漠——無論它位於何處——尋找未知之地卡達斯的諸神，從他們那裡贏回他目睹那座夕陽奇城的權利和記憶，回歸它的懷抱。他知道這趟旅程將有多麼怪異和漫長，知道偉大諸神將設置重重障礙；但他是夢境國度的常客，可以依賴許多有用的記憶和手段來幫助他。就這樣，卡特請求兩位祭司給予他臨行前的祝福，仔細思考征程的細節，

隨後他勇敢地走下七百級臺階，來到深度沉眠之門，開始穿越魅惑森林。

森林中，龐大的低矮橡木伸出四下探索的樹枝，怪異的真菌散發著微弱的磷光，扭曲樹木搭成的隧道裡，棲息著鬼祟而詭祕的祖格人；他們知曉夢境世界和清醒世界的許多隱晦祕密，因為森林在兩個地點與人類國度接壤，然而說出具體地點就會釀成災難。祖格人能夠來往之處存在著無法解釋的傳聞和事件，人類也會偶爾失蹤，還好他們無法遠離夢境世界。然而他們能夠自由來往於比較靠近夢境世界的地方，小巧的棕色身影不為人知地飛掠而過，帶著妙趣橫生的故事回到他們鍾愛的森林裡，圍著火爐愉快地消磨時間。他們大多數生活在洞穴裡，也有一些棲息在大樹的樹幹上；儘管他們主要靠真菌為食，但也有流言稱他們對肉類也有一丁點興趣，這個興趣是身體和靈魂兩方面的，因為無疑曾有許多造夢者走進那片森林就再也沒有出來。但卡特並不畏懼，因為他是個經驗豐富的造夢者，早已學會了他們充滿顫振之聲的語言，與他們談判過不止一次；他甚至在他們的幫助下找到了坦納里亞山脈另一側歐斯－納爾蓋谷地中的恢宏城市塞勒菲斯，偉大的庫拉涅斯國王每年有一半時間統治那裡，卡特在現實生活中也認識他，雖說他在現實中用的是另一個名字。庫拉涅斯就是跨越星辰深淵歸來後沒有發瘋的絕無僅有的那個人。

此刻，卡特穿行於龐然樹幹之間磷光映照的低矮通道之中，他用祖格人的方式發出顫振的聲音，時而停下傾聽回應。他記得森林中央附近有一個這種生物聚居的村落，村裡有個遍覆青苔的巨石圍成的圓環，證明那兒曾經棲息著一些早已被遺忘的更古老、更可怖的生物，他加快步伐，走向這個地點。他靠光怪陸離的真菌指引方向——只要走近遠古生物跳舞和獻祭的可怖圓環，就會發現真菌受到的滋養越來越豐富。最後在愈發濃密的真菌散發的愈發強烈的光芒下，巨大的綠色與灰色的險惡之物拔地而起，超越森林的頂端，消失在視線之外。這是最靠近巨石圓環的一部分，卡特知道他離祖格人的村莊很近了。他又發出一陣顫振的聲音，然後耐心地等待著；他漸漸產生了被許多隻眼睛盯著看的詭異印象。那就是祖格人，總是先看見他們怪異的眼睛，良久之後才分辨出他們稍縱即逝的棕色小巧輪廓。

他們從隱蔽的洞穴裡和被挖成蜂窩的大樹上蜂擁而出，直到黯淡磷光照耀下的整個區域都湧動著他們的身影。有些比較大膽的祖格人令人不快地擦蹭卡特，有一個甚至可憎地捏了一下他的耳朵；但長者很快就收束住了這些無法無天的個體。賢者議事會認出了來訪的客人，向他奉上一瓢發酵的樹汁，樹汁來自一棵與眾不同的幽魂出沒的大樹，月亮上的一個人扔下的種子長成了這棵樹；卡特儀式性地喝下液體，極其怪異的會談於是開始。不幸的是，祖格人並不知道卡達斯的山峰位於何處，甚至不知道寒漠在我們這個還是其他的夢境世界之中。關於偉大諸神的傳聞眾說紛紜，只能說比起谷底，更容易在山巔見到他們，因為每當月亮高懸峰頂、雲霧在腳下繚繞的時候，他們會在那裡懷念往事似的跳舞。

有一個非常老的祖格人回憶起其他祖格人從未聽說過的事情，他說在斯凱河另一側的烏撒還存留著最後一本古老得不可思議的《納克特抄本》，居住在被遺忘的北地王國的清醒之人撰寫了這些抄本，多毛食人族諸弗刻征服廟宇眾多的奧拉索爾城並屠殺洛瑪之地的全部英雄以後，將它帶進了夢境國度。他說，這些抄本講述了有關諸神的許多事情；另外，烏撒曾有人目睹過諸神的神蹟，甚至有一位年長的祭司爬上高山，企圖瞻仰他們在月光下舞蹈。他失敗了，他的夥伴成功了，卻招致了無可名狀的毀滅。

藍道夫・卡特向祖格人道謝，他們發出友善的顫振之聲，又給了他一瓢月樹酒讓他帶走，他繼續穿過磷光森林，走向森林的另一側，從勒里安山奔騰而來的斯凱河在那裡經過，而哈

瑟格、尼爾和烏撒點綴在平原上。幾個鬼祟而難以看見的好奇的祖格人悄無聲息地跟著他，因為他們想知道他會遭遇什麼樣的命運，將傳奇故事帶回去講給族人聽。卡特離村落越來越遠，巨大的橡樹長得越來越茂密，他用銳利的目光尋找著一個特定的位置，樹林在那裡會變得稍微稀疏一些，已死或垂死的樹木矗立於茂密得不自然的真菌、腐敗的土壤和倒伏樹木已經朽爛的樹幹之間。到了那裡，他必須轉一個急彎，因為那兒有一塊碩大無朋的石板躺在森林地表上；敢於接近它的大膽者說它上面有一個3英呎寬的鐵環。祖格人記得遍覆青苔的巨石圍成的古老圓環，也記得它最有可能為了何種用途而搭設，他們從不在那塊帶有巨大鐵環的龐然石板附近停留，因為他們明白被遺忘之物未必都是已死之物，他們並不願意目睹石板從容地緩緩升起。

卡特在正確的地點改變方向，聽見背後傳來比較膽小的幾個祖格人驚恐的顫振之聲。他知道他們會跟蹤他，因此他不為所動；和這些喜好刺探的生靈待久了，誰都會漸漸接受他們的奇特習性。他在微光時分來到森林邊緣，越來越亮的光芒說明這是清晨的微光。他在順著山坡向斯凱河延伸的肥沃平原上見到了村舍煙囪吐出的嫋嫋青煙，左右兩側遍佈樹籬、耕耘過的田地和茅草屋頂，這是一片祥和的土地。他在一戶農家的水井旁停下，討了一杯水喝，所有的狗驚恐地朝偷偷潛行於他背後草叢中的祖格人齊聲吠叫。在另一戶農家，人們正在忙碌，他打聽諸神的事情，問他們是否經常在勒里安峰頂舞蹈，但農夫和妻子只是用手畫舊印，指點他前往尼爾和烏撒的方向。

正午時分，他走在尼爾的一條寬闊大街上，他造訪過此處，這裡曾是他在這個方向上來過的最遠的地方。穿過尼爾沒多久，他就來到了跨越斯凱河的宏偉石橋前，這座橋修建於一千三百年前，匠人將一名活人當祭品封在最中央的橋墩裡。來到石橋的另一側，貓出現得越來越頻繁（牠們對跟著他的祖格人拱起後背），說明烏撒就在不遠處了；這是因為烏撒有一條古老而重要的法律，任何人都不得殺害貓。烏撒的城郊地帶非常怡人，有著綠色的小小村舍，農場築著整齊的籬笆；趣致的小城本身就更加怡人了，這裡能看見歷史悠久的尖屋頂、懸空的高處樓層和不計其數的煙囪管帽，狹窄的山坡街道上，若是優雅的貓咪肯騰出足夠大的空間，就會看見古老的鵝卵石路面。時隱時現的祖格人使得貓稍微散開了一些，卡特小心翼翼地走向古老者的簡樸神廟，據說他能在那裡找到祭司和古老的記錄；這座長滿常春藤的遠古圓形巨塔坐落於烏撒最高的山丘頂端，卡特進去後找到了阿塔爾元老，他曾經爬上多石荒漠中的禁忌山峰哈瑟格—克拉，並活著下山返回。

神廟頂上用花彩裝飾的神祠裡，阿塔爾坐在象牙高臺上。他已經足足三百歲了，但思維依然敏銳，記憶仍舊清晰。卡特從他那裡獲得了有關諸神的許多知識，其中最重要的一點是他們實際上是凡間的神祇，虛弱無力地掌控著我們的夢境國度，在其他地方既沒有力量也沒有棲身之地。阿塔爾說，他們若是心情好，或許會聽取一個人的祈禱，但你絕對不要動念去攀登寒漠中的卡達斯山巔，前往他們所在的縞瑪瑙城堡。還好無人知

曉卡達斯群塔位於何方，否則攀爬它們的後果將非常嚴重。阿塔爾的同伴，智者巴爾塞，他僅僅因為攀登已經為人們所知的哈瑟格—克拉山峰，就被尖叫著拖上了天空。即便他能找到未知之地卡達斯，情況也很有可能會更加糟糕；儘管地球的諸神偶爾會被睿智的凡人勝過，但守護那些山峰的外神來自宇宙之外，你還是別去和他們打交道為好。在我們的歷史上，外神至少曾兩次將他們的封印留在原始地球的花崗岩上：一次發生在遠古時代，人們只能通過古老得無人能讀懂的《納克特抄本》裡的一幅插圖推測得知；另一次就是在哈瑟格—克拉山上，智者巴爾塞嘗試偷窺地球諸神在月光下舞蹈的時候。阿塔爾說，除了謹慎而得體的祈禱，你最好不要去招惹任何神祇。

儘管阿塔爾令人氣餒的忠告使卡特感到失望，翻看《納克特抄本》和《玄君七章祕經》也沒能找到多少有用的資料，但他並沒有徹底絕望。他首先向年邁的祭司打聽他從有欄杆的高臺上見到的那座夕陽奇蹟之城，覺得他或許能夠不借助諸神的幫助就找到它；然而阿塔爾什麼都說不上來。阿塔爾說，那個地方也許屬於他特別的夢境世界，不在眾人所知的共有的幻覺國度之中，甚至位於另一顆星球上也未可知。假如是那樣，地球諸神即便願意也無法為他指引方向了。好在這種可能性並不大，因為夢境的突然中止清楚地證明那是偉大諸神不想讓他瞭解的事物。

隨後卡特做了一件不太道德的事情，他取出祖格人送給他的月樹美酒，請這位正派的主人喝了許多口，老人於是變得不負責任地健談。可憐的阿塔爾不再約束自我，而是毫無保留地暢談各種禁忌的話題：他說有旅行者報告稱，在南海的奧里亞布島上，恩格蘭奈克峰的堅實岩石上雕刻著一幅巨型圖畫；他還暗示稱，那幅畫很可能是諸神藉著月光在那座山上跳舞時刻出他們自己的肖像。他打著酒嗝說，那幅畫描繪的形象非常怪異，很容易就能認出來，它們是真正神族的確鑿特徵。

利用這些消息，尋找諸神的方法立刻變得顯而易見。眾所周知，偉大諸神中比較年輕的個體會喬裝打扮，與人類的女子通婚，因此卡達斯所在的寒漠邊緣四周的農民必定都帶著他們的血脈。既然如此，找到那片荒漠的途徑無疑就是去看一看恩格蘭奈克峰上的石雕肖像，觀察他們的面貌特徵；記住它們之後，在活著的人群之中尋找這些特徵。特徵越明顯和越密集之處，就必然離諸神的居所越近；而那個地方的村莊背後的多石荒漠就必然是卡達斯屹立之處了。

他肯定能從這些地點得到與偉大諸神有關的許多知識，流淌著神祇血脈的人很可能也繼承了對探索者非常有用的少許記憶。他們未必知道自己的出身，因為諸神不願為人所知，故而你找不到任何見過他們面容又未曾失去神志的人；早在卡特決意要攀登卡達斯山峰之前，他就已經意識到了這一點。諸神的子嗣很可能有著怪異而高傲的念頭，受到他們同胞的誤解，他們會頌揚與普通人在夢境中見到的事物都迥然不同的遙遠場所和花園，人們會稱他們為傻瓜；通過這些念頭和言辭，你應該能瞭解到卡達斯的古老祕密，獲得與諸神埋藏祕密的神奇日落之城有關的線索。更進一步，在特定的情況下，你可以抓住某個神祇喜愛的後代充當人質，甚至虜獲喬裝打扮棲身於凡人之間、迎娶美麗的農家女兒的年輕神祇本身。

但阿塔爾不知道該如何在南海的奧里亞布島上尋找恩格蘭奈克峰，他推薦卡特循著在橋樑下歡唱的斯凱河前往南海；沒有一位烏撒的居民曾經去過那裡，但時常有商人乘船或帶著騾子和兩輪馬車組成的大篷車隊從那裡來。那個方向有一座名叫狄拉斯—琳的大城，但它在烏撒的名聲很壞，起因是從不知名的海岸駛向這座城市的滿載紅寶石的黑色三層多槳大帆船。從那些槳帆船下來、與珠寶商交易的商人是人類或近乎人類，但從沒有人見過那些槳手；在烏撒，與來自未知之地、槳手從不露面的黑船做生意的商人會被視為違背自然。

阿塔爾說完這些情況已經非常睏倦了，卡特攙扶他輕輕地躺在鑲嵌烏木的睡榻上，很有禮貌地攏起他的長鬚擺在胸口。他轉身繼續上路，注意到不再有隱約的顫振之聲跟隨，不禁困惑於祖格人在滿足好奇心的旅程中為何會變得如此懈怠。這時他發現烏撒那些毛皮光滑、自鳴得意的貓咪都在舔各自的嘴唇，流露出非同尋常的愉快神情，他回想起自己沉浸在與年邁祭司的對話之中時，曾隱約聽見從神廟下方傳來貓的嘶嘶叫聲和尖利叫聲。他還想到了一個特別放肆的年輕祖格人曾以邪惡的飢渴眼神打量外面卵石街道上的一隻小黑貓。他在世界上最喜愛的事物莫過於小黑貓了，於是他蹲下去愛撫烏撒那些毛皮光滑的貓咪，看著牠們舔各自的嘴唇，那幾個好奇的祖格人無法繼續陪伴他了，然而他並沒有感到哀傷。

已是日落時分，卡特在俯瞰城區較低處的陡峭小街上找了一家古老的旅舍投宿。他來到房間的陽臺上，低頭望向紅瓦屋頂的海洋、鑲嵌鵝卵石的街道和鎮外怡人的田野，它們在斜射的暮光中顯得如此醇美和魔幻，他敢發誓，倘若沒有那座更宏偉的日落之城的記憶驅策著他奔向未知的危險，他肯定會選擇長居烏撒。黃昏很快到來，灰泥抹平的山牆從粉色變成了神祕的紫色，古老的窗格裡，淡黃色的小燈一盞接一盞地逐漸點亮。甜美的鐘聲在頂上的神廟塔樓裡鳴響，第一顆星辰在斯凱河對岸的牧場上空柔和地眨眼。歌聲隨著夜幕一起降臨，魯特琴手讚頌往昔時光的樂聲飄揚在單純質樸的烏撒那鋪著金銀絲毯的陽臺和棋盤格的庭院之上，卡特隨著它的節拍點頭。連烏撒為數眾多的貓咪發出的叫聲也透著一絲甘美，不過大多數貓咪還在默默地消化先前那場怪誕的盛宴。其中有一些偷偷溜進只有貓咪才知曉的神祕領地，村民說那裡位於月之暗面，只有貓咪能從高聳的屋頂一躍而入；但有一隻小黑貓爬到樓上，跳上卡特的膝頭，嗚嗚撒嬌和玩耍，他最終在狹小的睡椅上躺下，把腦袋放在填滿催眠的芬芳草藥的枕頭上，小黑貓也蜷縮在他的腳邊休息。

第二天清晨，卡特加入一支前往狄拉斯—琳的篷車商隊，馬車上載著烏撒的精紡羊毛和烏撒那些繁忙的農場出產的捲心菜。伴隨著叮叮噹噹的鈴鐺聲，他們在斯凱河畔的平坦道路上騎行了六個白天；有些夜晚他們在趣致的漁業小鎮的客棧歇腳，其他夜晚則在星空下宿營，有船夫的歌聲從靜謐的河上飄來。田園風光非常美麗，綠色的樹籬和果園、如畫的尖頂村舍和八角風車歷歷在目。

第七天，前方的地平線上升起了朦朧的煙靄，狄拉斯—琳那些高聳的黑色塔樓隨即現身，它們主要由玄武岩壘砌而成。從遠處望去，狄拉斯—琳那些多棱角的細長塔樓有點像巨人堤道(注)，街道暗沉沉的，像是拒人於千里之外。不計其數的碼頭附近有著許多陰森的海員酒館，整座城市擠滿了奇異的海員，他們來自地球上的每一塊土地，有一些據說甚至來自地球之外。卡特向那座城市裡身穿古怪袍服的男人打聽奧里亞布島上的恩格蘭奈克峰，發現他們很瞭解那個地方。有幾艘船來自那座島上的巴哈那港，其中一艘計畫在一個月內返航，從港口騎斑馬只需要兩天就能到恩格蘭奈克峰。然而極少有人見過神祇的石刻面容，因為它位於恩格蘭奈克峰極難攀登的一側山巔，它的腳下只有峭壁和充滿險惡岩漿的峽谷。有一次諸神被那一側的居民惹怒了，於是向外神講述了這件事。

他很難從狄拉斯－琳的海員酒館裡的商人和水手嘴裡問出這些情況，因為他們更樂意散播黑色大船的閒話。其中有一艘將在一週內從無名海岸帶著紅寶石抵達，市民想到要看見它入港就心生畏懼。從船上下來做生意的那些人的嘴巴長得太寬，頭巾在額頭上方堆出兩個尖角的樣子尤其品位低劣。六大王國從沒見過他們那麼粗短和怪異的鞋子。然而最可怕的還是那些從不露面的槳手。三層船槳移動得過於敏捷、精確和強勁，因而令人感到不安，一艘船在港口停泊幾個星期，商人下船做生意而船員卻從不出現在市民眼前，這裡肯定有什麼名堂。對狄拉斯－琳的酒館老闆、雜貨商和肉舖來說，事情很不公平，因為他們從未送過任何補給品上這些船。商人只接受黃金和來自河對岸帕格的矮壯黑奴。那些面目可憎的商人和不可見的槳手，他們只要黃金和按磅計價的肥胖黑奴，從不向肉舖和雜貨商購買任何東西。每當南風從碼頭吹向岸邊，就會從槳帆船那兒帶來無法用語言形容的怪味。連古老的酒館裡最堅強的常客也要拼命抽味道濃烈的塞格煙草

注 位於北愛爾蘭貝爾法斯特西北約80公里處的大西洋海岸，總計約4萬根六角形石柱組成了約8公里的海岸線。

才能忍耐下來。假如狄拉斯—琳還能從其他地方獲得如此品質的紅寶石，他們就肯定不會繼續容忍這些黑色大船了，然而整個地球的夢境國度都沒有一個已知礦藏能生產那樣的寶石。

這就是狄拉斯—琳那些四海為家的人們閒聊的主要話題，而卡特耐心地等待來自巴哈那的船隻起航，它將送他前去的島嶼就是貧瘠而巍峨、刻著神祇肖像的恩格蘭奈克峰的屹立之處。另一方面，他也沒有放棄向遠途旅行者打聽或許與寒漠中的卡達斯或者在夕陽露臺上見到的遍佈大理石牆壁和銀色噴泉的奇蹟城市有關的故事。然而他一無所獲，有一次當他提及寒漠時，一個狹縫眼的老商人表情古怪，像是知道些什麼。據說此人與冷原的冰寒荒漠上那些可怕的石砌村莊有生意往來，身心健康的普通人決計不肯造訪冷原，那裡夜間的邪惡火焰在遠處就能看得清清楚楚。甚至有傳聞稱他和不可描述的高級祭司打過交道，後者臉上戴著黃色絲綢面具，獨自住在史前的石砌隱修院裡。這麼一個人按理說肯定與人們想像中應該居住在寒漠中的生物做過小生意，然而卡特很快發現詢問他也毫無用處。

就在這時，黑色槳帆船悄然駛進港口，它掠過玄武岩防波堤和高聳的燈塔，靜默而陌生，南風將怪異的惡臭吹向城區。不安的感覺在海邊的酒館裡瑟瑟傳播，沒過多久，嘴巴闊大、紮著帶角頭巾、雙腳短小的黝黑商人笨拙而鬼祟地上岸，走向珠寶商匯聚的市場。卡特仔細觀察他們，看得越久就越是心生厭惡。隨後他看見他們趕著矮壯的帕格黑奴走上登船踏板，後者嘟嘟囔囔、汗流浹背地鑽進怪異的船艙，他不禁思考那些肥胖而可憐的生靈註定將去往何方的土地，甚至是否還會踏上土地。

槳帆船逗留的第三個夜晚，一名令人不適的商人與他攀談，他邪異而自鳴得意地假笑，暗示說他在酒館裡聽說了卡特的探尋。他似乎擁有一些祕密得不該在公開場合提起的知識，儘管他的嗓音可憎得令人不堪忍受，卡特依然覺得他這麼一個從不知名遠處而來的旅行者的見聞還是不容忽視。因此卡特邀請他去樓上帶鎖的房間做客，取出最後的一點祖格月樹酒，希望能撬開他的嘴巴。怪異的商人大口喝酒，但無論怎麼喝，臉上的假笑都毫無變化。隨後他取出一個奇特的酒瓶，裡面裝著他自己的酒，卡特發現酒瓶是一整塊掏空的紅寶石，雕刻的花紋過於玄妙，令人無法理解。他請卡特試一試他的酒，儘管卡特只是嘗了最小的一口，還是立刻感覺到天旋地轉，以及無法想像的混亂和燥熱。客人的笑容越來越燦爛，在卡特落入黑暗深淵之前，他最後一眼見到的是那張黝黑的可憎面孔因為邪惡的大笑而抽搐起來，痙攣般的顫抖弄散了橙色頭巾在額頭上包出來的兩個尖角之一——赫然現身的是某種無法言喻之物。

重新恢復意識的時候，卡特發現他被可怖的氣味包裹著，躺在船甲板上彷彿帳篷的遮蔽物底下，南海的壯麗海岸以不自在的迅捷飛速掠過。他沒有被鐵鏈鎖住，但三個面露譏諷之色的黝黑商人站在一旁對他獰笑，見到他們頭巾上的隆起，他就像聞到從險惡的艙口飄上來的惡臭一樣，幾乎暈厥過去。他的視線越過他們，看見了恢宏的土地和城市，另一名來自地球的夢境漫遊者——古代金斯波特的一名燈塔守護人——過去常常描述它們的樣子，他認出了薩爾神廟林立的梯臺，也即被忘卻之夢的居留場所；他認出了惡名昭彰的薩拉里昂的諸多尖塔，那座惡魔城市擁有一千種奇景，統治者是幻靈拉西；他認出了蘇拉如停屍房般的陰森園圃，歡愉從未抵達過那片土地，還有孿生的水晶岬地，它們在空中交匯成輝煌的拱門，守護著索納—內爾港，被祝福的奇幻之地。

不露面的槳手在底下以違反自然的節奏划槳，散發惡臭的黑船令人不快地掠過絢麗的土地。白晝尚未結束之時，卡特發現舵手的目標無疑是西方的玄武岩巨柱，頭腦簡單的普通人說巨柱的另一側坐落著壯麗的卡休里亞，然而睿智的造夢者都很清楚它們其實是門戶，通往一道無比龐大的瀑布，地球的夢境國度的海洋從此處落向深不可測的虛無，穿過空無一物的空間，流向其他行星、其他恒星和有序宇宙之外的可怖虛空，惡魔君王阿撒托斯在那裡的混沌中貪婪啃噬，陪伴它的是鼓聲、笛聲還有盲目、無聲、晦暗、無智的外神地獄般的舞蹈，它們的靈魂和信使就是奈亞拉托提普。

三個面露譏諷之色的商人始終沒有吐露他們的意圖，但卡特很清楚他們必定是企圖阻止他繼續探尋勢力的盟友。眾所周知，外神在夢境國度擁有諸多行走於人類之間的探子；這些探子無論是純粹的人類還是稍微劣於人類，都渴望履行那些盲目而無智的神祇的意志，以爭取他們醜惡的靈魂及信使奈亞拉托提普的恩惠。因此，卡特推測得出結論，這些紮著隆角頭巾的商人聽說了他在大膽地探尋棲息於卡達斯城堡之中的偉大諸

神，決定劫走他並將他交給奈亞拉托提普，換取充當獎賞的天曉得是什麼無可名狀的施捨。這些商人所來自的土地究竟位於我們這個已知宇宙還是可怖的外部空間，卡特無從猜測；他同樣無法想像他們將在哪個地獄般的幽閉空間會見「伏行之混沌」，用他換取他們的獎賞。但他知道，即便是這些類似人類的生物也不敢靠近惡魔阿撒托斯位於無定形的核心虛無之中的終極永夜王座。

日落時分，商人舔著他們闊大得誇張的嘴唇，眼睛裡放出飢餓的火光，其中之一走進下層甲板，從某個隱蔽而可憎的船艙取來一個罐子和一籃餐盤。他們在天篷下蹲成一圈，吃著傳來傳去的熏肉。他們給了卡特一份，他在肉的尺寸和形狀中發現了一些非常恐怖的細節，臉色變得比先前更蒼白了，他趁沒人注意的時候把肉扔進海裡。他再次想到底下那些從不露面的槳手，想到他們從中攝取了遠超常人的機械力量的可疑食物。

槳帆船從西方的玄武岩巨柱之間穿過時已是夜間，前方終極瀑布的喧囂聲響得震耳欲聾。瀑布濺起的水花遮蔽了星辰，甲板因此變得潮濕，船被懸崖邊緣湧動的水流卷得打轉。緊接著，隨著某種怪異的哨音，船身震盪，飛躍出去，大地沉向下方，大船毫無聲息、像彗星似的射向星際空間，卡特感覺到了噩夢般的恐懼。他從不知道乙太中竟然充斥著無形的漆黑生物，它們潛伏、躍動、掙扎，睨視他們這樣的航行者，對著他們獰笑，偶爾當移動的物體激起它們的好奇心時，它們用黏滑的蹼爪觸摸感受。它們是外神無可名狀的幼體，與外神一樣盲目和無智，擁有獨特的飢渴欲望。

可憎的槳帆船沒有像卡特恐懼的那樣航向遠方，他很快發現舵手將航線徑直指向了月球。此刻的月亮是一輪新月，隨著他們的靠近，它變得越來越大，令人不安地袒露了獨特的環形山和險峰峻嶺。槳帆船駛向月球邊緣，卡特很快意識到它的目的地是月球永遠背對地球的祕密而神祕的那一面，意識清醒的人類從未見過月球的那一面，也許只有造夢者斯尼瑞斯—寇除外。隨著槳帆船靠近月球，近距離觀察的結果令卡特非常不安，他尤其不喜歡散落各處、崩塌破敗的廢墟的尺寸和形狀。山上已經廢棄的神廟選址特殊，它們尊崇的不可能是合乎理性的正常神祇，殘破立柱的對稱性之中似乎潛伏著某些並不歡迎解讀的內在的黑暗含義。曾在這裡頂禮膜拜的舊時生物會擁有什麼樣的身體結構和五官比例，卡特堅定不移地拒絕猜測。

槳帆船繞過月球邊緣，飛過人類從未見過的土地，怪異的地貌顯露出生命存在的確鑿跡象；在光怪陸離的泛白色真菌園地中，卡特見到了許多低矮而寬闊的圓形屋舍。他注意到這些屋舍沒有窗戶，其形狀讓他聯想起了因紐特人的棚屋。隨後他瞥見了黏稠海洋裡的油膩波浪，知道旅程將重新回到水上——至少是某種液體之上。槳帆船落進海洋，發出奇特的聲音，波浪以有彈性的怪異方式接納槳帆船，令卡特感覺非常困惑。他們在海洋表面高速滑行，途中經過了一艘類似的槳帆船並向對方致意，但絕大多數時候他只能看見奇特的海洋和儘管有陽光炙烤卻依然群星點綴的漆黑天空。

犬牙交錯的群山構成的醜惡如痲瘋病的海岸在前方漸漸升起，卡特見到了令人不快的灰色高塔聚集的一座城市。這些高塔傾斜和扭曲的形態、簇擁在一起的方式和完全沒有窗戶的事實，都使得這位囚徒倍感不安；他痛苦地悔恨於自己的愚蠢，否則他肯定不會去碰紮著隆起頭巾的商人拿出的古怪烈酒。隨著海岸越來越近，城市散發出的惡臭越來越濃烈，他見到參差群山上滿是森林，認出有些樹木很像地球上魅惑叢林中那棵孤獨的月樹，矮小的棕膚祖格人用它的樹液釀製成特殊的美酒。

卡特漸漸在嘈雜的碼頭上分辨出了移動的身影，他看得越清楚，就越是恐懼和厭惡它們。因為它們根本不是人類，甚至與人類毫無相似之處，而是巨大的滑溜溜的灰白色生物，它們能夠隨心所欲地擴張和收縮身體，它們時常改變外形，其原始形狀彷彿某種蟾蜍，但沒有眼睛，輪廓模糊的粗鈍拱嘴的盡頭長著一簇怪異顫動著的粉紅色短觸鬚。這些生物在碼頭周圍忙碌地蹣跚而行，用超自然的力量搬運包裹、板條箱和紙箱，時而用前爪撐著長槳跳上跳下停靠在岸邊的槳帆船。偶爾還能看見一個這種生物驅趕著一群奴隸趕路，長著闊大嘴巴的奴隸類似人類，很像去狄拉斯—琳做生意的那些商人；但這些奴隸既沒有紮頭巾也沒有穿鞋和衣服，顯得就不怎麼像人類了。有些奴隸——比較胖的那些，押運者會試驗性地捏一捏他們的身體——從船上被趕下來，推進板條箱並釘死，工人隨後把板條箱推進低矮的倉庫或裝上笨重的巨大貨車。

一輛貨車裝滿板條箱駛離碼頭，儘管卡特已經在這個可憎的地方見到了許多怪物，但拉車的奇異生物還是讓他驚呼出聲。時而能見到一小群和黝黑商人一樣穿著衣服、紮著頭巾的奴隸登上槳帆船，一大群滑溜溜的灰白色蟾蜍怪物緊隨其後，擔任船員、導航員和槳手。卡特發現近乎人類的生物專門負責更加卑下且不需要力量的勞役工作，例如操縱舵盤、烹飪、取物、搬運和與地球或有貿易往來的其他星球上的人類談生意。這些生物在地球上肯定來去自如，因為只要穿上衣服和鞋子，仔細紮好頭巾，他們就可以在人類的店鋪裡討價還價，而無須感到窘迫或提出稀奇古怪的藉口。然而他們中的大多數，除了瘦弱和不受喜愛的，都渾身赤裸地被裝進板條箱，裝上由奇異生物牽引的笨重貨車拉走。偶爾也有其他生物被從船上趕下來，裝進板條箱；有一些很像那些半人類，有一些不太像，還有一些完全不像。他不禁思考那些可憐的矮壯帕格黑奴會不會也被趕下船，裝進板條箱，在那些可憎的大車裡運向內陸。

槳帆船在由多孔岩石修建、看上去油膩膩的碼頭旁靠岸，一群噩夢般的蟾蜍狀怪物蹣跚走出艙門，其中兩個抓住卡特，拖著他上岸。那座城市的氣味和面貌都超過了文字的描述能力，卡特腦海裡只留下一些零散的畫面，其中有鋪著瓷磚的地面、黑洞洞的大門、永無盡頭的沒有窗戶的灰色陡峭牆壁。最後他被拖進一個低矮的門洞，被迫在漆黑中爬上無窮級臺階。對於蟾蜍怪物來說，光明和黑暗似乎沒有任何區別。這個地方的氣味簡直難以忍受，卡特被單獨鎖進一個房間，他用最後一絲力氣爬來爬去，確定囚室的形狀和尺寸。這個房間是圓形的，直徑約20英呎。

接下來，時間彷彿不存在了。每隔一段時間，食物會被推進牢房，但卡特碰都不肯碰。他不知道自己將面臨何種厄運，但覺得自己被扣押在這兒是為了等待無盡虛空之外神那可怖的靈魂和信使「伏行之混沌」奈亞拉托提普的到來。經過了無從猜測的一段時間，不知道是幾個小時還是多少天，巨大的石門終於打開，卡特被推搡著走下臺階，來到那座恐怖城市的紅光映照的街道上。此時是月亮上的夜晚，手持火炬的奴隸星羅棋佈地站在全城各處。

某種隊伍正在一個可憎的廣場上聚集，十個蟾蜍狀怪物，二十四個近乎人類的火炬手，兩邊各十一個，前後各一個。卡特身處隊伍的正中央；前後各五個蟾蜍狀怪物，左右各一個近乎人類的火炬手。有幾個蟾蜍狀怪物取出用象牙雕刻的令人厭惡的笛子，吹奏起陰森可怖的聲音。伴隨著那地獄般的笛聲，隊伍離開廣場，走出鋪著瓷磚的街道，穿過黑夜籠罩的種植汙穢真菌的平原，很快開始攀登城市背後一座比較低矮和平緩的山丘。卡特毫不懷疑，「伏行之混沌」就在某個令人驚恐的山坡或褻瀆神聖的山頂上等待著；他希望懸而未決的狀態能盡快過去。那些邪惡笛子的嗚咽聲令人驚駭，他願意用無數個世界來換取一些僅僅趨近正常的聲音，然而蟾蜍狀怪物不能說話，而奴隸則沉默無語。

就在這時，從群星點綴的黑暗中傳來了一個正常的聲音。它從更高的山峰滾滾而下，周圍所有的參差群山隨即回應，彙聚成越來越響的喧雜的大合唱。這是貓的午夜嚎叫，卡特終於明白，年長村民毫無根據的猜測竟然是正確的，只有貓咪才瞭解那些神祕莫測的國度，老貓會在深夜悄無聲息地從屋頂高處躍入這裡。是的，牠們就這麼來到了月之暗面，在山上跳躍和嬉鬧，與古老的陰影交談，卡特在那些惡臭怪物的包圍中聽見了牠們質樸而友善的叫聲，回想起家鄉陡峭的屋頂、溫暖的壁爐和亮著燈的小窗。

藍道夫·卡特懂得很多貓類的語言，他在這個遙遠而可怖的地方發出了適當的叫聲。其實這麼做純屬多此一舉，因為他剛剛張開嘴唇，就聽見貓的合唱聲變得更響也更近了，看見星空下有一些敏捷而優雅的小小身影在山間躍動，匯聚成一個個軍團。族人的呼號已經發出，還沒等汙穢的隊伍有時間感到害怕，毛團就集結成令人窒息的烏雲，能殺人的利爪組成方陣，如怒濤或暴風雨一般淹沒了他們。笛聲立刻停息，夜色下響起嘯聲。類人生物垂死慘叫，貓嘶嘶叫、嗚嗚叫、大聲咆哮，只有蟾蜍狀怪物在它們惡臭的綠色體液致命地流淌在長出汙穢真菌的多孔土壤上時，依然不發出任何聲音。

火炬沒有熄滅，眼前的景象令人驚愕，卡特從未見過這麼多的貓。黑色、灰色、白色；黃色、虎斑、三花；普通家貓、波斯貓、馬恩島貓；西藏貓、安哥拉貓、埃及貓；全都加入了這場狂暴的戰鬥，一絲使得其女神在布巴斯提斯（注）廟宇中受到崇敬的不容侵犯的神性籠罩著牠們。牠們以七倍的力量撲向類人生物的咽喉或蟾蜍狀怪物長著粉色觸鬚的拱嘴，蠻橫地將對方壓倒在種植真菌的平原上，無數同伴隨即一擁而上，在神聖的戰鬥怒火中用瘋狂的爪子和牙齒撕扯敵人。卡特從一名被擊倒的奴隸手上搶過火炬，但他忠誠的護衛者的洶湧浪濤很快也撲倒了他。他躺在完全的黑暗之中，聽著紛亂的戰鬥聲響和勝利者的叫聲，在朋友們來來回回踩踏他身體時感受牠們柔軟的腳掌。

敬畏和疲憊終於合上了他的眼睛。等他再次睜開眼睛，見到的是一幅奇異的景象。地球是一個巨大的發光圓盤，比我們見到的月亮大十三倍，它冉冉升起，怪異的光線如洪水般灑遍月球表面；周圍許多里格外蠻荒的高原和參差的山峰上，不計其數的貓咪蹲伏著組成了整齊的隊伍。牠們一圈又一圈地環繞他，隊伍中有兩三位首領舔他的臉，用呼嚕呼嚕的叫聲安慰他。死去的類人奴隸和蟾蜍狀怪物沒留下多少痕跡，不過卡特覺得他在他和貓族勇士組成的堅實圓圈之間不遠處的地面上看見了一塊骨頭。

卡特用貓的柔和語言和首領們交談，得知他與這個族類的恒遠友誼早已聞名遐邇，貓在聚會時常常會提及。先前他途經烏撒時牠們沒注意到他，但毛皮光滑的老貓記住了

注　位於埃及東北部，尼羅河三角洲的古城，曾是祭拜貓頭神巴斯特的宗教中心。

他在牠們收拾了邪惡地看著一隻小黑貓的飢餓祖格人後如何愛撫牠們。牠們還記得那隻小黑貓去旅店探望他的時候如何受到他的款待，他如何在第二天離開前留給牠一碟醇厚的奶油。小黑貓的祖父就是集結於此的這支大軍的首領，因為牠從遙遠的山巔見到了這支邪惡的隊伍，認出囚徒是它的種族在地球和夢境國度宣誓忠誠的摯友。

更遠處的一座山上傳來了嚎叫聲，年長的首領正說到一半陡然停下。那是大軍的哨兵之一，駐紮在最高的山峰上，監視地球貓族畏懼的一個宿敵：來自土星的極為巨大的特別貓類，出於某些原因，牠們未能逃脫月之暗面的魔力影響。牠們與邪惡的蟾蜍狀怪物締結盟約，對地球貓族顯露出惡名昭彰的敵意；因此，此刻若是與牠們碰面，恐怕會造成頗為嚴重的事態。

首領與將軍短暫地商討之後，貓咪們起身組成更緊密的陣形，保護性地簇擁在卡特身旁，準備進行長途跳躍，穿越空間，返回地球及其夢境國度的屋頂上。年長的元帥建議卡特被動地任由毛茸茸的跳躍者的群集隊伍托著他，向他講述如何在群貓跳躍時跟著跳躍，在群貓落地時優雅地落地。牠說牠們可以送他去任何一個他想去的地方，卡特決定前往黑色槳帆船出發的狄拉斯—琳城市，因為他想從那裡乘船前往奧里亞布島，探訪諸神在山頂雕刻畫像的恩格蘭奈克峰，他還想警告那座城市的居民，只要能夠有策略和審慎地切斷聯繫，就不要繼續和黑色槳帆船來往。隨著一聲令下，所有貓咪同時優雅地躍起，將牠們的朋友安全地簇擁在中央；與此同時，在月球山脈一座遙遠的邪惡山峰頂端的黑色洞窟中，「伏行之混沌」奈亞拉托提普依然在徒勞地等待。

貓群穿過虛空的跳躍非常迅速；卡特被同伴們圍在中間，因此這次沒有看到在深淵中潛伏、躍動和掙扎的黑色無形巨物。他還沒有意識到究竟發生了什麼，就已經回到狄拉斯—琳那家旅舍原先的房間裡，友善的貓族無聲無息地從窗戶魚貫而出。來自烏撒的年長首領最後一個離開，卡特和牠握爪告別，牠說破曉前牠就能回到家裡。黎明時分，卡特下樓，得知他被綁架和帶走已經是一週之前了。前往奧里亞布島的船還有將近兩週才會起航，在此期間他盡量向眾人講述黑色槳帆船的本質和它們的邪惡行徑。大多數市民相信他，然而珠寶商過於鍾愛那些巨大的紅寶石，誰也不願保證與那些闊嘴商人徹底斷絕來往。倘若這些交易日後給狄拉斯—琳帶來任何邪惡暴行，那也不是卡特的錯。

大約過了一週，他翹首以盼的那艘船終於駛過黑色的堤岸和高聳的燈塔進港了，卡特很高興見到那是一艘由正常人類駕駛的三角帆船，船的兩側塗著防水漆，黃色的三角帆隨風招展，灰膚的船長身穿絲綢袍服。船上貨物是奧里亞布島內陸樹叢出產的芬芳樹脂、巴哈那藝術家燒製的精緻陶器和用恩格蘭奈克峰上遠古火山岩雕刻的奇異小雕像。他們換到的商品是烏撒的羊毛、哈瑟格的色彩斑斕的織物和對岸帕格黑人雕刻的帶花紋的象牙。卡特與船長談定了前往巴哈那的行程，船長說他們要在海上航行十天。在等待的這一週內，他與船長談了很多與恩格蘭奈克峰有關的話題，得知見過山頂石刻的人寥寥無幾，絕大多數旅行者滿足於聽老人、火山岩採集者和巴哈那的雕像製作師講述它的傳奇故事，回到遙遠的家鄉後再聲稱他們曾親眼見過。船長甚至不確定是否有還活著的人見過那張雕刻的肖像，因為恩格蘭奈克峰不友善的那一側非常難以攀登，貧瘠而險惡，有傳聞稱靠近山頂的洞窟棲息著夜魔。然而船長不願多說夜魔究竟是什麼樣，因為一個人對它們想得越多，就越有可能在夢境中受到它們的滋擾。卡特於是向他問起寒漠中的未知之地卡達斯和夕陽奇蹟之城，但好心的船長對這些就什麼都說不上來了。

一天清晨，潮水轉向的時候，卡特乘船駛出狄拉斯—琳的港口，看見第一縷陽光照在這座陰沉的玄武岩城市那些多棱角的細長塔樓上。他們向西航行了兩天，一路上都能看見鬱鬱蔥蔥的海岸，經常見到怡人的捕魚小鎮的紅色屋頂和煙囪管帽，小鎮從夢境中古老的碼頭和晾曬漁網的沙灘陡峭地向山坡上伸展。到了第三天，他們急轉向南，洋流變得更加湍急，陸地很快消失在了視線之外。第五天，水手都很緊張，船長為他們的恐懼向他道歉，稱船即將經過一座古老的被遺忘的沉沒城市裡長滿水草的殘垣斷壁，假如海水剛好比較清澈，可以在深處見到大量游動的黑影，淳樸的人們對此非常厭惡。另外他也承認，曾有許多船隻在這片海域失蹤。

那天夜裡，月光非常明亮，能望見水裡的極深之處。風很小，因此船幾乎無法移動，而海面非常平靜。卡特在欄杆旁向下看，見到深水之下有一座宏偉神廟的拱頂，神廟前是一條異乎尋常的神祕寬闊大道，大道通往曾經是公共廣場的地方。海豚在廢墟中歡快地穿梭，小鯨笨拙地在各處嬉鬧，牠們偶爾浮上來躍出大海。船又向前漂了一段，洋底隆起變成丘陵，能清楚地看見山坡上的遠古街道和無數小房屋被衝垮的斷壁。

城郊的居住區隨後出現，最終他在一座小丘上看見了一幢單獨的龐大建築物，它的結構比其他建築物更簡單，保存得也更完好。這幢低矮的黑色建築物是四方形的，四個角上各有一座塔樓，中央是個鋪著地磚的庭院，上上下下開著許多奇特的圓窗。水草遮蔽了它的大部分區域，但還是看得出它的質地是玄武岩；從它單獨而雄偉地盤踞在那座偏僻的山丘頂端的樣子來看，它很可能是某種廟宇或隱修院。發磷光的魚類棲息在建築物內部，使得小圓窗彷彿隱約放光，卡特覺得難怪水手會產生恐懼的情緒。藉著水中的月光，他發現建築物的中央庭院裡有一塊怪異的高聳巨石，他看見有某種東西被綁在石塊上。他從船長的艙室取來望遠鏡，看見被綁著的是一名身穿奧里亞布島絲袍的水手，頭朝下，被挖掉了眼睛；他慶幸於風勢很快變大，將船送往更正常的海域。

第二天，他們遇到了一艘掛著紫色風帆的船，這艘船載著顏色怪異的百合花球莖，要前往位於被遺忘的夢境之地的薩爾。第十一天的傍晚，奧里亞布島進入了他們的視野，參差不齊、白雪覆蓋山巔的恩格蘭奈克峰在遠方逐漸變高。奧里亞布島非常大，港口巴哈那是一座宏偉的城市。巴哈那港的碼頭是用斑岩修建的，巨大的石砌梯臺構成的城市在它們背後升起，時而有建築物和連接建築物的天橋拱懸於鋪著石階的街道之上。一條大運河從整座城市之下穿過，運河流淌於花崗岩大門後的隧道中，匯入內陸的亞斯湖，湖對岸是一座名字已被遺忘的遠古城市的土磚遺跡。船在傍晚時分開進港口，

生燈塔索恩和沙爾用光明歡迎他們，巴哈那梯臺上的一百萬扇窗戶裡，柔和的燈光悄悄地向外窺視，它們逐漸向高處延伸，而星辰在夜空中偷偷眨眼，修建於陡峭山坡上的海港到最後變成了一整個熠熠生輝的星座，懸在天頂群星和群星在沉靜海面上的倒影之間。

靠岸之後，船長邀請卡特去他家做客，他住在城區背後山坡上、亞斯湖畔的一幢小屋子裡；他的妻子和僕人端來了奇特的可口餐食供旅行者享用。接下來的幾天裡，卡特走遍了火山岩採集者和雕像製作師會聚的所有酒館，搜集與恩格蘭奈克峰有關的一切傳聞和故事，然而他連一個爬上過更高處山坡或親眼見過石雕肖像的人都沒有找到。恩格蘭奈克峰很難攀登，背後只有一條受詛咒的山谷，另外，誰也不敢肯定地說夜魘完全是一個神話故事。

船長重新駛向狄拉斯－琳，卡特住進一家古老的客棧，客棧門前是老城區的石階小巷，客棧由土磚壘砌，與亞斯湖對岸的遺跡類似。他在這裡制定攀登恩格蘭奈克峰的計畫，彙集他從火山岩採集者那裡聽說的全部路線資料。客棧老闆年紀很大，聽說過數不清的傳奇怪事，他向卡特提供了巨大的幫助。他甚至帶卡特去了那幢古老房屋樓上的一個房間，向卡特展示一張粗略的畫像，是一位旅行者多年前畫在土磚牆壁上的，當時的人們比較大膽，更願意探尋恩格蘭奈克峰更高處的山坡。年邁的客棧老闆的曾祖父聽他的曾祖父說，繪製畫像的旅行者曾登上恩格蘭奈克峰，親眼見過石雕的肖像，返回後畫出來供其他人瞻仰；然而卡特對此疑慮重重，因為牆上那張粗糙的巨幅肖像畫得潦草而倉促，而且被一群伴隨者喧賓奪主，這些伴隨者具有品位極其低劣的外形，長著彎角、翅膀、鉤爪和捲曲的尾巴。

卡特在巴哈那的酒館客棧和公共場所搜集了能夠搜集到的所有資料，最後他租了一匹斑馬，在一天清晨出發，踏上亞斯湖畔通向內陸地區的道路，朝著亂石林立的恩格蘭奈克峰而去。他的右側是高低起伏的丘陵、怡人的果園和整齊的石砌農舍，他不禁想起了斯凱河兩岸的肥沃田地。傍晚時分，他離亞斯湖對岸無名的古老廢墟已經不遠，儘管年長的火山岩採集者提醒過他夜裡切勿在那裡宿營，但他還是把斑馬拴在一面風化土牆前的一根怪異立柱上，將毛毯鋪在一個有遮蔽物的牆角裡，宿營之處的上方有一些無人能解讀的雕紋。奧里亞布島的夜晚很冷，因此他又用一塊毛毯裹住身體；夜裡他被弄醒一次，覺得有某種昆蟲的翅膀掃過他的面頰，他用毛毯蓋住腦袋，睡得很安穩，直到遠處能產出樹脂的樹林裡的麥格鳥叫醒了他。

此時太陽剛爬上寬闊的山坡，綿延數里格的遠古土磚地基、殘破牆壁、偶爾可見的斷裂立柱和臺座荒涼地鋪展於山坡上，直到亞斯湖的岸邊；卡特左右張望，尋找他拴在柱子上的斑馬。他極為驚恐地發現溫順的馱獸平躺在那根怪異的立柱旁，更讓他憤怒的是他發現自己的坐騎已經死了，牠的喉嚨上有一個奇特的傷口，全身的血液通過那個傷口被吸食殆盡。他的行李被翻得亂七八糟，丟失了幾件亮閃閃的小玩意，附近積灰的土地上有許多巨大的帶蹼腳印，他完全認不出那是什麼東西留下的。傳說故事和火山岩採集者的警告浮現在他心頭，他想起了昨天夜裡掃過面頰的東西。他揹起行李，大踏步走向恩格蘭奈克峰；他發現道路不遠處穿過廢墟後有一座古老的神廟，神廟牆上的低矮處開著一個巨大的拱形洞口，石階從洞口通向他無法窺破的黑暗深處，他頓時不寒而慄。

他順著山坡向上走，穿過人煙稀少、部分被森林覆蓋的鄉野，一路上只見到燒炭工的茅屋和樹脂採集人的營地。空氣中瀰漫著樹脂的芬芳，麥格鳥無憂無慮地歡唱，在陽光下炫耀七色的羽毛。臨近日落時分，他見到了火山岩採集者剛紮的營地，他們揹著沉重的布袋從恩格蘭奈克峰較平緩的山坡回來；他在同一個地方紮營，聽著他們的歌唱和故事，碰巧聽見有人在低聲討論他們失去的一名同伴。這個人爬向高處，去採集一塊高品質的火山岩，直到夜幕降臨也沒有回到隊伍中來。第二天他們前去尋找他，只發現了他的頭巾，底下的峭壁上沒有任何他失足墜崖的痕跡。他們沒有繼續搜尋，因為隊伍中的老人說找也是白費力氣。從未有人找到過夜魘劫走的失蹤者，而這些怪物存在的證據也極為可疑，它們幾乎只存在於傳說之中。卡特問，夜魘是否會吸血、喜愛亮閃閃的東西和留下帶蹼的腳印，但他們全都搖頭表示否定，對他發出如此問詢表現出了恐懼。他注意到他們變得沉默寡言，也就沒有繼續追問，而是裹著毛毯睡覺去了。

第二天，他和火山岩採集者一起醒來，他從他們手中購買了一匹斑馬，他向東而去，他們向西，雙方互相告別。隊伍裡的長者為他祝福，警告他說最好別在恩格蘭奈克峰上爬得太高，他衷心地表示感謝，但並不會採納他們的建議。因為他依然覺得他必須找到未知之地卡達斯峰頂的諸神，從他們那裡贏得前往令他魂牽夢縈的夕陽下奇蹟之城的方法。中午時分，漫長的爬坡騎行之後，他見到了一些被遺棄的磚砌村落，曾經有山民居住在這個靠近恩格蘭奈克峰的地方，用山上光滑的火山岩製作雕像。他們在此處居住到客棧老闆的祖父生活的年代，直到那時才感覺到自己的存在不再受到歡迎。他們的住處甚至延伸到了山坡上，然而越是在高處修建房屋，日出時就會發現越多的人失蹤。他們最終決定還是集體離開比較好，因為有時在黑暗中瞥見的事物無法得到令人愉快的解釋；最後他們所有人都來到海邊，定居在巴哈那一處非常古老的城區中，向後代傳授雕像製作的古老技藝，一直傳承至今。卡特在巴哈那古老的酒館客棧打探消息時，正是這些背井離鄉的山民的後代向他講述了最有用的傳說。

隨著卡特的逐漸接近，龐大而荒涼的恩格蘭奈克峰猙獰地向上拔升。較低的山坡上零星地有一些樹木，更高處則是稀疏的灌木叢，再往上就只有光禿禿的可怖岩石如幽魂般直插天空，與霧氣、堅冰和永不融化的積雪混雜在一起。卡特看見那陰森的岩石山峰有多麼陡峭和險峻，想到要攀登它就心生畏懼。凝固的岩漿流和堆積的火山渣點綴在山坡和岩脊上。九百億年前，甚至連諸神都還沒有在峰頂舞蹈時，這座山峰曾噴吐火焰，用其內部的雷聲咆哮。如今它屹立於此，沉默而險惡，將傳聞中提到的隱祕巨像隱藏在背面。山上有許多洞窟，它們也許是空的，有可能僅僅容納著萬古之齡的黑暗，也有可能——假如傳說確有其事——容納著人類不可能揣測其心意的恐怖事物。

地勢漸漸隆起，向上伸展到恩格蘭奈克峰的山腳下，茂密的胭脂櫟和白蠟樹覆蓋著這片土地，偶爾點綴著石塊、岩漿和遠古的煤渣。這裡有許多個營地留下的篝火餘燼，火山岩採集者時常在此停留，你還能見到幾個粗糙的祭壇，搭建它們是為了安撫偉大諸神或趕走他們在恩格蘭奈克峰高處的隘口和迷宮般的洞窟裡夢到的事物。傍晚時分，卡特來到了最遠的一堆餘燼旁，在那裡紮營過夜，他把斑馬拴在一棵小樹上，用毛毯將自己裹得嚴嚴實實地入睡。一頭烏尼思在遠處某個隱祕水塘的岸邊徹夜嚎叫，但卡特並不害怕那種兩棲類的可怖生物，因為人們非常肯定地告訴過他，它們從來不敢靠近恩格蘭奈克峰的山坡。

第二天陽光燦爛，卡特開始了他漫長的登山旅程，他盡可能遠地讓斑馬馱著他，直到這匹得力的馱獸再也無法前進，當狹窄的道路變得過於陡峭時，他把斑馬拴在一棵矮小的白蠟樹上。接下來他單獨向上攀登。首先穿過一片森林，雜草叢生的林間空地中有著古老村落的遺跡，接著他蹚過一片點綴著羸弱灌木的堅韌草地。樹木逐漸稀少，他感到有些遺憾，因為山坡變得非常陡峭，地勢險峻得令人頭暈目眩。過了一段時間，當他轉身眺望時，他能夠分辨出在腳下鋪展開去的鄉野景色中的種種事物了；雕像製作師遺棄的棚屋、生產樹脂的樹叢、採集樹脂的工人營地、色彩繽紛的麥格鳥築巢和歌唱的樹林，他甚至能隱約在極遠處看見亞斯湖的湖岸和名字已被遺忘的禁忌遠古廢墟。他發現最好還是不要東張西望，於是繼續攀登，直到灌木叢變得非常稀少，他常常只能靠抓住堅韌的野草來維持平衡。

這裡的土壤已經變得貧瘠，大塊的岩石冒出地面，時而能在岩縫中見到禿鷲的巢穴。最後，終於只剩下裸露的岩石，假如它們不是經歷過風吹雨打，表面變得非常粗糙，他恐怕就不可能繼續向上攀登了。突出的石塊、岩架和尖峰極大地幫助了他；偶爾能見到火山岩採集者在易碎岩石上笨拙地留下的刮痕，知道在他之前還有神志健全的人來過這裡，他感到頗為高興。來到一定的高度之後，人類的蹤跡通過在需要之處開鑿出的支撐點和落腳點進一步地顯露出來，還有在發現高等級岩脈或熔岩流之處附近的小片採石場和挖掘場。其中一處有一條人工開鑿的狹窄岩架，它通向一片特別豐富的礦藏，位於攀登的主要路徑右側相當遠的地方。卡特有一兩次壯著膽子扭頭眺望，鋪展於腳下的景象看得他目瞪口呆。他和湖岸之間的所有土地都袒露在視線之下，巴哈那的石砌梯臺和煙囪裡冒出的青煙在遠處神祕地若隱若現。在更遠處他甚至能見到蘊含著怪異祕密的無垠南海。

到目前為止，儘管已經走了許多崎嶇蜿蜒的險路，但雕刻著肖像的那一側還隱藏在山峰背面。卡特看見一道岩架朝左上方延伸，似乎通往他想去的方向，他於是選擇了這條路，希望它不會半途中斷。走了十分鐘，他發現它確實不是一條斷頭路，而是陡峭地通向一條弧形彎道，這條通道若是不突然中斷或轉向，再攀登幾個小時後他就會踏上那未知的南部山坡，俯瞰底下淒涼的峭壁和受詛咒的岩漿深谷。隨著新的鄉野景象出現在腳下，他發現它比他曾經穿越過的臨海區域更加貧瘠和荒涼。山峰的這一側同樣有所不同；怪異的裂縫和岩洞比比皆是，但在先前那條比較直的路線上則完全沒有。有些裂縫和岩洞在他上方，有些在下方，全都開在陡峭岩壁上人類雙腳不可能到達之處。空氣非常寒冷，但他攀登得非常吃力，根本沒有注意到。讓他感到煩惱的是空氣變得越來越稀薄，他猜測也許這就是其他旅行者掉頭下山的原因，也激發了夜魘的荒謬傳說，用來解釋登山者的屢屢失蹤，實際上他們恐怕只是從險峻的山路上掉下去了。他並不怎麼在意旅行者講述的故事，但還是隨身攜帶了一把上好的彎刀，以防遇到什麼棘手的難題。他渴望見到雕刻在岩石上的面容，因為它或許能帶著他找到未知之地卡達斯峰頂的諸神，因此其他的所有念頭都變得不再重要。

最後，在極高處令人恐懼的嚴寒之中，他來到了恩格蘭奈克峰的隱祕一側，見到腳下無邊無際的深淵中那些貧瘠的峭壁和寸草不生的熔岩深谷，它們是偉大諸神往昔憤怒留下的印記。南方的廣袤鄉野同樣出現在他眼前，但那裡只有荒漠，沒有金黃的田地和村舍的煙囪，而且似乎看不到盡頭。這一側見不到大海的蹤跡，畢竟奧里亞布是座巨大的島嶼。垂直的峭壁上依然有著為數眾多的黑色洞窟和怪異岩縫，但都在登山者無法抵達之處。更高的山坡上有一塊突出巨石擋住了視線，卡特一時間有些動搖，擔心他會發現自己無法跨越那塊巨石。他站在高於地面數英哩、狂風呼嘯的危險之地，一側只有虛空和死亡，另一側只有光滑的岩壁，他立刻明白了為什麼人們會盡量遠離恩格蘭奈克峰的隱祕一側。他無法回頭，但太陽已經低垂。假如到了高處無法繼續前進，那麼夜晚將會發現他一動不動地蹲伏在哪裡，而黎明將不會見到他的身影。

然而高處確實有路，他在適當的時候看見了它。只有技藝嫻熟的造夢者才知道該如何利用這些幾乎難以察覺的落腳處，對卡特來說它們已經綽綽有餘。他爬上那塊突出的巨石，發現上方的山坡反而比底下的容易攀爬，因為一條巨型冰川消融後留下的寬闊空間裡充滿了肥土和岩架。懸崖在他的左側從未知的高度落入未知的深處，上方恰好觸不可及之處有一個岩洞的黑暗洞口。除此之外，岩壁向內傾斜的角度很大，足以讓他靠著休息。

寒冷說明他離雪線肯定很近了，他抬起頭，想看見山巔會如何在傍晚寶石紅色的夕陽中熠熠生輝。他很確定，數千英呎之上積著白雪，但在積雪之下有一塊突出的巨石，很像他剛翻越而過的那一塊；它永恆地懸掛在那裡，黑色的鮮明輪廓在白色的封凍山巔映襯下格外顯眼。當他見到那塊巨石的岩壁，他倒吸一口氣，大聲喊叫起來，在敬畏中緊緊抓住參差的山岩；因為那塊巨大的突出岩石已經不再是地球在創世之初將其塑造成的樣子了，它在夕陽下閃著壯麗的紅光，承載著雕刻出並經過拋光的神祇面容。

夕陽的烈火將那張臉照得嚴厲而可怖。人類的頭腦無法想像它有多麼巨大，但卡特立刻知道它不可能出於人類之手。這是諸神親手鑿刻出的神祇面容，傲慢而莊嚴地俯瞰探尋者。傳言說它很怪異，絕不可能認錯，卡特立刻意識到確實如此；因為那細狹的眼睛和過長的耳垂、瘦削的鼻梁和突出的下巴全都證明這個種族不是人類，而是神祇。儘管這正是他期盼和所來尋找的目標，但他還是被徹底震懾住了，愣愣地站在極高處危險的山坡上；因為神祇的面容本身就是一個奇蹟，超乎一切預言的言說能力，而這張面容被古老的存在神聖地雕刻在黑色火山岩上，比一座龐然神廟更加巨大，它在高空世界的詭祕寂靜中俯視日落，使這個奇蹟變得愈加強大，沒有人能夠逃脫它的魔力。

除此之外，認出這張臉也讓卡特感到更加驚異；因為儘管他打算走遍整個夢境國度，尋找面容與這張臉相似的人，他們很可能就是諸神的子嗣，然而他現在知道他不需要這麼做了。雕刻在山峰上的巨臉對他來說並不陌生，他多次在塞勒菲斯的酒館裡見過與它相似的容貌，那座海港城市位於坦南雷恩丘陵另一側的歐茲—納爾蓋山谷之中，卡特在清醒世界中認識城市的統治者庫拉涅斯王。如此面容的水手每年都乘著黑色船隻從北方而來，用縞瑪瑙交換塞勒菲斯出產的雕刻玉石、金絲銀線和會唱歌的小紅鳥，他們無疑就是他在尋找的半神。他們棲息之地無疑很靠近未知之地卡達斯和偉大諸神居住的縞瑪瑙城堡所在的寒漠。因此，他必須前往塞勒菲斯，然而那座城市離奧里亞布很遠，他必須先回到狄拉斯－琳，沿斯凱河而上，從尼爾附近的石橋過河，重新穿過祖格人的魅惑森林，在那裡轉向北方，穿過奧克蘭諾斯河邊的園地，前往鎏金尖塔林立的索蘭，然後也許能找到一艘槳帆船橫穿瑟倫尼里安海。

然而暮色已經濃重，雕刻在山崖上的俯視巨臉在陰影中顯得更加嚴厲了。探尋者在那道岩架上落入了夜色的臂膀，黑暗中他既無法向上爬也無法向下走，只能站在那個狹窄的地方瑟瑟發抖，緊抓著岩石等待白晝來臨，祈禱他能保持清醒，不要在睡夢中鬆開手，讓自己摔下令人眩暈的數英哩虛空，落向受詛咒深谷中的危崖和尖利石塊。星辰出現在天上，但除了星光，他的眼睛只能見到黑暗和虛無；虛無是死亡的盟友，為了抵禦它們的召喚，他能做的只有緊緊抓住岩石，身體向後靠，盡量遠離一條看不見的邊界。他在微光中見到的最後一件凡間事物是一隻禿鷲，牠翱翔著飛向他身旁那片向西的峭壁，但在靠近那些剛好觸不可及的黑暗洞口時忽然號叫著逃竄而去。

忽然間，沒有任何警示的聲音，卡特在黑暗中覺得有一隻看不見的手偷偷拔出了他腰帶上的彎刀。他聽見彎刀叮叮噹當地與腳下的岩壁碰撞。他感覺他在自己與銀河之間看見了一個極為可怖的輪廓，那東西瘦得不正常，長著彎角、尾巴和蝙蝠翅膀。另外一些東西開始成片地遮蔽他西邊的星空，彷彿一群朦朧的生物密密麻麻、悄無聲息地振翅飛出峭壁上那個人類無法抵達的洞窟。緊接著，橡膠觸感的冰冷手臂忽然勒住他的脖子，另一條抓住他的雙腳，他被輕率地舉起來，在虛空中旋轉。片刻之後，群星消失了，卡特知道他被夜魔抓住了。

它們令人屏息地抬著他飛進岩壁上的洞窟，穿過猶如迷宮的怪誕通道。剛開始他出於本能掙扎，它們從容不迫地撓他癢癢。它們完全不發出任何聲音，甚至連皮膜翅膀的扇動也悄無聲息。它們冰冷、潮濕和黏滑得令人恐懼，爪子可憎地揉捏獵物。它們很快開始駭人地向下俯衝，在墳墓般濕冷的空氣彙聚而成的令人眩暈的迴旋氣流裡穿過難以想像的黑暗深淵；卡特覺得它們衝進了惡魔般尖嘯的終極瘋狂漩渦。他一次又一次尖叫，但只要開口，黑色爪子就會更加巧妙地撓他癢癢。漸漸地，他看見周圍出現了某種灰色的磷光，他猜測它們正在進入屬於地下恐怖之物的內部世界，有一些隱晦的傳說提到過這個地方，照亮它的只有蒼白的死亡之火，食屍鬼般惡臭的空氣和來自地核深坑的原始霧靄充斥其中。

最後，他見到前方出現了不祥的灰色尖峰的隱約線條，他知道那肯定是傳說中的索克群峰。它們可怖而險惡地矗立於暗無天日的永恆深淵的妖異微光之中，高得超乎人類的想像，守衛著伯浩巨蟲令人作嘔地爬行和挖洞的恐怖山谷。但卡特寧可望著它們，也不願見到抓住他的夜魔，因為這些黑色生物的模樣確實駭人和噁心，它們有著光滑、油膩、彷彿鯨類的外皮，可憎的長角彼此相對地向內彎曲，蝙蝠般的翅膀拍打時不發出任何聲音，適合抓物的爪子形狀醜陋，帶刺的尾巴毫無必要、令人煩心地甩來甩去。最糟糕的是它們從不說話，也不微笑，因為它們根本沒有可以微笑的臉，應該長著臉的地方只有一塊象徵性的空白。它們會做的事情只有抓握、飛行和撓癢——這就是夜魘的存在方式。

隨著隊伍越飛越低，灰色的索克群峰變得越來越高，聳立於四面八方，能清楚地看見無盡暮光中這些貧瘠而冷漠的花崗岩上沒有任何生物。來到更低的高度，空氣中的死亡之火也都熄滅了，只能見到屬於虛無的原始黑暗，而尖細的山峰如哥布林般懸浮在天空中。很快，山峰變得非常遙遠，周圍只剩下呼嘯狂風和彷彿來自最幽深的洞窟的潮氣。終於，夜魘降落了，鋪在地面上的不可見之物摸起來像是一層又一層的骨頭，它們把卡特一個人扔在黑暗的山谷裡。將他帶到此處就是守衛恩格蘭奈克峰的夜魘的職責，完成任務之後，它們悄無聲息地振翅飛走。卡特企圖在黑暗中捕捉它們的蹤跡，卻發現不可能做到，因為連索克群峰也都消失在了視線之外。除了黑暗、恐懼、寂靜和骨骸，四周什麼都沒有。

通過某個特定的來源，卡特知道這裡是潘斯山谷，巨大的伯浩蠕蟲在此處爬行和挖洞；但他不知道會發生什麼，因為從未有人見過伯浩巨蟲，甚至無從猜測如此怪物會是什麼樣子。關於它們只有一些非常隱晦的傳言，提及的也僅僅是它們穿過堆積如山的屍骨時的颯颯聲響和它們蜿蜒遊過人們身旁時的黏滑觸感。沒有人見過它們，因為它們只在黑暗中蠕行。卡特並不希望遇到伯浩巨蟲，因此他仔細傾聽周圍不知其堆積深度的骨頭中的所有響動。即便來到了如此可怖的地方，他依然有自己的計畫和目標，因為潘斯的祕密和前往此處的方法對他曾經與之交談過的一個人來說並非未知事物。簡而言之，這裡很可能就是清醒世界的所有食屍鬼丟棄盛宴殘渣的地方；假如運氣眷顧於他，或許就能找到那面比索克群峰還要高的峭壁，而它象徵著食屍鬼領地的邊緣。如雨點般落下的骨頭能告訴他該去哪個方向，找到之後他可以呼喚食屍鬼放下梯子；說來奇怪，他與這些可怖的生物有著某種獨一無二的聯繫。

卡特在波士頓認識一個人，那是一位繪製怪異作品的畫家，在墓地附近一條褻瀆神聖的古老小巷裡有個祕密畫室，他與食屍鬼交上了朋友，向卡特傳授了它們令人作嘔的咩噗和咯哩語言中比較簡單的部分。這個人最終失蹤了，卡特不確定他現在能不能找到他，並在夢境國度第一次使用他已經記憶模糊的清醒生活中彷彿遙不可及的英語。總而言之，他認為他能說服食屍鬼帶領他離開潘斯，再說遇到能看見的食屍鬼畢竟好過遇到看不見的伯浩巨蟲。

於是，卡特在黑暗中行走，並且一旦他在腳下的骨頭中聽見響動就奔跑。有一次他撞上了石頭質地的山坡，他知道那肯定是索克群峰中某一座的山腳。終於，他聽見了一直傳到半空中的可怖的嘩啦嘩啦的碰撞聲，因此確定他已經靠近了食屍鬼的峭壁。他不確定他在數英哩之深的山谷底部喊叫能不能被聽見，但他知道內部世界有著奇異的物理法則。就在沉思的時候，一塊飛過來的骨頭打中了他，這塊骨頭很沉重，因此只可能是顱骨，由此他意識到能夠決定他命運的峭壁就在不遠處了，他以最大的力量發出咩噗叫聲，那是食屍鬼打招呼的方式。

聲音傳播得很慢，過了好一會兒他才聽見回應的咯哩叫聲，但終究還是聽見了。沒過多久，食屍鬼說它們會放一條繩梯下來。等待的這段時間他非常緊張，因為誰也說不清楚他的呼喊會在這些屍骨中激起什麼反應。事實上，他很快就聽見遠處傳來了隱約的颯颯聲。這個聲音懷著惡意逐漸接近，他變得越來越焦躁不安，因為他不願離開繩梯即將落下的這個地點。緊張變得幾乎不堪忍受，就在他即將在驚恐中逃跑時，某個東西「砰」的一聲撞在旁邊剛堆積起來的骨頭上，將他的注意力從另一個聲音上引開。來的正是繩梯，摸索片刻之後，他死死地把它攥在手心裡。但另一個聲音沒有停息，即便他已經爬了上去，聲音依然尾隨而至。離開地面才5英呎，底下的颯颯聲明顯增強，到了10英呎時，某種東西在底下搖晃繩梯。爬到15到20英呎，他感覺某個長而光滑的巨大東西貼著身體側面溜了過去，它蠕動前進，時而凸起，時而凹陷；在此之後，他發瘋般地攀爬，逃離從未有人見過其形態的過度飽食的可憎的伯浩巨蟲那難以忍受的摩挲。

他爬了幾個小時，胳膊酸痛，雙手起泡，最終再次看見了灰色的死亡之火和索克群峰那令人惶恐的山巔。最後他終於在上方分辨出了食屍鬼峭壁的突出邊緣，但此刻他還看不見峭壁的垂直崖面；數小時後，他看見一張好奇的臉從懸崖邊向下窺視，樣子就好像滴水獸從巴黎聖母院的胸牆後探出腦袋。他嚇得幾乎昏厥鬆手，但片刻之後就恢復了鎮定；因為他現已失蹤的朋友理查．皮克曼曾介紹他認識一個食屍鬼，他很熟悉它們彷彿犬類的面容、彎腰駝背的體態和無法言喻的特性。於是他良好地控制住自己，讓可憎的怪物把他從峭壁邊緣拖出令人眩暈的虛空，看見堆在旁邊只啃食了一部分的殘餘屍骨和蹲成幾圈一邊吃東西一邊好奇地看著他的那些食屍鬼，他沒有失聲尖叫。

他來到了一片光線昏暗的平原上，這裡的地形特徵僅限於巨大的石塊和地洞的出入口。食屍鬼大體而言挺有禮貌，雖說有一隻嘗試捏他，另外幾隻用思索的視線打量他的瘦削身體。他耐心地與他們咯哩咯哩地交談，打聽他失蹤已久的朋友，得知皮克曼已是夢境深淵靠近清醒世界之處的一位頗為顯赫的食屍鬼。一個年長的綠皮食屍鬼主動領他去皮克曼現在的住處，儘管他出於本能依然厭惡它，但還是跟隨怪物鑽進空曠的地洞，跟著他在黑暗中的惡臭泥土中爬了幾個小時。他們最終來到一片光線昏暗的平原，這裡點綴著地球上的各種奇異遺物——古老的墓碑、破碎的骨灰甕和紀念碑的怪誕碎片——卡特懷著某種特別的情緒意識到，自他從火焰洞穴走下七百級臺階來到深度沉眠之門，此刻大概是他最接近清醒世界的時候。

在一塊從波士頓的葛蘭奈萊墓地偷來的一七八六年的墓碑上，坐著曾經是畫家理查．厄普頓．皮克曼的食屍鬼。它赤身裸體，皮膚宛如橡膠，食屍鬼的特性已經非常明顯，完全遮蔽了他源於人類的血統。不過它還記得一些英語，能夠用咕噥和單音節詞語與卡特對話，不時用食屍鬼的咯哩叫聲補充意思。它得知卡特想去魅惑森林並從那裡前往坦南雷恩丘陵另一側歐茲—納爾蓋山谷中的塞勒菲斯城，露出了困惑的神色；因為清醒世界的食屍鬼不會進入上層夢境國度的墳場（那是滋生於死亡城市中的蹼足怪物蛀普的樂園），它們的深淵和魅惑森林之間隔著眾多障礙，其中包括古革巨人的恐怖王國。

古革巨人渾身長毛，曾經在魅惑森林中建造石塊圓環，向外神和「伏行之混沌」奈亞拉托提普奉獻怪異的祭品，直到一天夜裡，他們的惡行傳進地球諸神的耳朵，從此被驅逐進地下的洞穴之中。只有一扇帶鐵環的巨大翻板石門將地球食屍鬼的深淵與魅惑森林連接在一起，但某個詛咒使得古革巨人不敢打開這扇門。凡人造夢者穿過他們的洞窟領地並從那道門離開是不可想像的，因為凡人造夢者曾經就是他們的食物，儘管諸神的禁令讓他們只能以妖鬼為食——妖鬼是一種令人嫌惡的生物，遇到光線就會死亡，生活在辛族墓葬之中，像袋鼠一樣用長長的後腿跳躍——但凡人造夢者如何美味的故事依然流傳在他們之中。

據此，曾經是皮克曼的食屍鬼建議卡特，不妨從薩科曼德離開深淵，薩科曼德這座廢棄城市坐落於冷原之下的山谷中，由閃長岩雕刻的有翼巨獅守護的黑色硝石階梯從夢境國度通向深淵；或者通過某個墳場回到清醒世界，然後重新開始征程，走下淺睡的七十級臺階來到

火焰洞穴，再走七百級臺階通過深度沉眠之門進入魅惑森林。然而這兩條路都不適合探尋者，因為他對從冷原到歐茲—納爾蓋山谷的道路一無所知，也不想從夢中醒來，因為那樣就會忘記他在這個夢中已經獲得的全部進展。對於他的探尋來說，忘記從北方來塞勒菲斯交換縞瑪瑙的那些水手的威嚴而非凡的面容，會造成災難性的打擊，因為他們是諸神的子嗣，能為他指引前往寒漠和偉大諸神棲息的卡達斯的道路。

經過他費盡唇舌的勸說，食屍鬼終於同意在古革巨人領地的高牆內給他引路。卡特有一個機會能偷偷穿過這個圓形石塔林立的微光國度，因為巨人在飽餐後會回到室內酣睡一段時間，他可以趁機前去有著刻斯之印的中央石塔，其中的臺階一直向上就是通往魅惑森林的那道翻板石門。皮克曼甚至答應借給他三個食屍鬼，它們可以協力用一塊墓碑撬開石門；因為古革巨人有點害怕食屍鬼，見到它們在他們的巨大墳場中進食時往往會逃跑。

他還建議卡特也偽裝成食屍鬼：剃掉他最近蓄起的鬍鬚，因為食屍鬼不長鬍子；脫光衣服在泥地裡打滾，把皮膚弄得像食屍鬼；放鬆身體，做出彎腰駝背的樣子；把衣服捲成一團，就好像那是從墳墓裡挖出來的特選美食。他們只需要穿過某些地洞，就能抵達古革巨人的城市，從有著向上臺階的刻斯高塔不遠處的一個墓地裡鑽出地面。但他們必須注意墓地附近的一個巨型洞窟，因為那裡是辛族墓葬的入口，心懷怨恨的妖鬼總是懷著殺意待在那裡，等待獵殺捕食它們的上層深淵居民落單。古革巨人酣睡時妖鬼會出來活動，它們沒有分辨能力，因此會像攻擊古革巨人一樣攻擊食屍鬼。它們非常原始，彼此相食。古革巨人在辛族墓葬通道的狹窄處有個崗哨，但警衛經常打盹，有時甚至被一群妖鬼偷襲。妖鬼無法在真正的光線中生存，但能夠數小時地忍耐深淵裡的灰色微光。

就這樣，卡特和三個願意幫忙的食屍鬼一起爬過彷彿永無盡頭的地洞，食屍鬼帶著尼希米・德比上校的墓碑，他死於一七一九年，葬在賽勒姆的查特墓地裡。等他們回到微光映照的開闊空間，發現自己來到了遍覆地衣的巨石叢林之中，巨石高得幾乎超出了視線範圍，而那只是古革巨人最普通的墓碑。他們在蜿蜒爬出的洞口右側，從巨石之間的通道望過去，能看見許多龐大的圓形高塔構成的壯觀景象，它們彷彿沒有盡頭似的刺向內部世界的灰色天空。這是古革巨人的雄偉城市，每一扇門都有30英呎高。食屍鬼經常來這裡，因為一個下葬的古革巨人就足以讓一個族群飽餐一年左右，即便存在額外的風險，挖掘古革巨人也比挖開人類的墓穴強得多。卡特現在明白了為什麼他在潘斯山谷曾經屢次摸到無比巨大的骨頭。

正前方，就在墳場之外，有一面垂直的峭壁，底下開著一個巨大的禁忌洞口。這就是食屍鬼請卡特盡量避開的地方，因為那是褻瀆神聖的辛族墓葬的入口，古革巨人會在那裡的黑暗中獵殺妖鬼。這個警示很快就得到了印證，因為就在一個食屍鬼爬向巨塔、去看古革巨人的休息時間是否如期而至的瞬間，巨大洞口的陰暗處出現了一雙黃紅色的眼睛，緊接著是另一雙，這說明古革巨人又少了一名警衛，妖鬼確實擁有極為敏銳的嗅覺。食屍鬼立刻回到地洞裡，示意同伴保持安靜。最好別去打擾妖鬼，任由它們自己折騰，可能很快就會撤退，因為在黑暗的墓葬中制伏一個古革巨人之後，它們自然會變得相當疲憊。沒過多久，　隻小馬那麼大的動物跳到了灰色微光之下，它令人生厭的劣等模樣使得卡特倍感噁心，它的臉奇異地類似人類，但缺少鼻子、前額和另外幾個重要特徵。

很快，另外三隻妖鬼跳出來與它做伴，一個食屍鬼輕聲向卡特咯哩說，它們身上缺少戰鬥留下的疤痕，這是一個不好的兆頭，說明它們根本沒有和警衛戰鬥，而是趁後者打瞌睡時溜了出來，因此它們的力量和野性都還在巔峰，在發現和處理掉一個犧牲者之前會始終如此。它們的數量很快達到了十五隻左右，這些汙穢和畸形的怪物四處刨坑，像袋鼠似的在灰色微光中跳來跳去，配合著直插天空的龐然高塔和巨型石碑，這個景象實在令人不快，而聽見它們用妖鬼特有的咳嗽般的喉音交談，就更加讓人厭惡了。然而，儘管它們如此可怖，依然比不上隨後突然鑽出洞窟的駭人東西。

那是一隻爪子，足有2.5英呎寬，頂上是令人生畏的彎鉤。緊接著是另一隻爪子，加上一條長滿黑毛的巨大手臂，兩隻爪子都通過極短的前臂長在這條手臂上。兩隻粉紅色的眼睛隨即亮起，甦醒的古革警衛那足有橡木桶大的頭部搖搖晃晃地進入視野。頭部左右兩側各有一隻突出了至少2英吋的眼睛，其上是長滿粗糙黑毛的隆起骨頭。這個頭部最恐怖的地方是嘴巴。這張大嘴長著巨大的黃色尖牙，從頭部最上面開到最底下，垂直張開而不是水準張開。

但還沒等這個不幸的古革巨人從洞口鑽出來，完全挺直他20英呎的身軀，懷著報復心的妖鬼就撲了上去。卡特有一瞬間擔心它會發出警告，驚醒所有同族，但一個食屍鬼輕聲咯哩道古革巨人不會說話，而是通過面部表情交談。隨後爆發的戰鬥令人膽戰心驚。惡毒的妖鬼從四面八方狂熱地撲向倒地蠕行的古革巨人，用嘴巴啃咬和撕扯，掄起堅硬尖銳的蹄子，施以凶殘的重擊。它們不停發出興奮的咳嗽聲，偶爾被古革巨人的縱向巨嘴咬住時放聲尖叫，若不是警衛越來越虛弱使得陣地逐漸向洞窟內部轉移，戰鬥的喧囂雜訊肯定會喚醒整座沉睡的城市。騷亂很快就從視野內退到了黑暗之中，只有間或傳來的邪惡回聲表明廝殺還在繼續。

就在這時，最警覺的那個食屍鬼用手勢示意眾人前進，卡特跟著它們跑出巨石叢林，來到恐怖城市散發異臭的黑暗街道上，巨大的圓形石塔拔地而起，高得超出了目力所及的範圍。他們悄無聲息地蹣跚走在粗糙的岩石路面上，厭惡地聽著黑暗門洞裡隱約傳來的可憎鼾聲，那象徵著古革巨人正在沉睡。食屍鬼擔心休憩時間行將結束，因此加快了步伐；然而即便如此，這段路也還是不短，因為距離的尺度在巨人的城市中會被放大。他們終於來到了一座比其他石塔更加龐大的圓形石塔前的開闊地，巨型石門上方用淺浮雕印著一個怪誕的符號，儘管不知道它的含義，但見到了依然會渾身顫抖。這就是印著刻斯之印的中央石塔，門裡依稀可辨的巨大石階就是通往上層夢境國度和魅惑森林的宏偉階梯的起點。

於是他們在完全的黑暗中開始了這段無從判斷其長度的攀爬之路；臺階是為古革巨人準備的，龐大得堪稱怪誕，每一級高1碼左右，人類幾乎不可能使用。至於臺階究竟有多少級，卡特連估計一下都做不到，因為他很快就筋疲力盡了，不知疲倦、身體柔韌的食屍鬼只好一路扶持著他。漫無止境的攀爬歷程中，被發現和受到追趕的危險始終存在；因為儘管囿於偉大諸神的詛咒，古革巨人不敢推開石門進入森林，但石塔內和階梯上並不存在如此限制，他們常常會追趕逃跑的妖鬼一直到最後一級臺階。古革巨人的耳朵極其靈敏，等全城從睡夢中醒來，即便他們光腳徒手攀爬，弄出的響動也會被聽得清清楚楚；巨人習慣了在沒有光線的辛族墓葬中獵殺妖鬼，邁開大步追趕這幾個更小更慢的獵物自然用不了多少時間。尤其令人絕望的是，沉默的古革巨人追趕時不會發出任何聲音，只會突如其來、令人驚駭地在黑暗中撲向攀爬者。攀爬者也無法依賴古革巨人對食屍鬼的習慣性畏懼，因為在這個特殊的環境中，優勢徹底偏向古革巨人一邊。另外，鬼祟而惡毒的妖鬼同樣會造成威脅，它們時常在古革巨人的休憩時間中跑上高塔。假如古革巨人今天睡得比較久，而妖鬼很快結束它們在洞窟裡的戰鬥回來，攀爬者的氣味很容易就會被那些可憎而邪惡的怪物捕捉到；假如真是這樣，被古革巨人吃掉反而還更加幸運呢。

經過彷彿歷經萬載的攀爬，從黑暗的上方忽然傳來了一聲咳嗽；事態發生了極為重大且不可預料的轉折。顯然，有一隻甚至更多隻妖鬼在卡特及其嚮導到來前就爬上了這座高塔；同樣明顯的是，這個危險近在咫尺。屏息愣神一瞬間後，領頭的食屍鬼把卡特推到牆邊，用最適合的方式安排好兩個同類的陣形，抬起古老的石板墓碑，只要敵人進入視野就給它決定性的一擊。食屍鬼能夠在黑暗中視物，因此情況比讓卡特獨自面對如此情形要樂觀一些。片刻之後，「咔嗒咔嗒」的蹄聲說明至少有一隻怪物跑了下來，舉著石板的食屍鬼擺好姿勢，準備發出致命一擊。兩隻黃紅色的眼睛亮閃閃地進入視野，食屍鬼的呼吸聲蓋住了它「咔嗒咔嗒」的蹄聲。它剛踏上食屍鬼之上的那級臺階，它們就以摧枯拉朽的力量揮動古老的墓碑，只聽見一聲喘息和咽氣的聲音，妖鬼就被砸成了一團有毒的肉醬。怪物似乎只有一隻，它們聽了一小會兒，拍拍卡特的肩膀，示意他繼續前進。和先前一樣，它們不得不扶持著他；他很高興離開這個屠殺現場，讓妖鬼的醜陋屍體不可見地攤在黑暗之中。

終於，食屍鬼帶著它們的同伴停下腳步，在上方摸索。卡特意識到他們總算來到了巨大的翻板石門前。完全打開這座龐然大物是不可想像的，食屍鬼希望能頂開一個口子，把墓碑插進去充當支撐物，讓卡特從縫隙中爬出去。它們自己打算走下高塔，穿過古革巨人的城市回去，因為他們藏蹤匿跡的能力非常高強，另外它們也不知道該如何從地面去幽魂般的薩科曼德，通過獅子把守的大門前往深淵。

三個食屍鬼用盡力氣推動上方的石門，卡特也竭盡全力。他們認為活門應該從靠近階梯頂部的那道邊打開，於是在那裡使出了它們用聲名狼藉的食物滋養的肌肉蘊含的全部力量。幾秒鐘後，光線從一道裂縫中照了進來；卡特履行它們分配給他的職責，將古老墓碑的一端插進這個開口，緊接著更加用力地向上抬，但進展緩慢，因為每次未能轉動石板撬開洞口，他們就必須回到最初的起始位置。

忽然，從底下的臺階傳來一個聲音，千萬倍地放大了他們的絕望。那其實只是剛才那隻妖鬼的帶蹄屍體滾下階梯的撲通聲和嗒嗒聲，然而在屍體離開原處向下滾動的所有可能原因之中，沒有一個能夠一絲一毫地令人安心。食屍鬼瞭解古革巨人的習性，發瘋般地行動起來，在短暫得驚人的時間之內，活門抬起了足夠的高度，卡特趁機轉動石板，留住了這個寶貴的洞口。它們先幫助卡特爬出去，讓他踩著它們橡皮般的肩膀，等他抓住外面上層夢幻國度那神賜的土壤後，又把他的腿塞了出去。片刻之後，它們也跟著爬了出來，立刻踹開那塊墓碑，讓翻板石門重新合上，而底下已經傳來了清晰的喘息聲。由於偉大諸神的詛咒，古革巨人不敢爬出那個洞口，因此卡特感覺到如釋重負，帶著安詳的感覺靜靜地躺在魅惑森林厚實而怪誕的真菌上，而他的嚮導以食屍鬼休息的姿勢蹲在附近。

儘管魅惑森林和他許久以前穿越時一樣奇異，但比起被他拋在身後的深淵，依然不啻一個令人愉悅的避風港。周圍沒有活著的森林居民，因為祖格人會出於恐懼而遠離那道神祕大門，卡特再次與食屍鬼商討他們接下來的行程。它們不再膽敢通過石塔回去，得知必須通過祭司納什特和卡曼—薩所在的火焰洞穴後，它們對清醒世界也喪失了興趣。因此，它們最終決定通過薩科曼德的大門返回深淵，但它們對如何前往那裡一無所知。卡特記得它位於冷原之下的山谷裡，還想起他在狄拉斯—琳見過一個據說在冷原做生意的面相險惡的狹縫眼老商人。故而他建議食屍鬼穿過森林前往尼爾和斯凱，順著河流走向河口，去狄拉斯—琳尋找答案。它們立刻決定要這麼做，沒有浪費時間就跑跳著離開，因為暮色正變得越來越濃重，象徵著它們必須徹夜疾行。卡特與這些令人厭惡的怪物握爪告別，感謝它們的幫助，向曾經是皮克曼的怪物奉上他的謝意；與它們分別之後，他忍不住長舒一口氣。因為食屍鬼畢竟是食屍鬼，對人類來說，在最好的情況下也只可能是個可怕的同伴。接下來，卡特在森林中找到一個水塘，洗掉地下世界的污泥，重新穿上他隨身攜帶的衣物。

夜晚已經降臨在了怪誕樹木組成的可怖森林之中，但由於磷光的存在，可以像在白天一樣穿行其中；卡特踏上前往坦納里亞山脈另一側歐斯—納爾蓋谷地中的塞勒菲斯的眾所周知的道路。這時他想到了被他拴在恩格蘭奈克峰一棵白蠟樹上的斑馬，遙遠的奧里亞布島彷彿已經是萬載以前的往事了，不知道會不會有火山岩採集者餵牠食物或放牠自由。另外他又想到，不知道自己還會不會回到巴哈那，賠償夜裡在亞斯湖畔的古老廢墟中被殺死的那匹斑馬，而客棧老闆會不會已經忘記了他這個人。只有在回到上層夢境國度的空氣中之後，這些念頭才能進入他的腦海。

但很快，一棵空心大樹裡傳來的聲音攔住了他的腳步。他存心避開石塊壘成的巨大圓環，因為此刻他沒有心情和祖格人交談；然而大樹裡響起的獨特顫振聲似乎表明重要的議事團正在某處開會。他悄悄湊近大樹，分辨出許多個聲音正在進行緊張而激烈的爭論；沒多久，他們討論的事情就引起了他極大的關注。因為祖格人的首腦大會正在爭辯是否要對貓族開戰。事情源自跟著卡特偷偷溜進烏撒的那幾個祖格人的失蹤，他們的不良意圖使得貓族對他們施加了公正的懲罰。這件事積怨已久，整裝待發的祖格人打算在從此刻開始的一個月內以一系列突襲攻擊整個貓族部落，殺死毫無準備的單只或一小群貓，不讓烏撒為數眾多的貓咪有機會操練和動員。這是祖格人的計畫，卡特明白他必須在踏上非凡的征程前挫敗它。

藍道夫．卡特於是偷偷摸到森林邊緣，向著星光照耀的原野發出貓族的叫聲。附近農舍的一隻老母貓接過任務，將消息傳過連綿起伏許多里格的牧場，通知或大或小、或黑或灰或白或橘或虎斑或雜色的那些戰士；叫聲響徹尼爾，越過斯凱河，最終抵達烏撒，烏撒那不計其數的貓咪齊聲回應，列隊行軍。幸好月亮尚未升起，因此所有貓族都還在地球上。牠們從每一個壁爐旁和屋頂上一躍而起，敏捷且無聲無息地跳動，匯成一片毛茸茸的海洋，穿過平原，來到森林邊緣。卡特在那裡迎接牠們，見識過地下深淵的怪異事物並和食屍鬼結伴同行之後，這些身體勻稱、健康漂亮的貓咪對他的眼睛來說猶如一劑補藥。卡特很高興見到走在烏撒大軍最前面的正是他那位曾經救過他一命的年長朋友，牠毛皮光滑的脖子上有個象徵等級的頸圈，鬍鬚以威嚴的角度翹著。更妙的是，有一隻活潑的年輕公貓在這支軍隊裡擔任中尉，牠不是別的貓，正是那個早已消逝的清晨，卡特在烏撒的客棧裡給過牠一碟奶油的那隻小黑貓。牠現在是一隻魁梧健壯、前途遠大的貓了，與朋友握爪問候時高興地咕嚕咕嚕直叫。牠祖父說牠在軍隊裡幹得很出色，再打一場硬仗想必就能成為上尉。

卡特簡要說明瞭貓族部落面臨的危險，四周的貓從喉嚨深處發出咕嚕聲表達謝意。他和將軍們商討之後，制定了即刻行動的計畫，也就是立刻向祖格議會和其他已知的祖格人要塞進軍；先發制人挫敗他們的突襲，強迫他們在動員侵略軍前簽訂和約。就這樣，連一秒鐘也沒浪費，宛如海洋的貓咪洪水般湧入魅惑森林，衝向議會大樹和巨石圓環。祖格軍隊見到來者，顫振聲在驚恐中變得尖細，鬼祟而怪異的棕皮祖格人幾乎無力抵抗。他們發現自己尚未行動就被擊敗，保命的想法頓時取代了復仇的念頭。

半數貓咪坐成一圈，把祖格人俘虜圍在中間，只留下一條通道，讓其他貓咪從森林中的其他地方把其他俘虜陸續押解來。雙方詳細討論和約條款，卡特充當翻譯，結論是祖格人可以保持自由部落的身分，但必須每年在森林中不太奇異的地方捕獲大量松雞、鵪鶉和雉雞奉獻給貓族。十二個貴族家庭的年輕祖格人以人質身分關押在烏撒的貓族神廟中，來者明確表示，若是再有貓咪在祖格領地的邊緣消失，隨之而來的後果將是祖格人的滅頂之災。談判結束，集結的群貓散開陣形，允許祖格人一個一個垂頭喪氣地返回各自住所，他們匆匆忙忙離開，但留下了許多怨恨的眼神。

老貓將軍主動提出護送卡特去他想去的任何一處邊境，因為祖格人很可能會因為他挫敗了他們的戰爭圖謀而對他懷有致命的仇恨。卡特懷著謝意接受了牠的提議，不僅因為這麼做能確保他的安全，更因為他喜歡貓咪的友善陪伴。就這樣，在成功履行職責後放鬆下來、嬉戲打鬧的令人愉快的軍團的簇擁下，藍道夫・卡特昂首挺胸地穿過磷光映照的泰坦巨樹組成的魅惑森林，向老將軍和牠的孫子講述他的探尋征程，隊伍中的其他貓或者沉溺於令人瞠目結舌的跳躍，或者忙著追逐風從地面真菌中捲起的落葉。老貓說牠多次聽說過寒漠中的未知之地卡達斯，但不知道牠位於何方。至於夕陽奇蹟之城它就聞所未聞了，但以後若是知道了什麼，牠會樂於轉告卡特。

牠告訴了探尋者幾個在夢幻國度的貓族中有著巨大價值的暗語，因為他要去塞勒菲斯，特地向他介紹了那裡的貓族老首領。那是一隻尊貴的馬爾他貓，已經聽聞過卡特的名聲，卡特會發現牠在各種往來中都擁有極大的影響力。隊伍來到森林邊緣時已是破曉時分，卡特不情願地與朋友們依依惜別。若不是老將軍出言阻攔，他從小貓時就認識的年輕中尉肯定會跟他一起去，可惜嚴厲的族長堅持牠必須履行牠對部族和軍隊肩負的責任。於是卡特獨自走進在一條兩岸柳樹林立的河流旁不可思議地鋪展開的金色田地，而貓群回到了森林裡。

我們這位旅行者很清楚這些園地就位於森林和瑟倫尼里安海之間，因此愉快地順著為他標出路線、一路歡唱的奧克蘭諾斯河走了下去。太陽漸漸升高，照在長著果樹和牧草的和緩山坡上，每一座小丘和每一條溪谷中星羅棋佈的千萬朵野花變得愈加鮮豔。令人心曠神怡的薄霧籠罩著整個區域，此處得到的陽光比其他地方稍微多一些，夏日裡鳥兒和蜜蜂的嗡嗡樂聲也稍微多一些；穿行其間的人們因此像是走在仙境之中，感受到的喜悅和奇妙也比事後回憶時的更加強烈。

中午時分，卡特抵達了凱蘭的碧玉梯臺，它沿著山坡延伸到河畔，承載著一座美麗的神殿，伊萊克－瓦德國王每年都會乘著黃金轎子，從他位於暮光之海的遙遠領地來到這裡，向奧克蘭諾斯河的神靈祈禱，他年輕時居住在河岸邊的一幢農舍裡，河神曾經對他歌唱。這座神殿從牆壁、庭院、七座尖頂塔樓到裡面的聖壇，完全由碧玉建造，佔地足足一英畝；河水通過暗渠穿過聖壇，神靈在夜晚柔聲歌唱。月亮照耀在這些庭院、梯臺和尖塔上時曾無數次聽見了奇異的音樂，但那究竟是河神的歌曲還是祕教祭司的吟唱，就只有伊萊克－瓦德國王才說得清了；因為唯獨他有資格進入神殿或面見祭司。此刻是白天昏昏欲睡的時分，雕紋精美的秀麗神殿一片寂靜，卡特在有魔力的太陽下前行，只能聽見大河的呢喃、鳥兒和蜜蜂的嗡嗡歡唱。

整個下午，我們的朝聖者時而漫步於芬芳的草原上，時而走過河畔平緩山丘的背風處，鋪著茅草屋頂的寧謐農舍和供奉碧玉或金綠玉神像的聖壇伴隨著他。他有時走到靠近河岸的地方，向澄澈如水晶的水流中充滿活力、色彩斑斕的魚兒吹口哨，有時在颯颯作響的燈芯草中停步，遙望對岸濃密而幽深的森林，那些樹木一直長到了水邊。在以前的夢境中，他見過趣致而笨拙的布奧普斯羞怯地從森林中出來喝水，但這次他連一隻身影也沒有瞥見。有一次他停下觀察食肉的魚類捕食抓魚的鳥兒，魚在陽光下炫耀牠迷人的鱗片，長翅膀的獵手俯衝而下，牠張開巨大的嘴巴，一口咬住鳥兒的長喙。

臨近傍晚，他爬上一道綠草茵茵的緩坡，見到索蘭那千百座鎏金尖塔在夕陽中如火焰般綻放光芒。這座不可思議的城池有著高得難以想像的雪花石膏城牆，石牆在頂端向內收攏，打造成毫無縫隙的一整個實心物體，使用的手段無人知曉，因為它們比記憶本身還要古老。有著一百座城門和兩百座角樓的石牆儘管已經非常高了，但比起城內那些在金色尖頂下通體潔白的簇生高塔依然相形見絀；附近平原上的人們能看見它們直插天際，有時在晴空下閃耀光芒，有時頂端繚繞著陰雲和霧氣，有時烏雲壓得很低，塔尖在水汽之上熠熠生輝。索蘭有一些城門開在河上，修建著大理石的巨大碼頭，由芬芳的雪松和柿木製造的華美槳帆船停泊著緩緩搖曳，留著奇異長鬚的水手坐在刻著遙遠國度的象形文字的木桶和貨物上。朝著內陸的城牆另一側是農田，小小的白色農舍在低矮的山丘之間做夢，有著諸多石橋的狹窄道路優雅地蜿蜒於溪流和園圃之間。

傍晚，卡特走下蒼翠的山坡，見到暮色從河面升起，逐漸籠罩了索蘭那宛如奇蹟的金色尖塔。日落時分，他走向城南的大門，穿紅袍的衛兵攔住他，直到他說出三個令人難以置信的夢境，證明他是一位閱歷豐富的造夢者，有資格踏上索蘭的陡峭而神祕的街道，在華美的槳帆船銷售貨物的市場逗留。他於是進入這座不可思議的城市；他穿過厚實得讓大門變成隧道的城牆，走上蜿蜒於插天高塔之間的深邃而狹窄的曲折起伏道路。有格柵和陽臺的窗戶映著燈光，魯特琴和長笛演奏的音樂從大理石噴泉汩汩噴湧的內庭怯生生地飄出來。卡特知道他該怎麼走，他穿過更加昏暗的街道來到河畔，走進一家古老的海員客棧，那裡有他在無數個其他夢境中認識的許多船長和水手。有一艘綠色大帆船要前往塞勒菲斯，他給自己買了個艙位，在客棧過夜之前，他先和店裡的一隻令人肅然起敬的貓聊了一陣，貓趴在巨大的壁爐前打盹，夢著古老的戰爭和被遺忘的神祇。

第二天清晨，卡特登上前往塞勒菲斯的大帆船，他坐在船首，望著水手鬆開纜繩，開始了前往瑟倫尼里安海的漫長旅程。起初許多里格的河岸與索蘭附近的沒有什麼不同，時而能看見奇特的神廟聳立於右側更遙遠的山丘上，岸邊坐落著昏昏欲睡的小村莊，陽光落在漁網和陡峭的紅屋頂上。卡特掛念著自己的探尋，向所有水手打聽他們在塞勒菲斯的酒館客棧裡見過的人，詢問那些奇特男人的名字和習性，他們有著細狹的眼睛、過長的耳垂、瘦削的鼻梁和突出的下巴，乘黑船從北方來，用縞瑪瑙交換塞勒菲斯的雕刻玉石、金絲銀線和會唱歌的小紅鳥。水手不太瞭解這些人，只知道他們極少說話，散發著令人敬畏的氣質。

他們的國度極為遙遠，名叫因加諾克，願意去那兒的人並不多，因為那是一片寒冷的暮光之地，據說靠近令人厭惡的冷原；不過它宣稱與冷原接壤的那一面聳立著不可逾越的高山，因此沒人能夠斷定坐落著恐怖的石砌村落和不堪提及的隱修院的邪惡高原是否確實就在那裡，而這個傳聞是否僅僅是膽怯百姓夜裡見到屏障般的可畏高峰在逐漸升起的月亮下陰森聳立時產生的恐懼揣測。毫無疑問，人們曾經從迥然不同的其他海洋抵達冷原。水手對因加諾克在另外幾個方向毗鄰何地沒有任何概念；除了一些含糊不清、難以確定來源的報告，他們也沒有聽說過寒漠和未知之地卡達斯。至於卡特所追尋的夕陽奇蹟之城，他們一無所知。我們的旅行者沒有繼續詢問那些遙不可及的事情，而是靜靜等待與來自寒冷的暮光之地因加諾克的奇特男人交談的時機，他們就是在恩格蘭奈克峰刻下自己面容的諸神的子嗣。

那天晚些時候，大帆船來到了穿過凱德的芬芳叢林的連綿河灣。卡特很想在此處下船，因為在纏結叢生的熱帶森林裡沉睡著令人驚歎的象牙宮殿，它們完好無損地孑然聳立，曾經棲息著一些奇異的君主，他們所統治國度的名字已被遺忘。遠古諸神的咒語使得那些宮殿不受破壞、不會腐朽，根據記載，有朝一日它們或許還會被重新啟用；大象篷車隊曾在月光下遠遠地望見宮殿，但誰也不敢靠近，因為宮殿守衛者以確保其完整為己任。而大帆船沒有停留，暮色止住了白晝的忙碌聲音，最初的幾顆星辰在天上眨眼，應和著河岸上最早現身的幾隻螢火蟲，叢林漸漸遠去，只留下芬芳的氣味當作回憶。整整一夜，大帆船悄然掠過那些既看不見也無從猜測的神祕事物。瞭望員一度報告東面的山上有火光，但睡眼惺忪的船長只說你最好別看太久，因為沒人能夠確定點火的究竟是誰或什麼東西。

到了早晨，河面變得非常遼闊，卡特看見河岸上的房屋，知道他們離瑟倫尼里安海邊的貿易巨城赫蘭尼思很近了。這裡的牆壁是表面粗糙的花崗岩，房屋有著奇異的尖頂，山牆用梁木支撐，外面塗抹灰泥。在整個夢境國度，赫蘭尼思的居民最像清醒世界的人們；因此除了貿易者，誰也不會特地探尋這座城市，但城內工匠紮實的手藝聞名遐邇。赫蘭尼思的碼頭用橡木建造，大帆船停泊在碼頭上，船長去酒館裡談生意。卡特也上了岸，好奇地打量印著車轍的街道，牛拉著貨車躑躅前行，狂熱的商人在市場裡空洞地叫賣商品。水手出沒的酒館都坐落於靠近碼頭的卵石小徑旁，高潮位時濺起的水花在卵石上結出鹽花，它們的天花板用黑色房樑撐著，豎窗上鑲著綠色的牛眼玻璃，看上去古老得無以復加。年長的海員在酒館裡講述遠方的港口，說了許多來自暮光之地因加諾克的奇特男人的故事，但沒能在大帆船水手講述的事情之外補充多少情況。多次卸貨和裝貨之後，船終於再次揚帆，駛向落日映照的大海，赫蘭尼思的高牆和山牆變得越來越小，白晝的最後一縷金色陽光給它們鍍上了人類無法給予的奇妙和美麗。

大帆船在瑟倫尼里安海上航行了兩天兩夜，沒有見到任何土地，也沒有和其他船隻交流。第三天將近日落時分，亞蘭雪峰在前方逐漸浮現，銀杏樹在它較低處的山坡上搖曳，卡特知道他們來到了歐斯—納爾蓋之地和神奇城市塞勒菲斯。這座不可思議之城的閃亮尖塔很快映入眼簾，隨後是已經失去光澤的大理石城牆和城牆上的青銅雕像，還有納拉克撒河入海口的龐然石橋。城市另一側，和緩的綠色山巒漸漸升起，果園、日光蘭花園、小神廟和農舍坐落其上；遠遠地能在背後看見坦納里亞山脈巍峨而神祕的紫色山脊，它的另一側有著通往清醒世界和夢境其他地域的禁忌道路。

港口停滿了塗漆的大帆船，有些來自大理石建造的雲霧之城塞拉尼安，它位於海天交界之外的乙太虛空之中，有些來自夢境國度諸大洋更堅實的有形港口。舵手駕駛船隻穿行於它們之間，駛向散發著香料氣味的碼頭，大帆船在暮色中拋下纜繩系好，城裡的百萬燈火在水面上閃爍。這座不朽雄城看上去永遠嶄新，因為時間在此處喪失了敗壞和毀滅的能力。納斯—霍薩斯的綠松石聖殿現在和過去都是一個樣子，一萬年前建造它的八十位戴著蘭花花冠的祭司沒有老去。巨大的青銅城門依然閃亮，縞瑪瑙的道路永不磨耗或破損。城牆上俯視商人和駝隊的青銅巨像比傳說還要古老，但分岔的鬍鬚卻沒有染上一絲灰白。

卡特沒有立刻去探尋神廟、宮殿或要塞，而是混跡於海邊的商販和水手之間。等到時辰太晚，無法繼續打探流言和傳聞之後，他找到一家他很熟悉的古老客棧休息，在夢中見到了他苦苦尋覓的未知之地卡達斯的神祇。第二天，他走遍所有碼頭，搜尋來自因加諾克的奇特海員，卻得知港口此刻沒有他們的船隻，要到足足兩週後才有他們的大帆船從北方來。不過他找到了一位索拉波尼亞的水手，他去過因加諾克，在暮光之地的縞

瑪瑙礦場工作過；這位水手說那裡有人居住的地區以北確實有一片荒漠，所有人似乎都畏懼和遠離它。索拉波尼亞人認為那片沙漠環抱不可逾越的群山的最外邊緣，而群山的背後就是冷原，這就是人們畏懼它的原因；不過他也承認，還有另外一些晦暗的傳說提到了邪惡的存在和無名的哨兵。他不知道那裡是不是傳說中未知之地卡達斯所在的荒漠，但假如那些邪惡和無名哨兵確實存在，它們應該不會白白駐守。

第二天，卡特沿著立柱之街走向綠松石神廟，與大祭司交談。儘管塞勒菲斯崇拜的主要是納斯—霍薩斯，但每日祈禱中也會提到其他的偉大諸神；祭司自然很熟悉他們每一位的脾性。與遙遠烏撒的阿塔爾一樣，他強烈反對卡特以任何手段嘗試拜見他們，聲稱他們乖戾暴躁、反覆無常，受到外部空間那些無智外神的奇異保護，後者的靈魂和信使就是「伏行之混沌」奈亞拉托提普。他們既然出於嫉妒隱藏了那座夕陽奇蹟之城，就明確地表示了不希望卡特去那裡，倘若一個人的目標是見到他們、在他們面前懇求，那麼他們會用什麼樣的手段來防備就誰也說不準了。過去從未有人找到過卡達斯，未來恐怕也永遠不會有人找到。關於偉大諸神棲息的縞瑪瑙城堡確實存在一些傳聞，這些傳聞無論如何都不會令人心安。

卡特感謝了頭戴蘭花花冠的大祭司，離開神廟，尋找宰羊人聚集的市場，塞勒菲斯群貓那毛皮光滑的老首領就愜意地住在那裡。這個尊貴的灰色生靈趴在縞瑪瑙路面上曬太陽，拜訪者接近時沒精打採地伸出了一隻爪子。卡特複述烏撒的老將軍告訴他的暗語和介紹詞後，這位毛茸茸的族長變得非常活躍和健談；講述了許多只有居住在歐斯—納爾蓋山谷面海山坡上的貓才知道的祕密知識。最重要的是牠複述了塞勒菲斯那些膽小的海邊貓咪偷偷告訴牠的有關因加諾克來客的事情，貓絕對不會登上他們的黑色船隻。

按照牠們的說法，這些人有著不屬於凡間的氣質，但這並不是貓不願隨他們的船隻出海的原因。後者的原因是因加諾克有著貓不可能忍耐的憧憧暗影，因此在那片冰冷的暮光之地永遠聽不見喜悅的咕嚕聲和日常的喵喵叫。這是因為從或許存在的冷原飄過不可逾越的山峰而來的事物，還是因為從北方冰寒荒漠悄然滲漏而來的東西，誰也說不清楚；能夠確定的是那個遙遠的國度籠罩著一絲外部空間的感覺，貓非常厭惡外部空間，牠們在這方面比人類敏感許多。因此，牠們絕對不會登上他們的黑色船隻，駛向因加諾克的玄武岩碼頭。

塞勒菲斯群貓的老首領告訴他該去哪兒尋找他的朋友庫拉涅斯國王，在卡特近期的夢境中，他交替在塞勒菲斯的玫瑰水晶的七十重歡愉宮殿和飄浮於空中的雲霧塔樓城堡塞拉尼安統治此處。他似乎不再能夠在這兩個地方找到慰藉，而是對少年時居住的英國的峭壁和丘原產生了強烈的渴求；那裡有著小小的夢幻村落，古老的英格蘭歌謠會在傍晚時分從格子窗裡飄出來，灰色教堂的塔樓可愛地隔著遠處的翠綠山谷伸頭探腦。他無法在清醒世界回去擁抱這些事物，因為他的軀體已經死亡；但他盡可能地補償自己，在城市以東草原優雅地從海崖鋪到坦納里亞山腳之處，用夢幻構建了一小塊如此的田園風光。他居住在一幢臨海的灰色哥特式石砌莊園裡，盡量想像它是古老的特雷弗塔莊園，也就是他的出生地和他的十三代先祖初見光明之處。他還在附近的海灘上建造了一個康沃爾式的小漁村，那裡的陡峭小路鋪著鵝卵石，居民長著最純正的英格蘭面孔，他一直在想方設法教他們學會他牢記於心的康沃爾老漁夫的說話口音。另外，他在不遠處的山谷裡修建了一座諾曼式修道院，確保能從自己房間的窗戶見到那裡的塔樓，他在修道院的墓地裡豎起了一些灰色的巨石，將自己祖先的名字刻在上面，還在墓地裡種上了古老英格蘭常見的苔蘚。儘管庫拉涅斯是夢境國度的一位君主，所有想像而來的盛景和奇觀、絢爛和美麗、狂喜和歡愉、新奇和刺激都聽從他的號令，然而他會欣然永遠放棄他的全部權力、奢侈享受甚至自由，只求作為一個單純的男孩，在純淨而靜謐的英格蘭度過幸福的一天，因為他鍾愛的古老英格蘭塑造了他的整個存在，他也不可改變地始終是它的一部分。

因此，卡特與灰毛老首領告別後，並沒有前去尋找那座玫瑰水晶的梯臺宮殿，而是從城東的大門離開塞勒菲斯，穿過長滿雛菊的田野，走向他在朝著海崖伸展的山坡花園的橡樹枝杈間瞥見的尖頂山牆。很快，他來到一面寬闊的樹籬前，大門旁有一幢磚砌的小農舍，他敲響門鐘，蹣跚著給他開門的不是穿長袍塗香膏的宮殿侍從，而是一位矮小的老人，他身穿做農活的長罩衫，盡可能用遙遠的康沃爾的趣致口音說話。卡特走上盡量接近英格蘭行道樹的樹木掩映的小徑，在模仿安妮女王風格的花園中爬上幾層梯臺，來到按照古老方式安放著石貓像的門口，身穿合適制服、留著連腮鬍的管家迎接他，將他領進圖書室。庫拉涅斯，歐斯－納爾蓋山谷和塞拉尼安周圍天空的君主，鬱鬱寡歡地坐在窗口的椅子裡，俯瞰他那個海邊的小村莊，希望他的老保姆能快點進來責罵他，因為他還沒做好準備，去參加教區牧師舉辦的討厭的草坪聚會，馬車正在等候，他母親就快喪失耐心。

庫拉涅斯裹著一件晨袍，款式是他年輕時倫敦裁縫最喜歡的那種，他熱情地起身迎接客人；能見到一個來自清醒世界的盎格魯－撒克遜人對他來說確實太難得了，儘管這位撒克遜人並非來自康沃爾，而是麻塞諸塞州的波士頓。他們聊了很久過去的時光，他們有許多話題可聊，因為兩人都是經驗豐富的造夢者，熟悉不可思議之地的種種奇觀。庫拉涅斯甚至去過星辰之外的終極虛空，據說只有他經歷如此旅程後返回還能神志健全。

最後，卡特將話題引向他的探尋，向款待他的主人詢問他已經向其他許多人打聽過的事情。庫拉涅斯不知道卡達斯或夕陽奇蹟之城位於何方，但他知道偉大諸神是一些非常危險的生靈，最好不要去找他們，而外神用詭異的手段保護他們不被好奇的魯莽之徒滋擾。他在太空中遙遠的區域——尤其是在物質形體不存在的區域，色彩斑斕的氣體研究最深奧的祕密之處——瞭解到很多與外神有關的情況。紫色氣體斯—奈克向他講述了「伏行之混沌」奈亞拉托提普的恐怖事實，警告他絕對不要靠近惡魔君王在黑暗中飢餓啃噬的核心虛無。總而言之，打擾古老諸神肯定不會有好結果；既然他們持之以恆地拒絕卡特接近夕陽奇蹟之城，那他就最好不要再尋求那個地方。

庫拉涅斯還表示出進一步的疑慮，認為即便他的訪客找到了那座城市，恐怕也不可能得到任何好處。他本人曾經夢想和渴望過許多年美麗的塞勒菲斯和歐斯—納爾蓋山谷，嚮往生命中的自由、色彩和無與倫比的體驗，厭棄它的束縛、傳統和愚昧。然而現在他踏上了這座城市和這片土地，甚至成了統治它的君主，卻發現自由和新鮮很快就消耗殆盡，剩下的只有一場不變的渴望，渴望能夠與他感覺和記憶中的堅實之物建立聯繫。他在歐斯—納爾蓋是君王，從中卻找不到任何意義，總是因為思念塑造他少年時代的往日英格蘭的熟悉事物而意志消沉。他情願為了回蕩在丘陵之間的康沃爾教堂鐘聲而放棄整個王國，用塞勒菲斯的千百座尖塔換取家鄉附近小村莊普普通通的陡峭屋頂。因此，他告訴他的客人，夕陽下的無名之城未必有著他孜孜以求的事物，就讓它留在半忘不忘的輝煌美夢之中或許更好。因為他在以前的清醒歲月時曾經常拜訪卡特，很熟悉誕生了卡特的那片新英格蘭的美麗山坡。

他很確定，到了最後，探尋者最渴望的只會是他早年記住的景象；信號山夜晚的光輝，趣致小鎮金斯波特那高聳的尖頂和蜿蜒的山坡道路，女巫出沒的古城阿卡姆那灰白色的複斜屋頂，令人愉悅的許多英哩草地和山谷上的石牆蔓生，以及農舍的白色山牆從蒼翠樹蔭中向外窺視。儘管他苦口婆心勸說藍道夫．卡特，但探尋者依然緊抱他的目標不放。兩人最終懷著各自堅定的信念告別，卡特從青銅大門返回塞勒菲斯，順著立柱之街來到古老的防波堤旁，繼續與來自遠方的海員交談，等待黑船從寒冷的暮光之地因加諾克駛來，船上面相奇異的水手和縞瑪瑙商人帶著偉大諸神的血脈。

一個星光璀璨的夜晚，燈塔將燦爛的光芒投向整個海港，他期待已久的黑船終於來了，面相怪異的水手和商人或單獨或成群出現在防波堤旁的古老酒館裡。見到這些酷似恩格蘭奈克峰神祇雕像的活生生的面容，卡特感到非常激動，但他沒有急著找這些沉默的海員搭話。他不知道偉大諸神的子嗣有著何等的自尊、守祕能力和高高在上的隱約記憶，但很確定無論是對他們直陳自己的探尋目標，還是過於仔細地打聽暮光之地以北的寒冷荒漠，都是不智之舉。他們在古老的臨海酒館裡很少和其他人交談；但喜歡聚集在偏僻的角落裡，詠唱散發未知之地氣息的歌謠，用夢境國度其他各處都覺得陌生的口音彼此唸誦長篇傳奇。此時的氣息和傳奇是那麼罕見和動人，從聽眾的表情就能猜到它們有多麼非凡，然而那些字詞對普通人而言僅僅是奇異的節拍和晦澀的旋律。

接下來的一個星期，這些奇特的海員在塞勒菲斯的酒館裡逗留，在市場裡買賣，卡特在他們出發前登上了那艘黑船，他自稱經驗豐富的縞瑪瑙開採者，希望能去他們的礦場工作。這艘船非常漂亮，做工極為精巧，由柚木製成，飾有烏木配件和金絲窗格，旅行者居住的艙室掛著絲綢和天鵝絨掛毯。一天早晨，潮水轉向的時候，水手升帆起錨，卡特站在高聳的船尾，望著朝陽下熠熠生輝的不朽城市塞勒菲斯的城牆、青銅雕像和金色尖塔逐漸沉入遠方，而亞蘭雪峰變得越來越小。中午時分，視線裡只剩下了溫和而蔚藍的瑟倫尼里安海，遠遠地有一艘塗漆的大帆船在駛向海天交界處雲霧籠罩的塞拉尼安。

夜幕帶著璀璨的星空降臨，黑船駛向沿著天極緩緩轉動的北斗七星和小熊座。水手唱著未知之地的奇異歌曲，接著思鄉的瞭望員喃喃吟唱古老的歌謠，水手一個接一個溜到前甲板上，趴在欄杆上看發光小魚在幽深的水中嬉戲。午夜時分，卡特回去睡覺，第二天被初升的太陽喚醒，他注意到太陽比前一天向南移動了一些。這一天他從早到晚都在努力結識船上的人，漸漸打開話匣，談論他們那片寒冷的暮光之地、那座精美的縞瑪瑙城市和他們對傳說中另一側的冷原上不可逾越的高峰的恐懼。對於沒有貓願意待在因加諾克，他們感到惋惜，認為罪魁禍首就是看不見但近在咫尺的冷原。他們唯獨不肯談論北方的多石荒漠。那片荒漠有著某種令人不安的因素，他們認為最好不要承認它的存在為妙。

接下來的幾天，他們談論了卡特聲稱他要去工作的採石場。採石場為數眾多，因為整個因加諾克城就是用縞瑪瑙修建的；打磨後的大塊縞瑪瑙會運到雷納、奧格洛森和塞勒菲斯出售，或者在因加諾克賣給索拉、伊拉奈克和卡達瑟倫的商人，換取來自那些神奇港口的美麗貨物。在北方的極遠處，靠近因加諾克人不願承認其存在的寒冷荒漠的地方，有一座現已廢棄的採石場，它比其他所有採石場都要巨大，在已經被遺忘的久遠過去，那裡曾開採出堪稱龐然大物的石塊，光是見到因挖鑿而產生的空洞，人們都會心生恐懼。究竟是誰開採出了那些巨大得難以想像的石塊，又被運往了什麼地方，人們無從猜想；但大家都認為最好避開那座採石場，非人的記憶很可能縈繞著這種場所不肯消散。因此它被孤零零地遺棄在微光之中，只有渡鴉和傳聞中的夏塔克鳥還棲息在它的龐然空洞之中。卡特聽說這座採石場後陷入深思，因為根據古老的傳說，偉大諸神在未知之地卡達斯峰頂的城堡就是用縞瑪瑙建造的。

每一天，太陽在天空中升起落下的高度都越來越低，頭頂的霧氣則變得越來越厚。兩週後，陽光完全消失，白天只有某種怪異的灰色暮光穿透永恆的雲霧天穹，而夜晚則是從雲霧下側照出來的並非星辰的冰冷磷光。第十二天，視野裡遠遠地出現了一塊聳立於海中的嶙峋巨石，自從亞蘭雪峰在船尾沉入海平線之後，這是他們第一次見到陸地。卡特向船長詢問那塊巨石的名字，卻被告知它沒有名字，也沒有任何船隻願意去那裡探尋，因為巨石會在夜間發出怪異的聲音。天黑之後，那塊嶙峋的花崗岩陸地確實響起了持續不斷的陰森嚎叫，我們的旅行者很慶倖巨石沒有名字，而他們沒有在那裡停留。水手祈禱和吟唱，直到怪聲離開耳力所及的範圍。卡特在深夜做了恐怖的夢中之夢。

兩個清晨之後，遙遠的前方東側隱約出現了一列巨大的灰色山峰，它們的山頂消失在暮光國度永恆不變的雲霧之中。見到它們，水手唱起歡樂的歌謠，有幾位甚至跪在甲板上祈禱；因此卡特知道他們接近了因加諾克之地，很快就將停泊在與陸地同名的大城的玄武岩碼頭上。臨近中午，黑色的海岸線出現了，下午3點不到，縞瑪瑙城市那球莖狀的拱頂和奇異的尖塔逐漸在北方呈現。這座古老的城市奇異而古怪地屹立於城牆和碼頭之上，所有東西都是黑色的，非常精緻，鑲嵌有金色的渦卷、凹槽和蔓藤飾紋。房屋很高大，窗戶眾多，每一面都雕刻著花朵和圖案，黑色裝飾的對稱性令人目眩神迷，所蘊含的美感甚至超過了亮色。有些房屋的頂部是膨大的穹形，然後漸縮成尖頂；另一些是梯臺狀的金字塔，頂上聳立著簇生的尖塔，展示著怪異性和想像力的每一個方面。城牆很低，開著許多城門，每一扇城門上都有巨大的拱頂，遠遠高出城牆的平均高度，頂上安放著神祇的頭像，其雕刻技法與遙遠的恩格蘭奈克峰上的龐然巨臉相同。城中央的一座山丘上屹立著比其他建築物更加巨大的十六角塔樓，其扁平的穹頂上承載著一座尖頂的高聳鐘樓。水手說那是遠古諸神的神廟，掌管它的是一位年長的大祭司，內心的祕密使得他哀傷不已。

每隔一段時間，一口怪異大鐘的當當鐘聲就會震顫著響徹縞瑪瑙城市，每次都會有號角、維奧爾琴和吟唱混合而成的神祕音樂與之應和。在一些特定的時刻，神廟高聳拱頂四周回廊上的一排三足器具會爆發出熾烈的火光。這是因為那座城市的祭司和居民都精通遠古的祕密，恪守偉大諸神在比《納克特抄本》還古老的卷軸上制定的生活節奏。船駛過巨大的玄武岩破浪堤進入港口，原先聽不太清的城市雜訊變得清晰，卡特見到碼頭上有奴隸、水手和商人。水手和商人屬於面相怪異的神裔種族，但奴隸是狹縫眼的矮胖人種，據傳聞說他們來自冷原另一側的山谷，通過某些手段翻越或繞過了不可逾越的群山。碼頭在城牆外延伸得很寬，碼放著來自停泊於此的許多大帆船的各種商品，另一頭則是堆積成山的縞瑪瑙，經過雕刻和未經雕刻的都有，等待著送往雷納、奧格洛森和塞勒菲斯的遙遠市場。

黑船在突出的石砌碼頭旁靠岸，時辰都還沒到傍晚，水手和商人列隊上岸，穿過拱頂城門走進城市。城市的街道由縞瑪瑙鋪成，有一些寬闊而平直，另一些曲折而狹窄。海邊的房屋比其他房屋低矮，怪異的拱門上方刻著特定的黃金符號，據說是為了敬拜護佑各家的弱小神祇。船長帶著卡特來到一家古老的海員酒館，許多奇特國家的水手聚集於此，他答應第二天向卡特展示這座暮光之城的諸多奇景，領他去北面城牆附近縞瑪瑙礦工出沒的酒館。夜幕降臨，小小的青銅路燈紛紛點亮，酒館裡的水手唱起遙遠國度的歌曲。但當高塔上響起的鐘聲震顫著響徹全城，號角、維奧爾琴和吟唱神祕地與之應和時，所有人都停止了歌唱和閒談，沉默地低下頭，直到最後一絲回聲完全消散。因為因加諾克這座暮光之城有著奇景和異事，人們在這座城市的儀式中不敢有所鬆懈，否則厄運和報復就有可能出乎意料地悄然接近。

卡特遠遠地在酒館的陰暗處見到了一個他不喜歡的矮胖身影，因為這個身影無疑屬於他很久以前在狄拉斯－琳的酒館裡見過的狹縫眼年長商人。據說他與冷原上可怖的石砌村莊有生意往來，沒有哪個神志健全的人願意去那種地方，因為夜裡能從遠處望見它們邪異的火光；他打交道的對象甚至還包括那位不該被提及的大祭司，他戴著黃色絲綢面具，獨自居住在一座史前建造的石砌隱修院裡。卡特在狄拉斯－琳向商人詢問寒漠和卡達斯時，他流露出了似乎知道什麼的奇特神色；此刻他又出現在陰森而鬼魂縈繞的因加諾克，如此接近北方的奇境，卡特不知為何覺得難以安心。然而還沒等卡特和他搭話，他就消失得無影無蹤了。後來有水手說他是和一個犛牛拉的大篷車隊一起來的，誰也說不準這個車隊來自何方，他帶來了傳聞中的夏塔克鳥巨大的鮮美鳥蛋，換取商人從伊拉奈克帶來的精緻的玉石高腳杯。

第二天上午，船長領著卡特穿過因加諾克城暮光天空下昏暗的縞瑪瑙街道。鑲飾的房門、華麗的正立面、雕飾的陽臺和嵌水晶的凸窗都散發著經過仔細打磨的陰鬱而美麗的光芒；建築物之間時而出現開闊的廣場，聳立著黑色的立柱、列柱和奇異的雕像，這些雕像既有人類也有傳說生物。順著漫長而筆直的大街，穿過旁街後巷，越過球莖狀拱頂、尖塔和帶有蔓藤飾紋的屋頂，有著怪異和美妙得無法用語言描述的綺麗風光；然而最輝煌的依然是古老諸神那巍峨的中央神殿，它十六面精雕細琢的外牆、扁平的穹頂和高聳入雲的尖頂鐘樓比其他所有的建築物都要雄偉和莊嚴。一直向東，遠在城牆和無數里格的牧場之外聳立著荒涼的灰色山丘，它們屬於那些高不見頂、無法逾越的山峰，駭人的冷原據說就在它們的另一側。

船長帶著卡特走向宏偉的神廟。神廟連同它築有牆壁的花園位於一座巨大的圓形廣場之中，街道像輻條似的從這個廣場向四面八方伸展。花園的七道拱門永遠敞開，每道門的上方都是一個雕刻的頭像，與城門上方的那些頭像相同；人們虔誠地隨意漫步於鋪著地磚的道路上，穿行於兩側林立著怪誕界標和次等神祇的聖祠的小徑之間。花園裡有縞瑪瑙建造的噴泉、池塘和水盆，反射著高處廊臺上三足器具中定時噴出的火焰，裡面養著潛水者從海洋深處取來的發光小魚。每當神廟鐘樓那低沉的當當聲震顫著響徹花園和城市，號角、維奧爾琴和人聲的回應從花園大門旁的七幢屋舍中洶湧傳出，祭司的長隊就會走出神廟的七扇大門，他們穿黑衣，戴面具和兜帽，在一臂之外托舉著金色大碗，奇異的蒸汽從碗裡嫋嫋升起。七支隊伍隨後會昂首闊步地匯成一列，膝蓋不打彎地將腿向前遠遠甩出，走下通往七幢屋舍的步道，消失得無影無蹤並不再出現。據說屋舍與神廟之間有地下通道，祭司長隊從那裡返回神廟；但也並非沒有傳聞稱通向地下深處的縞瑪瑙階梯連接著無人知曉的祕密。然而也有極少一部分傳聞稱，戴面具和兜帽的隊伍根本不是人類祭司。

卡特沒有進入神廟，因為只有覆面之王才有資格那麼做。然而在他離開花園之前，敲鐘的時間到了，他聽見震顫的鐘聲震耳欲聾地在頭頂響起，號角、維奧爾琴和人聲交織而成的喧鬧聲音從大門旁的屋舍中呼嘯而出。手持金碗的祭司隊伍以其怪異的姿勢沿著七條步道僵直地走了下來，我們的旅行家感受到了人類祭司很少會讓人產生的畏懼情緒。最後一名祭司消失後，他離開了花園，在出門時注意到金碗經過的地面上有個汙點。連船長也對那個汙點感到厭惡，催促卡特走向另一座山丘，那裡坐落著覆面之王諸多拱頂矗立的宏偉宮殿。

通向那座縞瑪瑙宮殿的道路陡峭而狹窄，只有一條寬闊的盤旋大道除外，供國王與其同伴騎犛牛或坐犛牛戰車時使用。卡特與嚮導沿著一條完全是石階的小巷攀登，兩側鑲嵌裝飾的牆壁上刻著奇特的金色符號，頭頂上是陽臺和凸窗，偶爾有輕柔的音樂旋律或異域的芬芳隨風飄來。巍峨的高牆、龐大的扶壁和覆面之王宮殿聞名遐邇的球莖狀簇生拱頂始終在前方時隱時現；最後他們穿過一道巨大的黑色拱門，走進君王享樂的花園。如此之多的美景使得卡特停下腳步，幾乎昏厥：這裡有縞瑪瑙的梯臺和列柱林立的步道，有色彩繽紛的花圃和攀附於金色格架上的優雅花樹，有刻著可愛的淺浮雕的黃銅甕壇和三足器具，有基座上幾乎在呼吸的黑色雲紋大理石的雕像，有玄武岩襯底的池塘和鋪瓷磚養發光小魚的噴泉，有會唱歌的五彩小鳥棲息在雕柱上的小小神龕，有鐫刻著渦卷圖案的青銅大門，有覆蓋著每一英吋光潔牆壁的開花藤蔓，它們聯合起來構成了美麗得超越現實的畫面，即便在夢境國度也讓人感覺半真半幻。花園在灰色的暮光天空下如幻覺般微微閃亮，前方是拱頂聳立、繪著回紋飾的富麗堂皇的宮殿，右側是遙遠的不可逾越山峰的怪異輪廓。小鳥和噴泉一刻不停地歌唱，罕見花朵的芬芳如面紗般籠罩著這座不可思議的花園。這裡沒有其他人，卡特為此感到高興。他們隨後轉身走下那條縞瑪瑙石階的小巷，因為訪客不能進入宮殿，而且目不轉睛地長時間盯著巨大的中央穹頂看也不是好事，因為據說宮殿裡居住著所有存在於傳聞中的夏塔克鳥的老邁祖輩，會向好奇的人送去詭異的夢境。

離開宮殿，船長領著卡特走向城市北區，那裡靠近篷車隊之門，有許多犛牛商人和縞瑪瑙開採者出沒的酒館。他們在一家礦工常去的天花板低矮的客棧依依惜別，因為船長有生意要忙，而卡特渴望向礦工打聽北方的事情。客棧裡有很多男人，我們的旅行家卻沒有和他們交談太久；他自稱是經驗豐富的縞瑪瑙開採者，很想瞭解一下因加諾克礦場的情況。然而他們告訴他的情況並不比他已經知道的更多，因為礦工提到北方的寒冷荒漠和那個無人肯去的礦場就閃爍其詞或避而不談。他們害怕來自據稱冷原所在之處周遭山脈的傳說中的密使，害怕極北處散亂巨石之間的邪惡魂靈和無可名狀的哨兵。他們還悄聲說起神志健全之人並不適合目睹傳聞中的夏塔克鳥，沒有人真的親眼見過它反而是一件好事（因此，人們在黑暗中餵養傳說中生活在王宮拱頂下的夏塔克鳥始祖）。

第二天，卡特宣稱他想實地考察各處礦藏，拜訪因加諾克零散分佈的農場和奇異的縞瑪瑙村莊，他租了一頭犛牛，將行程所需之物塞滿了幾個皮革大鞍袋。篷車隊之門外的道路筆直地在耕地之間向前延伸，兩側有著許多頂端建有低矮拱頂的奇特農舍。探尋者在一些房屋前停下打聽事情；有一次他遇到的屋主嚴峻而寡言，散發著難以形容的威嚴感覺，很像恩格蘭奈克峰上的那張岩石巨臉，他很確定自己終於遇到了寄居人間的一位偉大諸神，至少也是有著他們十分之九血脈的後裔。他小心翼翼地向這位嚴峻而寡言的農民稱頌諸神，並讚美諸神賜予他的一切祝福。

那天夜裡，卡特在路邊的草地上宿營，他把犛牛拴在一棵大萊格斯樹上，自己睡在樹下；第二天早晨，他繼續向北的朝覲旅程。大約10點，他來到有著小型拱頂的烏格村，商人在這裡休息，礦工講述他們的故事，他在酒館裡一直待到中午。大型車隊會在此處轉向西方的瑟拉恩，但卡特沿著採礦的道路一直向北走。整個下午，他走在地勢越來越高的那條路上，它比寬闊的大道窄一些，所經之處的石塊也比耕地更多。傍晚時分，他左側的低矮山丘隆起成了可觀的黑色峭壁，他知道他離礦區已經很近了。無法逾越的山脈那龐大而淒涼的山坡始終遠遠地聳立於右側，他走得越遠，從沿途遇到的農民、商人和運送縞瑪瑙的貨車的車夫那裡聽到的傳說就越不堪。

第二天夜裡，他在一塊黑色巨岩的陰影中紮營，他在地上釘了個木樁，把犛牛拴在上面。他發現在這個更靠北的地點，雲霧中的磷光變得更強烈了，他不止一次地看見磷光中勾勒出一些黑影。第三天清晨，他見到了第一個縞瑪瑙礦場，他向拿著鋤頭和鑿子勞作的工人打招呼。傍晚以前他經過了十一個礦場；田地已經完全讓位於縞瑪瑙礦壁和巨石，黑色的土地上完全沒有任何植物，只是散落著大塊的碎石，而不可逾越的灰色山峰在右側荒涼而險惡地越升越高。第三天夜裡，他在礦工的營地度過，閃爍的火光在西面光潔的岩壁上投下怪異的倒影。他們唱了許多歌曲，講了許多故事，分享了有關古老時光和神祇習性的眾多怪異知識，卡特看得出他們擁有許多來自祖先也就是偉大諸神的潛在記憶。他們問他要去向何方，提醒他千萬別向北走得太遠；他回答說他在尋找新的縞瑪瑙礦壁，願意承受的風險不會超過普通的探礦人。第二天早晨，他與他們告別，走向越來越昏暗的北方，礦工警告過他，稱他會遇到那座無人敢去的礦場，比人類之手古老無數倍的巨手曾從那裡挖走龐然石塊。他轉身向礦工最後一次揮手道別，覺得他看見了那個鬼祟而矮胖的狹縫眼老商人走向營地，他似乎和冷原有生意往來的說法流傳在遙遠的狄拉斯—琳，卡特因此悚然心驚。

再經過兩個礦場，因加諾克有人居住的區域似乎就到頭了，道路越來越窄，變成在禁忌的黑色山崖之間陡峭抬升的犛牛小徑。荒涼而遙遠的山峰永遠位於右側，隨著卡特越來越深入這片無人涉足的領域，他發現光線越來越暗，氣溫越來越低。他很快注意到腳下的黑色小徑上不再有鞋子或蹄子留下的足印，意識到他已經踏上了遠古時代就已荒廢的奇異道路。時而有渡鴉在天頂嘎嘎怪叫，時而從巨石背後響起拍打翅膀的聲音，使得他不安地想起傳聞中的夏塔克鳥。不過絕大多數時候，天地之間只有他和他毛髮蓬亂的馱獸，他不安地注意到這頭健壯的犛牛越來越不願繼續前進，越來越容易因為路邊各種細小的響動而驚恐地噴出鼻息。

小徑已經變成了黑色的閃亮崖壁之間的羊腸小徑，呈現出了前所未有的陡峭趨勢。路很難走，四處遍佈的岩屑害得犛牛屢屢腳下打滑。兩小時後，卡特在前方見到了確定無疑的坡頂，但除了暗淡的灰色天空，他看不到另一側的情形，他祈禱那是平地或下山的道路。然而想要爬上那個坡頂卻不是一件容易的事；因為路變得近乎垂直，鬆脫的黑色礫石和小塊岩屑使得每一步都非常危險。卡特從疑慮重重的犛牛背上下來，牽著犛牛走，馱獸不肯前進或步履蹣跚時就使勁拉著它，同時盡可能踩穩腳下的地面。最後他猛地一用力，爬上了坡頂，放眼望去，眼前的情形讓他驚呼起來。

小徑在前方和緩的下坡上筆直伸展，高聳的礦物岩壁依然如故；然而左邊有一個巨大得可怖的空洞，足有數英哩見方，某種遠古的力量劈開自然形成的縞瑪瑙峭壁，將它塑造成一座巨人的採礦場。龐然溝壑深深地嵌入堅實的岩壁，較低處的礦洞在大地深處張開巨口。這不可能是人類的採礦場，礦坑的立面遍佈寬達數碼的方形鑿痕，講述著那些無可名狀的臂膊和鑿塹曾經挖出了何等尺寸的石塊。偌大的渡鴉在它參差不齊的邊緣上空拍打翅膀，嘎嘎怪叫；不可見的深處傳來隱約的呼呼聲，說明有蝙蝠或烏爾哈格或更不堪提及的生物出沒於那深不可測的黑暗之中。卡特站在狹窄的小徑上，暮光包圍著他，岩石小徑在前方變成了下坡路；他右側是高聳的縞瑪瑙峭壁，綿延伸展到肉眼可見範圍之外，左側的峭壁在不遠處的前方被截斷，變成那個不屬於凡俗世界的可怖礦場。

犛牛突然大叫，掙脫他的控制，從他身旁躥了出去，在驚恐中奮蹄飛奔，很快就消失在了通向北方的狹窄的下坡小徑上。被牠飛揚四蹄踢起的石子滾過礦坑邊緣，消失在黑暗中，久久沒有傳來掉落洞底的聲音；卡特沒有理會這條狹窄小徑的危險，上氣不接下氣地追趕飛奔的馱獸。左側的峭壁很快恢復了原狀，小徑重新變成逼仄的巷道，我們的旅行家跟著犛牛緊追不捨，犛牛巨大而稀疏的腳印說明它在不顧一切地逃跑。

他一度似乎聽見了驚恐馱獸的蹄聲，振奮之下加快了腳步。他一口氣跑了好幾英哩，前方的道路越來越寬，他知道自己很快就將踏上北方那片令人畏懼的寒冷荒漠了。不可逾越的遙遠山脈那荒涼的灰色山坡再次出現在右側的危崖之上，前方散落著大小石塊的開闊空間無疑預示著那片黑暗的無垠平原。蹄聲再次在耳畔響起，這次更加清晰，但引起的是恐懼而非振奮，因為他發覺那不是犛牛逃跑時的驚恐蹄聲。他聽見的蹄聲無情而堅定，而且來自背後。

卡特對犛牛的追趕演變成了逃避某些不可見的事物，他不敢扭頭張望，但能感覺到背後不可能是什麼健全或能用語言描述的東西，犛牛肯定是先聽見或感覺到了它。他並不想問自己它究竟是從有人煙之處就開始跟蹤他，還是從黑暗的礦坑深處爬上來的。與此同時，峭壁已經被他甩在了身後，正在降臨的夜幕籠罩在砂礫和詭異岩石組成的荒漠上，到處都沒有道路的蹤跡。他找不到犛牛留下的蹄印，背後不斷傳來可憎的篤篤聲，時而混雜著他覺得是啪啪振翅和呼呼飛翔的奇異巨響。他在落入不利的處境，這個事實變得令人不快地明顯，他知道自己不可救藥地迷失在了這片由毫無意義的石塊和難以穿越的沙地構成的被詛咒的荒漠中。只有右側不可逾越的遙遠山峰能給他一些方向感，但隨著灰色暮光漸漸黯淡，雲霧的病態磷光取而代之，連山峰也變得越來越模糊了。

這時，他在前面越來越暗的北方的朦朧霧氣中瞥見了一個可怖的東西。先前一段時間，他以為那是一片黑色的山峰，但此刻他發現實際上並非僅僅如此。陰鬱雲層的磷光將牠照得清清楚楚，低垂的發光蒸汽甚至從背後勾勒出牠的部分輪廓。他難以確定牠究竟有多遠，但知道肯定很遠。牠高達數千英呎，從不可逾越的灰色山峰向著無法想像的西部空間伸展，構成一道巍峨的凹形弧面，牠曾經是縞瑪瑙山峰組成的高大山脊。但那些山峰已經不再是山峰，因為某些比人類之手巨大無數倍的手觸碰過了牠們，如今沉默地蹲伏於極地世界，彷彿一群野狼或食屍鬼，頭頂著雲霧冠冕，永遠守護著北方的祕密。狗狀的山峰蹲伏成一個巨大的半圓形，被雕刻成怪誕的守護雕像，高舉右手，威脅著人類。

雲層的閃爍磷光使得雕像上斜面接合的雙頭像是在移動，卡特蹣跚前行，發現一些巨大的身影從牠們暗影浮動的膝頭騰空而起，這些身影的動作並非出自他的錯覺。這些身影拍打著翅膀呼呼飛翔，每一秒鐘都變得越來越巨大，我們的追尋者知道他的踉蹌旅

程恐怕要告一段落了。牠們不是地球或夢境國度任何一個地方所知的鳥類或蝙蝠，因為牠們比大象還大，腦袋類似馬頭。卡特知道牠們肯定是可怖傳聞中的夏塔克鳥，他不再思考是何種邪惡的守護者或不可名狀的哨兵使得人們不敢涉足北方的岩石荒漠。最後他聽天由命地停下腳步，壯著膽子望向背後；追趕他的是那個有著惡劣名聲的狹縫眼矮胖商人，他獰笑著騎在一頭瘦削的犛牛上，率領一群睨視獵物、令人厭惡的夏塔克鳥，牠們的翅膀還沾著礦坑深處的白霜和硝石。

這些難以置信、長著馬頭的有翼噩夢聚攏成一個邪惡的圓圈，儘管受到重重圍困，但藍道夫・卡特並沒有失去意識。這些高大而可怖的龐然巨怪俯視著他，狹縫眼商人跳下犛牛，站在俘虜面前露出獰笑。他隨後示意卡特爬上一頭令人憎惡的夏塔克鳥，又在卡特的理智與嫌惡彼此爭鬥時推了他一把。爬上鳥背頗為艱苦，因為覆蓋夏塔克鳥身體的是鱗片而非羽毛，這些鱗片還異常光滑。等他坐穩，狹縫眼男人跳到他背後，讓一頭難以想像的巨鳥領著瘦削的犛牛走向北方經過雕刻的半環山脈。

他們駭人地呼嘯穿過寒冷的天空，永無止境地向上和向東，朝著不可逾越的山峰那荒涼的灰色山坡而去，據說山脈的另一側就是冷原。他們高高地飛在雲層之上，直到傳說中的山頂出現在腳下，因加諾克人從未見過牠們，因為牠們永遠隱藏在高空發光霧氣的渦流之中。山峰在腳下掠過，卡特將牠們盡收眼底，他在峰頂見到一些奇異的洞口，不禁想起恩格蘭奈克峰上的那些；但他沒有詢問狹縫眼男人，因為卡特注意到他和馬頭的夏塔克鳥似乎都奇怪地害怕那些洞口，緊張地匆匆忙忙一掠而過，顯示出強烈的擔憂神色，直到將牠們遠遠地抛在身後。

夏塔克鳥現在飛得越來越低，雲霧篷蓋下出現了一片灰色的貧瘠平原，上面亮著微弱的點點火光，火光彼此之間相距甚遠。他們繼續下降，卡特零零星星地看見孤獨的花崗岩小屋和淒涼的石砌村寨，小小的窗口透出暗淡的燈光。從小屋和村寨中傳來了尖細而單調的笛聲和令人厭惡的響板敲擊聲，立刻證明瞭因加諾克人關於地理分佈的傳聞是正確的。因為旅行者以前也聽過類似的聲音，知道它們只會飄蕩在神志健全的人們從不造訪的某個寒冷荒漠平原之上，而那個鬼魂出沒的邪惡神祕之地就是冷原。

黑色的身影圍繞著微弱的火光跳舞，卡特好奇於它們會是什麼樣的生物；因為神志健全的人從未來過冷原，人們對此處的瞭解僅限於從遠處見到的火光和石砌小屋。這些身影極其緩慢而笨拙地跳躍著，瘋狂的扭曲和彎折動作不適合久看；因此卡特不再懷疑語焉不詳的傳說為何要將怪誕的邪惡之事歸咎於它們，而整個夢境國度為何對這片可憎的冰封平原懷有恐懼情緒。隨著夏塔克鳥繼續降低，舞蹈者的可憎特性中浮現出了某種特定的地獄般的熟悉感覺；這位囚徒瞪大眼睛觀察，在記憶中翻找線索，思考他在什麼地方見過這些生物。

牠們跳躍的樣子像是長著蹄子而非腿腳，似乎戴著某種有小角的假髮或頭套。牠們沒有穿任何衣服，但身體毛茸茸的。牠們背後拖著短小的尾巴，向上張望時，卡特看見牠們的嘴巴極為寬闊。這時他知道了牠們是什麼，也意識到牠們根本沒有戴假髮或頭套。因為冷原的神祕居民與乘著黑色槳帆船來狄拉斯—琳港出售紅寶石的可憎商人屬於同一個種族，那些不完全屬於人類的商人是月球怪物的奴隸！很久以前，正是和牠們一樣的黝黑怪人把卡特劫持上了散發惡臭的槳帆船，他在該詛咒的月球城市那汙穢的碼頭上也曾見過它們被成群結隊地驅趕，比較瘦的那些辛苦勞作，比較胖的被裝進板條箱運走，滿足它們彷彿水蛭的無定形主宰的其他欲望。此刻他知道了這些晦暗不明的生物的來源，想到月球那些無定形的可憎生物肯定知道冷原的存在，他不禁為之顫抖。

夏塔克鳥飛過地上的火光、石砌小屋和劣於人類的跳舞者，翱翔掠過灰色花崗岩的貧瘠山丘和遍佈岩石與冰雪的隱約荒漠。白晝降臨，接地雲霧的磷光讓位於極北世界霧氣朦朧的微光，可憎的巨鳥依然在扇動翅膀，目標明確地穿過寒冷和寂靜的天空。狹縫眼的男人偶爾用難聽的喉音語言與馱獸交談，夏塔克鳥用指甲刮玻璃般刺耳的竊笑嗓音回答。地勢持續不斷地抬升，他們最終來到了一塊狂風呼嘯的臺地，它就彷彿是杳無人煙的枯萎世界的屋頂。在一片死寂、昏暗和寒冷之中，屹立著一幢用粗糙石塊壘砌而成的低矮、無窗的建築物，四周聳立著一圈未經加工的巨石。如此佈局中沒有任何人類的痕跡，卡特根據古老的傳說推測出他來到了所有地方之中最令人恐懼和具有傳奇色彩的一個，也就是史前建造的偏遠隱修院，一位無法用語言描述的大祭司單獨居住於此處，他戴著黃色絲綢面具，向外神及「伏行之混沌」奈亞拉托提普祈禱。

可憎的巨鳥落在地上，狹縫眼男人先跳下去，然後攙扶俘虜爬下鳥背。卡特現在很確定自己為什麼被抓了；狹縫眼商人顯然是更幽深勢力的代理人，渴望將一名妄圖尋找未知之地卡達斯並在偉大諸神的縞瑪瑙城堡中向他們當面祈求的凡人帶到他的主子面前。上次他在狄拉斯—琳被月球怪物的奴僕抓捕恐怕也是這個商人搞的鬼，此刻他打算完成先前被貓族大軍挫敗的任務，將受害者帶去和駭人的奈亞拉托提普做一次恐怖的會晤，告訴它卡特竟然在膽大妄為地尋找未知之地卡達斯。冷原和因加諾克以北的寒漠無疑更接近外神，通往卡達斯的所有途徑都受到嚴密把守。

狹縫眼男人身材矮小，但馬頭巨鳥確保了卡特只能乖乖聽話，因此他跟著他們向前走，穿過立石圓環，走進無窗的石砌隱修院的低矮拱門。裡面沒有光線，邪惡的商人點燃一盞有著病態淺浮雕的陶土小燈，押著囚犯穿行於狹窄而蜿蜒的通道之間。廊道的牆壁上繪製著比歷史還要古老的可怖場景，地球的考古學家對該風格一無所知。經過萬古歲月，顏料的色彩依然鮮豔，因為可怖冷原的寒冷和乾燥使得許多遠古事物完好地保留至今。卡特在朦朧的移動亮光中望著壁畫在身旁掠過，它們講述的故事讓他不寒而慄。

冷原的歷史踏著這些遠古的壁畫逐漸走來；長角、帶蹄、闊嘴的類人生物邪惡地在被遺忘的城市之中跳舞。其中有古代戰爭的景象，冷原的類人生物與左近深谷中浮腫的紫色蜘蛛作戰；有黑色槳帆船從月球越空而來的景象，彷彿水蛭的無定形怪物從黑船裡跳躍、撲騰和蠕動而出，冷原居民向它們臣服。它們像對待神祇一樣崇拜這些滑溜溜的灰白色瀆神怪物，即便最優秀和最肥壯的雄性成百上千地被裝進黑色槳帆船運走，它們也從不抱怨。可怖的月球怪物在海中一個怪石嶙峋的小島上安營紮寨，卡特從壁畫中認出那正是他在前往因加諾克途中見到的無名孤島；因加諾克水手遠離那塊被詛咒的灰色巨石，令人膽寒的嚎叫聲徹夜從那裡向外飄散。

壁畫還描繪了類人生物的巨大海港和都城；這座有著無數立柱的驕傲城市坐落於懸崖峭壁和玄武岩碼頭之間，高聳的寺院和雕飾精美的建築物比比皆是。巨大的花園和有廊柱的街道從懸崖和六道獅身人面像盤踞的大門通向寬闊的中央廣場，廣場上有一對帶翅膀的石獅守護在地下階梯的最頂端。巨大的有翼獅子屢次出現，閃長岩雕刻的龐大身軀在白晝的灰色暮光和夜晚的雲霧磷光中閃閃發亮。卡特踉踉蹌蹌地經過它們多次重複出現的畫面，終於想到了它們究竟是什麼，類人生物在黑船到來前的遠古時代統治的城市到底位於何方。他不可能記錯，因為流傳在夢幻國度的傳說為數眾多。毫無疑問，這座古老都城就是人們口耳相傳的薩科曼德，早在第一個真正的人類見到陽光之前，它的遺跡已經被風吹雨打了百萬年之久，那雙孿生巨獅永恆守護的階梯從夢幻國度通向大深淵。

還有一些場景描繪了將冷原與因加諾克隔開的荒涼灰色山峰和在半山腰築巢的駭人巨鳥夏塔克。壁畫同時描繪了瀕臨峰頂的怪異洞穴，連最大膽的夏塔克鳥接近了也會尖嘯著逃離。卡特在飛越山峰時見過那些洞口，當時他注意到了牠們很像恩格蘭奈克峰上的洞口。此刻他知道了這種相似並非偶然，因為壁畫展示了岩洞的恐怖住客；牠們的蝙蝠翅膀、彎曲長角、帶刺尾巴、可握手爪和橡皮身軀對他來說並不陌生。他遭遇過那些沉默、飛掠和能夠抓住獵物的生物；牠們是大深淵的無智守護者，連偉大諸神也害怕牠們，它們的主人不是奈亞拉托提普，而是灰發者諾登斯。因為它們就是可怖的夜魘，牠們沒有面容，因此從不大笑或微笑，牠們永無盡頭地飛翔於潘斯峽谷之間的黑暗和通向外部世界的狹路中。

狹縫眼商人押著卡特走進一個巨大的拱頂房間，這裡的牆壁雕刻著駭人的淺浮雕，地面中央是個圓形深坑，沾著邪異汙漬的六座石砌祭壇在四周圍成一圈。這個散發著難聞氣味的寬闊地穴裡沒有光線，險惡商人那盞小燈的燈光微弱，只能一點一點捕捉細節。房間對面有個通過五級臺階才能抵達的高聳石臺，其上的金色王座裡坐著一個粗笨的身影，身穿紅色圖案的黃色絲綢長袍，臉上戴著黃色的絲綢面具。狹縫眼男人用雙手向這個生物打了幾個手勢，潛伏在黑暗中的身影用絲綢包裹的手爪拿起象牙雕刻的長笛，在飄動的黃色面具底下吹了幾個可憎的音符作為回應。這樣的談話進行了一段時間，卡特覺得笛聲和此處的惡臭有著令人作嘔的熟悉感覺。他不由得想起一座紅光映照的恐怖城市和穿行其中的使人反感的單列隊伍；他還想起了在地球的友善貓族大軍拯救他之前，曾攀爬穿過月球土地的經歷。他只當高臺上的生物是那位不應提及的大祭司，用竊竊私語講述的傳聞中說過它或許有多麼殘忍和畸形，但他甚至不敢想像這個可憎的大祭司會是怎樣的怪物。

就在這時，灰白色的爪子稍微掀起了一點有圖案的絲綢長袍，卡特頓時知道了那個散發惡臭的大祭司是什麼。在那個駭人的瞬間，赤裸裸的恐懼驅使他做了一件理性永遠不敢嘗試的事情，因為他岌岌可危的意識現在只容得下一個癲狂的念頭，那就是逃離蹲伏於金色王座上的怪物。他知道他和外面寒冷的臺地之間隔著令人絕望的石砌迷宮，也知道即便逃到臺地上，邪惡的夏塔克鳥也等在那兒；然而即便如此，他的腦袋裡也依然只剩下了遠離那個披著絲綢長袍的蠕動怪物的迫切欲望。

狹縫眼男人先前將古怪的提燈放在了深坑旁沾著邪異汙漬的祭壇上，然後上前用雙手與大祭司交談。早些時候完全順從的卡特抓住機會，使出恐懼賦予他的全部狂野力量，重重地推了狹縫眼男人一把，被推者頓時頭下腳上地掉進了張著巨口的深井，傳聞稱那裡直通地獄般的辛族墓葬，古革巨人在黑暗中獵殺妖鬼之處。幾乎在同一個瞬間，他從祭壇上抓起提燈，衝進繪製著壁畫的迷宮，任由機率決定向這個或那個方向奔跑，努力不去思考無定形手爪落在背後石板上的鬼祟拍打聲，也不去想像沒有光線的死寂通道裡正發生著何種蜿蜒和爬行。

過了一會兒，他開始後悔自己不假思索的草率行為，希望按照逆著來時見到的壁畫尋找道路。壁畫確實令人困惑，且彼此相似，未必真能有什麼用處，但他還是希望自己做了這樣的嘗試。此刻他見到的壁畫比先前見到的更加可怖，因此他知道自己不在通向外部的通道裡。過了一段時間，他確定已經甩掉了追趕者，於是略略放鬆了步伐，然而還沒來得及稍微鬆一口氣，新的危險就降臨在了他頭上。提燈開始變得暗淡，他很快就會置身於一片漆黑之中，既無法視物也沒有指引。

燈光完全熄滅之後，他在黑暗中摸索著慢慢前進，向偉大諸神祈求他們願意給予的任何幫助。他感覺石板地面時而上升，時而下降，有一次他被一級似乎完全沒有理由存在的臺階絆了一下。他越是向前走，環境就變得越是潮濕，每次來到交叉路口或旁路入口，他總是選擇向下坡度最小的那條通道。然而即便如此，他依然認為他的路線的總體方向是向下；猶如墓穴的氣味和滑膩牆面及地板上的積垢都在提醒他，他已經深入了冷原那塊邪異臺地底下的深處。然而沒有任何警示能告訴卡特，他最後將會遇到什麼；只有那東西本身和它帶來的恐懼、震驚和令人難以呼吸的混亂除外。前一瞬間他還在一個幾乎水準的地方踩著濕滑的地板緩緩地摸索前進，下一個瞬間他就在永夜的黑暗中頭暈目眩地沿著一條垂直巷道向下墜落了。

卡特永遠也無法確定他駭人地滑行了多遠的距離，只知道譫妄的反胃和極度的癲狂似乎持續了好幾個小時。最終他意識到自己停下來不動了，北方夜晚的磷光雲層在頭頂上令人作嘔地閃耀。他周圍是風化的牆壁和折斷的廊柱，他所躺的路面被稀稀落落的野草刺穿，被隨處可見的灌木和樹根撕裂。他背後是一道看不到頂、幾乎垂直的玄武岩峭壁，黑色的岩壁上雕刻著令人嫌惡的畫面，開鑿出了一個雕刻著飾紋的拱形洞口，其中就是剛剛將他吐出來的幽深黑暗。向著前方延伸的兩排立柱和立柱的碎片與基座，見證著往日一條寬闊街道的存在，從路邊的甕壇和盆罐看得出，這曾是一條美麗的花園大街。在遠處街道的盡頭，立柱向左右分散排列，勾勒出一座巨大的圓形廣場，在那片圓形的空地上，慘白的夜晚光雲之下，龐然矗立的是一對駭人的東西。它們是兩隻巨大的閃長石有翼獅子，彼此之間只有黑暗與陰影。它們昂起的怪誕頭顱毫無損傷，足有20英呎高，朝著周圍的廢墟發出嘲笑的吼聲。卡特很清楚它們必然是什麼，因為傳說中只存在一對這樣的孿生怪物。它們是大深淵的永恆守護者，而眼前這黑色的廢墟必然是遠古城市薩科曼德。

卡特首先用四周散落的石塊和建築物殘骸堵住並封死岩壁上的拱門。他不希望有任何東西從冷原那可憎的隱修院追趕他來到此處，因為前方的道路上很可能還潛藏著其他危險。至於該如何從薩科曼德前往夢境國度有人居住的地區，他一無所知；深入食屍鬼所在的地下王國也沒什麼意義，因為他知道它們對此的瞭解並不比他多。幫助他穿過古革巨人城市逃向外部世界的三個食屍鬼不知道該如何前往薩科曼德，打算去狄拉斯－琳詢問年長的商人。他不願考慮再次前往古革巨人的地下世界，冒險進入地獄般的刻斯之塔，爬上通向魅惑森林的巨大石階，然而他也明白，假如其他辦法都行不通，他或許只能再次嘗試這條路線。假如沒有協助，他不敢經過孤獨聳立的隱修院穿越冷原，因為大祭司肯定有著眾多使者，而旅程終點還有夏塔克鳥甚至其他東西需要應付。若是能搞到一條船，他也許能從海上返回因加諾克，航線經過大海中那塊怪石嶙峋的駭人礁岩，因為根據隱修院迷宮中的遠古壁畫所繪，那個恐怖的地方離薩科曼德的玄武岩碼頭並不遙遠。然而他似乎不太可能在這座已經廢棄萬古的城市裡找到一艘船，自己建造一艘恐怕也不太現實。

藍道夫．卡特的腦袋裡轉著這些念頭，這時忽然有一種新的模糊感覺開始衝擊他的意識。他思考的這段時間裡，鋪展在他面前的只有傳說中薩科曼德如屍骸般的壯闊遺跡：它斷裂的黑色立柱、盤踞著獅身人面像的風化大門、夜晚光雲那病態光芒映襯下的龐大有翼石獅。然而此刻他看見右前方遠遠地有一團無法用光雲解釋的光芒，他立刻知道他在這座死城中並非獨自一人。那團光時明時暗地閃爍，帶著無法讓觀望者安心的一絲綠色。他悄悄摸近，走過遍地碎石的街道，擠過傾覆牆壁之間的狹窄縫隙，發現那是一堆篝火，離碼頭不遠，有許多朦朧的身影暗沉沉地簇擁在它四周，空氣中瀰漫著一種致命的怪味。篝火的另一側，油膩膩的港口海水拍打著一艘下錨停泊在那兒的大船，卡特驚恐地停下腳步，因為他發現那竟然是一艘來自月球的可怕黑色槳帆船。

就在他想要悄然遠離那可憎的篝火時，他看見朦朧的黑色人影騷動起來，隨即聽見了一種不可能聽錯的特殊聲音。那是食屍鬼害怕時發出的咩噗叫聲，片刻之後，單獨的叫聲變成了痛苦的大合唱。卡特安全地藏在巨石廢墟的陰影中，讓好奇心征服了恐懼，他沒有退卻，而是繼續向前爬去。他像蟲子似的趴在地上，蠕動著爬過一條開闊的街道，到了另一個地方時不得不站起來，以免在崩落的成堆大理石中弄出聲音。他始終成功地避免了被發現，因此沒多久就在一根巨型立柱背後找到了有利位置，能夠看清楚綠光照耀下的整個場景。就在那裡，用月球真菌那噁心莖稈點燃的駭人篝火四周，蹲坐著一圈散發惡臭的蟾蜍狀月球怪物和它們近乎人類的奴僕。有些奴僕在躍動的火焰上燒灼形狀怪異的鐵矛，不時把白熱的矛尖壓在被捆得嚴嚴實實的三個食屍鬼身上，囚徒在隊伍首領面前的地上痛苦掙扎。通過它們觸鬚的動作，卡特看得出粗鈍拱嘴的月球怪物從這一幕中得到了莫大的樂趣，而他陷入了極大的驚惶，因為他忽然認出了瘋狂咩噗的囚徒是誰。那遭受折磨的食屍鬼，正是忠誠履行了職責的三位曾經的夥伴，它們領著他安全走出深淵，然後從魅惑森林出發去尋找薩科曼德和返回深淵故土的大門。

綠色篝火旁惡臭的月球怪物為數眾多，卡特明白他此刻無法營救他往日的夥伴。至於食屍鬼是如何被怪物抓獲的，卡特無從猜想；但他懷疑是因為灰色的蟾蜍狀瀆神怪物在狄拉斯—琳聽說食屍鬼在打聽前往薩科曼德的道路，不希望它們過於接近可憎的冷原高地和不該被描述的大祭司。他思索了一會兒該如何是好，隨即想到通往食屍鬼的黑暗王國的大門就近在咫尺。最明智的做法顯然是悄悄向東去學生石獅所在的廣場，然後立刻走下階梯前往深淵，他在那裡遇到的恐怖之物不可能比地面上的情況更糟糕，而且也許很快就能找到渴望營救其同族的食屍鬼，甚至消滅那艘黑色槳帆船上的全部月球怪物。他想到一個問題：和通往深淵的其他大門一樣，很可能有成群結隊的夜魘把守著那個洞口；但他現在不再害怕那些無面生物了。他已經得知它們受到與食屍鬼的神聖契約的束縛，曾經是皮克曼的食屍鬼教會了他如何咯哩一個它們懂得的暗語。

於是卡特開始了另一段悄然爬行於廢墟之間的征程，他一點一點朝著巨大的中央廣場和有翼石獅慢慢挪動。這個任務很艱難，還好月球怪物沉溺於折磨俘虜的快樂之中，沒有聽見他在散亂石塊中不小心兩次弄出的響動。他終於來到了開闊的地方，穿行於矮小喬木和灌木之間。夜晚光雲的病態光芒之中，龐大的石獅可怖地在他頭頂聳立，但他勇敢地堅持走向它們，很快就輕手輕腳地繞到了它們的面前，他知道他會在那個方向找到它們所守護的無盡黑暗。面露嘲諷之色的閃長石巨獸相隔10英呎蹲伏在巨石基座上，基座四面刻著令人恐懼的淺浮雕。石獅之間有一個鋪著地磚的庭院，中央一塊空地周圍有一圈曾用來安裝欄杆的縞瑪瑙立柱。這塊空地中央敞開著一個黑色井口，卡特立刻意識到他終於來到了深淵的入口，結垢的發黴石階向下通往噩夢所在的地穴。

在黑暗中向下走的那段記憶非常可怕，幾個小時悄然流逝，卡特盲目地順著彷彿永無盡頭的陡峭而濕滑的螺旋階梯一圈又一圈地向下走。石階狹窄，磨損嚴重，因為地球內部滲出的黏液而變得非常滑膩，這位向下而去的攀爬者不知道何時會迎來令人窒息的墜落，掉進底下那終極深淵；同樣不確定的是，假如有夜魘駐紮在這條遠古通道之中，它們會在何時、又是如何忽然撲向他。地底深處只有令人無法呼吸的惡臭包裹著他，他覺得深淵中的憋悶空氣並不是為人類準備的。很快，他變得精神麻木、昏昏欲睡，推動他前進的是機械般的動作，而非理性和意志；當他被某些東西從背後悄無聲息地抱住，自己不再向前行走時，他也沒有覺察到任何變化。在心懷叵測的撓癢告訴他橡皮膚質的夜魘已經履行了職責之前，他已經以極快的速度在空中飛行了。

驚醒時他悚然面對的事實是無面的振翅怪物已經用冰冷而潮濕的爪子抓住了他，卡特想起食屍鬼告訴他的暗語，在大風和混亂的飛行中大聲咯哩出來。儘管夜魘據說沒有智力，但暗語迅速收到了效果；不但撓癢立刻停止，它們還很快給俘虜換了一個更舒服的姿勢。卡特得到鼓勵，冒險做了一番解釋；他說月球怪物抓住了三個食屍鬼，正在折磨它們，因此必須組織隊伍前去營救。夜魘不會說話，但似乎明白他的意思，飛行變得更快，目標愈加明確。濃厚的黑色忽然被地球內部的灰色暮光取代，前方赫然出現了一塊食屍鬼喜歡蹲坐和啃食的貧瘠平原。散亂的墓碑和碎骨說明瞭此處居民的身分；卡特用響亮的一聲咩噗發出急切的召喚，從幾十個地洞中跳出了皮膚堅韌、形態如犬的住客。夜魘飛得越來越低，最終讓它們運送的乘客站回地面上，然後稍稍後撤，在地上蹲伏半圈，而食屍鬼圍攏過來，迎接它們的貴客。

卡特一番咯哩咯哩，快速而明確地向這些怪誕的夥伴傳達他的消息，四個食屍鬼立刻鑽進不同的地洞，前去向其他同類報信，為營救召集一支盡可能壯大的隊伍。經過一段漫長的等待，一隻有著重要地位的食屍鬼出現了，它向夜魔打了幾個意味深長的手勢，兩隻夜魔隨即飛進黑暗。很快，夜魔成群結隊地不斷落在平原上，到最後黏糊糊的土壤上黑壓壓地擠滿了它們的身影。另一方面，食屍鬼一個接一個爬出地洞，彼此激動地咯哩交談，在距離聚成一片的夜魔不遠處組成粗糙的戰鬥陣形。沒多久，一位驕傲而很有影響力的食屍鬼出現了，它曾經是波士頓的畫家理查．皮克曼，卡特咯哩咯哩地向他完整講述了事情的前因後果。曾經是皮克曼的食屍鬼驚訝地向他以前的朋友再次問好，看上去深受觸動，走向稍微遠離越來越壯大的隊伍的地方，和另外幾位首領開會商討。

最後，聚集在一起的首領們仔細掃視隊伍後，齊聲咩噗叫喊，咯哩咯哩地向食屍鬼和夜魔大軍發號施令。一大群長角的飛行怪物立刻散去，其餘的兩兩組合，跪在地上並伸展前腿，等待食屍鬼一一接近。一個食屍鬼走到分配給他的一對夜魔中間，立刻被抬起來飛進黑暗；到最後整個隊伍都消失了，只剩下卡特、皮克曼、其他的首領和最後幾對夜魔。皮克曼解釋說夜魔是食屍鬼的先鋒隊和戰鬥馱獸，軍隊正在向薩科曼德進發，前去解決那些月球怪物。卡特和食屍鬼首領們走向等待著的坐騎，濕滑的爪子隨即將它

們抓離地面。很快，他們開始呼嘯穿過疾風和黑暗；他們彷彿沒有盡頭地向上飛，一直飛，直到抵達有翼石獅把守的大門和遠古城市薩科曼德的陰森廢墟。

經過一段漫長的時間，卡特終於見到了薩科曼德極地天空的病態光線，它見證了好戰的食屍鬼和夜魔如何擠滿巨大的中央廣場。他確定白晝肯定即將到來，但這支軍隊過於強大，不需要突襲也足以取勝。碼頭附近的綠色篝火依然在微微發光，但食屍鬼的咩噗叫聲不復響起，意味著對囚徒的折磨已經暫時停止。食屍鬼輕聲咯哩，向馱獸和無騎手的夜魔先鋒隊指點方向，後者以巨大的編隊騰空而起，呼嘯越過淒涼的廢墟，飛向那團邪惡的篝火。卡特與皮克曼並排位於食屍鬼隊伍的最前端，接近散發惡臭的營地時發現月球怪物完全沒有任何防備。三個被綁著的囚徒躺在篝火旁一動不動，蟾蜍狀的俘獲者昏昏欲睡，躺得東倒西歪，沒有任何隊形可言。近乎人類的奴隸正在睡覺，連哨兵也逃避了應有的職責，身處這個荒無人煙的國度，放哨在它們看來大概是可以敷衍了事的。

夜魘帶著食屍鬼的最終俯衝非常迅猛，每一隻灰色的蟾蜍狀瀆神怪物和它們的類人奴隸都被一組夜魘抓住，沒來得及發出任何聲音。月球怪物沒有發聲能力，而奴隸沒有機會喊叫，就被橡皮質地的爪子掐得無法出聲了。當嘲諷自然的夜魘抓住那些巨大的膠凍狀瀆神怪物時，後者的蠕動形成了何等可怖的景象，但它們無論如何也無法擺脫適合緊握的黑色利爪的力量。有幾次月球怪物的掙扎過於猛烈，夜魘就會抓住它顫動的粉色觸鬚使勁拔，造成的劇痛往往使得敵人停止掙扎。卡特本以為會見到一場屠殺，卻發現食屍鬼的計畫要精細得多。它們咯哩咯哩地向抓住俘虜的夜魘下達簡單的命令，讓其餘的憑本能行事；很快，那些倒楣的俘虜被悄無聲息地帶進大深淵，公平地分配給伯浩巨蟲、古革巨人、妖鬼和黑暗中的其他居民，只要它們的進食方式對選中的食物並非毫無痛苦就行。另一方面，勝利的食屍鬼解放並救治受縛的三位同胞，幾支小分隊在附近搜查有可能殘餘的月球怪物，登上碼頭旁散發邪惡氣味的黑色槳帆船，以確保沒有任何敵人逃脫制裁。它們的掃蕩無疑非常徹底，因為勝利者沒有找到任何其他的生命跡象。卡特希望能保留前往夢境國度的另一種手段，請求它們不要鑿沉停泊的槳帆船，食屍鬼慷慨地答允了他的請求，這是為了感謝他深入地下報告被俘的三隻食屍鬼的境況。他們在船上發現了許多非常詭異的物品和裝飾，卡特立刻將其中的一些扔進大海。

食屍鬼和夜魘分成各自的群體，前者向被救的同伴詢問事情的經過。它們三個聽從了卡特的勸告，經過尼爾和斯凱從魅惑森林前往狄拉斯－琳，途中在一家偏僻的農舍偷了些人類的衣服，盡可能學著人類走路的樣子跑跳。它們怪誕的行為方式和面容在狄拉斯－琳的酒館引來了許多議論，但它們仍鍥而不捨地打聽前往薩科曼德的方法，直到一位年長的旅行者指明道路。它們隨後得知只有一艘前往勒拉格－冷的船能實現它們的目標，於是準備耐心地等待這艘船。

然而邪惡的密探無疑透露了消息；沒過多久就有一艘黑色槳帆船開進港口，闊嘴的紅寶石商人在一家酒館邀請它們喝幾杯。食屍鬼喝了用整塊紅寶石怪誕雕刻的邪異酒瓶裡倒出的烈酒，醒來時發現已經成了黑色槳帆船上的囚徒，整個經過與卡特先前的遭遇如出一轍。但這次從不露面的槳手沒有划往月球，而是來了古老的薩科曼德，顯然打算把這三個俘虜押送給不可描述的大祭司。黑船在北方海洋中的嶙峋礁岩上稍做停留，食屍鬼在那裡第一次見到了黑船的真正主人；儘管它們生性遲鈍，但險惡的無定形怪物和可怖的極端惡臭還是讓它們感到難受，更不用提在那裡目睹了蟾蜍狀駐守隊伍所進行的無可名狀的消遣活動，正是這些活動產生了響徹夜空、令人恐懼的嚎叫聲。在此之後，槳帆船來到薩科曼德的廢墟，月球怪物開始折磨它們，最終被這次營救行動打斷。

它們隨後開始討論下一步的計畫，三隻獲救的食屍鬼建議突襲那塊嶙峋礁岩，消滅駐守在那裡的蟾蜍狀怪物。但夜魘對此表示反對，因為它們不喜歡飛越海洋的想法。大部分食屍鬼贊成，但失去了有翼夜魘的幫助，它們不知道該如何實現計畫。卡特注意到它們給停泊在港口的槳帆船導航，於是建議教它們使用成排的巨大槳葉；食屍鬼對這個提議表示了熱烈贊同。灰色的白晝已經來臨，在鉛色的北方天空下，一支精挑細選的食屍鬼小分隊登上惡臭黑船，坐在槳手的長凳上。卡特發現它們很擅長學習，天還沒黑就冒險繞著港口轉了幾圈。然而直到三天後，他才認為現在可以安全地踏上征服之旅了。槳手各就各位，夜魔在船首水手艙安全地休息，隊伍終於揚帆出海；皮克曼和其他首領聚集在甲板上，商討接近的手段和作戰的計畫。

第一天夜裡，眾人就遠遠地聽見了來自那塊礁岩的嚎叫聲，聲音的特性使得槳帆船上的所有船員明顯地顫抖起來，但顫抖得最厲害的還是那三個被救的食屍鬼，因為它們完全清楚這些叫聲代表著什麼。在夜間發動襲擊不是個好主意，因此槳帆船停泊在磷光雲層下，等待灰色白晝的黎明到來。光線變得充足之後，嚎叫聲依然響個不停，槳手開始重新划水，槳帆船逐漸靠近嶙峋礁岩，其上的花崗岩尖峰狂野地向著陰沉的天空張牙舞爪。礁岩的四周非常陡峭，能在各處的岩架上看見怪異的無窗建築物的鼓脹牆壁，低矮的欄杆保護著可供通行的道路。人類的船隻從未如此接近這個地方，或者更準確地說，從未如此接近並安然離開；但卡特和食屍鬼毫不畏懼，而是堅定不移地前進，繞過礁岩向東的一面，尋找被救的三個食屍鬼所描述的碼頭，碼頭應該位於礁岩向南一側，陡峭海岬形成的避風港之中。

海岬是小島本身延伸出來的一部分，兩頭挨得很近，同一時間只容一艘船通過。海岬外似乎沒有衛兵，因此槳帆船大膽地穿過猶如水渠的海峽，進入內部散發惡臭的死水港口。裡面與外面截然相反，熙熙攘攘、繁忙喧囂；幾艘船停靠在醜陋的石砌碼頭旁，幾十個類人奴隸和月球怪物在岸邊搬運板條箱和紙箱，驅使無可名狀的恐怖奇獸拉動笨重的貨車。碼頭之上的垂直峭壁上開鑿出一座花崗岩小鎮，曲折的道路盤旋伸向礁岩更高處的岩架，消失在視線之外。沒人知道龐大的花崗岩山峰裡隱藏著什麼，但他們在外面看見的東西已經足以令人心悸。

見到駛來的槳帆船，碼頭上的奴隸和怪物表現得急不可耐；有眼睛的奴隸目光灼灼地盯著他們，沒眼睛的怪物滿懷期待地揮動粉色觸鬚。它們當然沒有意識到黑船已經換了主人，因為食屍鬼與長角帶蹄的類人生物有著相似之處，而夜魘全都藏在視線外的船艙裡。食屍鬼的首領們已經確定了計畫；船先靠上碼頭，釋放所有夜魘，然後立刻開走，把事情交給那些幾乎沒有心智的生靈。長角的飛行怪物被扔在礁岩上，它們首先會抓住能找到的所有活物，由於它們欠缺思考能力，只受到歸巢本能的驅使，因此會忘記它們對海洋的恐懼，以最快速度飛回深淵，將那些散發臭味的獵物帶向黑暗中與其相配的厄運，從中生還的可能性幾乎不存在。

曾經是皮克曼的食屍鬼鑽進船艙，向夜魘下達簡單的命令，而黑船已經非常靠近臭味瀰漫的不祥碼頭了。這時岸邊產生了新一輪的騷動，卡特意識到槳帆船的行為引來了懷疑。舵手顯然沒有駛向正確的碼頭，衛兵很可能也注意到了駭人的食屍鬼和它們頂替的類人奴隸之間的區別。敵人肯定拉響了無聲的警報，因為惡臭的月球怪物立刻成群湧出無窗的房屋，沿著右側的蜿蜒道路滾滾而下。船首撞上碼頭，奇特的投槍如雨點般落在槳帆船上，兩個食屍鬼頓時陣亡，另有一個負了輕傷；然而就在此時，所有的艙門同時打開，一團烏雲般的夜魘呼嘯而出，像一群長角的巨型蝙蝠似的撲向整個小鎮。

果凍狀的月球怪物拿起長杆，企圖推開入侵的黑船，然而當夜魘發動襲擊，它們立刻放棄了這種念頭。膚如橡膠、喜愛撓癢的無面怪物消遣作樂的景象非常可怖；它們像一團濃密烏雲似的穿過小鎮，順著蜿蜒道路飄向上方的區域，這一幕足以烙印在任何人的記憶中。有時候，幾隻黑色飛翔怪物會不小心把一個蟾蜍狀囚徒扔下去，後者在地上炸裂的情形對視覺和嗅覺來說都是一種侵犯。等夜魘全都離開槳帆船，食屍鬼首領咯哩咯哩地下令撤退，槳手悄無聲息地將黑船從灰色海岬之間划出港口，而小鎮依然沉淪於戰鬥和征服的混沌之中。

曾經是皮克曼的食屍鬼給了夜魘幾個小時，讓它們半開化的心智克服飛行過海的恐懼，槳帆船停在離嶙峋礁岩約一海裡的地方，趁著等候的時候，它為負傷的食屍鬼包紮傷口。夜幕降臨，灰色微光讓位於低垂雲層的病態磷光，而首領們一直望著被詛咒的礁岩的最高峰，尋找夜魘起飛的徵兆。臨近黎明，它們看見一個黑點膽怯地繞著最高的尖峰盤旋，這個黑點很快變成了一團黑雲。破曉時分，那團黑雲似乎開始散去，一刻鐘之內，它就完全消失在了遠處東北方的天空中。有一兩次，某些東西從逐漸稀疏的黑雲中掉進大海，但卡特並不擔心，因為根據觀察，他知道蟾蜍狀月球怪物不會游泳。最後，等食屍鬼確定夜魘已經全部飛向薩科曼德，帶著難逃厄運的負擔進入大深淵後，槳帆船就重新從灰色海岬之間駛入港口；駭人的隊伍隨即登陸，好奇地在遭到入侵的礁岩上漫遊，打量從堅固岩石中開鑿出來的塔樓、巢穴和堡壘。

在邪惡而無窗的洞窟中發現的祕密極為可怕，因為尚未完成折磨的消遣對象的殘餘之物為數眾多，各自處於從其原始狀態到湮滅之間的不同階段。一些就某種意義而言依然存活的物體使得卡特掩面而走，另外一些他無法完全確定的事物更是讓他失色奔逃。充斥惡臭的房屋裡的器物主要是由月球樹木雕刻而成的怪誕高凳和長椅，室內描繪著無可名狀的癲狂圖案。數不勝數的武器、工具和裝飾品亂糟糟地遺棄著，其中包括一些用整塊紅寶石製作的巨型偶像，所摹繪的奇異生物在地球上並不存在。儘管材料是紅寶石，但不會有人願意擁有這些偶像甚至仔細查看，卡特費了些力氣，用鐵錘將其中五個砸成碎片。他撿起散落的長矛和投槍，在皮克曼的允許下發放給食屍鬼。這些武器對狀如犬類的跑跳怪物來說很新奇，好在它們的構造簡單，稍加點撥之下，食屍鬼就掌握了用法。

礁岩高處的神廟比原始簡陋的住所更多，它們在多個鑿挖而成的洞窟中發現了恐怖的雕紋祭壇、沾著可疑汙漬的器具和神祠，所祭拜的事物比卡達斯之上的溫和神祇怪誕無數倍。一座巨大神廟的背後有一條低矮的黑色隧道，卡特拿著火炬深入礁岩內部，來到一個沒有光線的拱頂禮堂，這個禮堂極為龐大，拱頂表面刻滿了惡魔般的雕紋，地面中央有個惡臭的無底深坑，很像冷原那座棲息著不該被描述的大祭司的駭人隱修院裡的深坑。隔著惡臭的深坑，卡特覺得他在對面暗影幢幢的牆壁上分辨出了一道黃銅鑄造的小門，出於某些原因，他對打開那道門甚至接近它產生了說不出來的恐懼，於是飛快地穿過洞窟，回去找他那些不潔的夥伴，而食屍鬼們正輕鬆無憂地蹣跚而行，和卡特的情緒完全相反。食屍鬼們見到了月球怪物尚未完成折磨的消遣對象，以它們的方式從中獲得樂趣。它們還找到了一大桶月球烈酒，把桶滾到碼頭上，打算帶回去用於外交談判的場合中，但被救的三個食屍鬼記得這東西在狄拉斯—琳對它們造成了什麼影響，提醒同伴千萬別喝。靠近水邊的一個岩洞裡儲藏著大量來自月球礦山的紅寶石，有未加工的，也有已拋光的；食屍鬼發現寶石不能吃，於是喪失了全部興趣。卡特也一塊都沒有拿，因為他實在太瞭解這些寶石的開採者了。

忽然，碼頭上的哨兵發出了激動的咩噗叫聲，所有可憎的劫掠者都放下手裡的事情，簇擁在水邊望向海面。從灰色海岬之間駛來了又一艘黑色槳帆船，這艘船飛速前進，甲板上的類人奴隸立刻注意到小鎮遭受入侵，向船艙裡的恐怖怪物發出警報。幸好食屍鬼還拿著卡特分發的長矛和投槍；征得食屍鬼皮克曼的許可後，卡特命令它們排成一字長蛇陣，準備阻擋那艘船靠岸。船上爆發出的騷動說明船員已經發現了事態的變化，立刻停止前進，顯然他們注意到食屍鬼的數量佔據上風，將這一點列入了考慮。躊躊片刻之後，新出現的槳帆船默默掉頭，穿過海岬離開，但食屍鬼並不認為衝突已經避免。黑船有可能去尋找援軍，也有可能在小島的其他地方嘗試登陸，因此它們立刻派出偵察小隊，爬上最高峰去查看敵方船隻的行進路線。

僅過了短短幾分鐘，一隻食屍鬼氣喘吁吁地回來，稱月球怪物和類人奴隸已經在嶙峋的灰色海岬以東的礁岩外側登陸，正沿著連山羊都難以安全行走的隱蔽小徑和岩架爬向高處。幾乎與此同時，他們隔著猶如水渠的海峽再次看見了那艘槳帆船，但船很快就消失了。幾分鐘後，第二名信使氣喘吁吁地從高處跑下來，說另一組怪物和奴隸在另一側海岬上登陸了；兩組人馬的數量都遠遠超出槳帆船看上去所能容納的。船上只剩下了一層稀稀落落的槳手，因此划得很慢，但很快也從兩道岩壁間駛入惡臭的港灣停下，像是為了觀察即將開始的衝突並原地待命。

這時卡特和皮克曼已經把食屍鬼分成了三組，兩組各迎擊一組進犯的敵人，另一組留在小鎮上。前兩組立刻手腳並用地爬上岩石，朝著各自的方向而去，第三組又分成陸戰小隊和海戰小隊。海戰小隊由卡特率領，登上停靠在岸邊的槳帆船，主動攻擊人手不足的敵方槳帆船，後者隨即穿過海峽退回開闊的海面上。卡特沒有立刻追擊，因為他知道小鎮附近很可能會更需要他的增援。

另一方面，月球怪獸和類人奴隸那可怖的分遣隊已經搖搖擺擺地爬上海岬的最高處，左右兩側灰色的暮光天空駭人地勾勒出它們的身影。進犯者嗚嗚咽咽地吹出地獄般的尖細笛聲，無定形怪物只佔一半的混雜隊伍令人反胃，因為蟾蜍狀的月球瀆神怪物正散發濃烈的臭味。兩組食屍鬼很快出現在視野內，融入暮光勾勒出側影的全景圖。雙方拋擲投槍，食屍鬼越來越響的咩噗叫聲和類人奴隸的彷彿野獸的慘嚎聲夾雜著地獄般的嗚咽笛聲，形成了惡魔般刺耳的難以描述的瘋狂合奏曲。屍體不時從海岬那狹窄的岩架上掉進外面的開闊大海和港口內的死水，落入死水的屍體很快被潛伏在水下的某些生物拽走，只有巨大的氣泡才隱約揭示它們的存在。

兩場戰鬥在天空映襯的高處持續了半個小時，西側峭壁上的進犯者被徹底消滅。但東側峭壁不同，月球怪獸隊伍的首領似乎在那裡，食屍鬼的情況不容樂觀，它們逐漸撤退到了高峰的山坡上。皮克曼立刻命令留守小鎮的隊伍增援這條戰線，它們在戰役初期起到了很大的作用。西側的戰鬥結束後，活下來的勝利者迅速趕往另一側，協助它們陷入困境的同伴；三方齊心協力之下，局勢得到扭轉，迫使進犯者沿著海岬上的狹窄岩架撤退。類人奴隸到此時已經全部被殺，但剩下的蟾蜍狀恐怖怪物還拼死作戰，它們用強有力的可憎爪子攥緊巨大的長矛。使用投槍的時機已經過去，戰鬥變成了狹窄岩架上持矛者的近身廝殺。

雙方打得越來越狂暴和魯莽，落入大海的食屍鬼和月球怪物都為數眾多。無影無蹤、冒著氣泡的生物無可名狀地殲滅了掉在港口內的那些，但落在開闊大海中的有一些則游到峭壁底部，登上潮水沖刷的岩石，敵方的逡巡黑船救起了幾個月球怪物。除了怪物登陸的兩個地點，峭壁完全不可攀登，因此底下岩石上的食屍鬼無法重新加入戰鬥。敵方槳帆船和崖頂月球怪物拋擲的投槍殺死了一些食屍鬼，但食屍鬼也有活下來等待援救的。陸地上的戰局逐漸明朗之後，卡特指揮槳帆船駛出海岬，將敵方黑船驅趕到遠處；他停船救起岩石上的和還在海裡游泳的食屍鬼。海水將幾個月球怪物沖上岩石或峭壁，他的隊伍很快清理掉它們。

最後，月球怪物的槳帆船被擋在無法構成威脅的遠處，登陸的進犯隊伍聚攏到一處，卡特率領一支可觀的隊伍登上敵人背後東側的海岬，此後的戰鬥變得非常短暫。散發惡臭的撲騰怪物腹背受敵，很快被切成碎塊或推進大海，臨近傍晚，食屍鬼首領們一致同意，礁岩小島上再次沒有了它們的蹤跡。另一方面，敵方的槳帆船消失了；食屍鬼認為它們最好立刻撤離這塊邪惡的嶙峋礁岩，以免月球恐怖怪物集合壓倒性的兵力，前來消滅獲勝的一方。

因此，入夜時分，皮克曼和卡特集合了所有食屍鬼，仔細清點數字，發現超過四分之一的食屍鬼喪生在了白天的戰鬥中。傷患被安置在槳帆船的鋪位上，因為皮克曼向來反對食屍鬼殺死和吃掉受傷同類的古老習俗，未受傷的人員分配到槳手或其他可以有效發揮能力的位置。槳帆船在夜晚低垂的磷光雲層照耀下起航，卡特對撤離那個蘊含著病態祕密的小島並不感到惋惜，島上沒有光線的拱頂禮堂、深不見底的深坑和可憎的黃銅小門不安分地攪擾著他的心神。破曉時分，槳帆船見到了薩科曼德荒棄的玄武岩碼頭，幾隻放哨的夜魘還在那裡等待，它們像黑色帶角滴水獸似的蹲在斷裂的立柱和風化的獅身人面像上，這座可怖的城市早在人類誕生之前就生存和死亡過了。

食屍鬼在薩科曼德的傾覆巨石間紮營，派出信使召集足量的夜魘來充當馱獸。皮克曼和其他首領熱情洋溢地感謝卡特給予它們的幫助；卡特覺得他的計畫已經醞釀成熟，他可以向這些可怕的同伴尋求幫助——不只是脫離夢境國度的這塊區域，更是找到未知之地卡達斯峰頂的諸神，完成他追尋的終極目標，也就是他們奇異地禁止他在睡夢中踏入的夕陽奇蹟之城。於是他向食屍鬼的首領們說出他知道的各種事情，包括卡達斯所在的寒冷荒漠、怪誕的夏塔克巨鳥，守護寒漠的雕刻成雙頭塑像的群山。他說到夏塔克鳥害怕夜魘，馬頭巨鳥會尖叫著飛離荒涼灰色山峰高處的黑色洞口，而那些山峰隔開了因加諾克和可憎的冷原。他還說到他在不該被提及的無窗隱修院的壁畫中瞭解到的有關夜魘的情況——連偉大諸神也害怕它們，它們的統治者不是「伏行之混沌」奈亞拉托提普，而是古老的灰發者諾登斯，即大深淵的主宰。

卡特咯哩咯哩地向聚集在身旁的食屍鬼講述所有這些，然後簡述他構思的探尋征程，考慮到他最近為這些膚如橡皮、狀如犬類的跑跳者冒著生命危險效勞，他不認為他的要求有多麼過分。他非常希望能有足量的夜魘來幫忙，帶著他安全地從空中越過夏塔克統治的區域和雕刻成塑像的群山，進入沒有任何生物返回過的寒冷荒漠。他希望能直接飛往寒漠中未知之地卡達斯峰頂的縞瑪瑙城堡，祈求偉大諸神將他們拒絕他進入的日落之城賜給他，他確定夜魔能毫不費力地將他送到目的地，高飛於充滿危險的平原之上，越過雕刻成駭人哨兵的群山和永遠蹲伏於灰色暮光之中的雙頭塑像。因為俗世的一切都不可能危及那些長角的無面生物，連偉大諸神都畏懼它們，甚至不用擔心外神會做出什麼意料之外的事情，外神只會監督地球上溫順諸神的事務，夜魔完全不必害怕；世界之外的地獄對那些沉默而黏滑的飛行生物來說也無關緊要，它們不奉奈亞拉托提普為主人，只向古老而強大的諾登斯低頭。

卡特咯哩咯哩地說，一群十到十五隻夜魔就足以讓任何數量的夏塔克鳥避而遠之，不過最好能有幾個食屍鬼同行來操縱這些生靈，它們的食屍鬼盟友比人類更加瞭解夜魔的習性。這支隊伍可以在傳說中的縞瑪瑙城堡的高牆內隨便找個合適的地點放下他，他單獨去城堡裡向地球諸神祈求垂憐，它們可以找個不會被發現的地方等待他的返回或信號。假如有哪個食屍鬼願意陪他前往偉大諸神的殿堂，他會非常感激，因為它們的現身能夠為他的懇求增加分量和重要性。但他不會堅持如此要求，他所求的僅僅是來去未知之地卡達斯峰頂城堡的運送手段；最終的行程或者是前往夕陽奇蹟之城——假如諸神應允了他的祈求，或者是返回魅惑森林中向東的深眠之門——假如他的祈求徒勞無功。

卡特講述這些的時候，所有食屍鬼都全神貫注地聽著，隨著時間推移，信使喚來的夜魔越聚越多，天色暗了下來。有翼的恐怖怪物落在地上，圍繞食屍鬼軍隊蹲伏成半圓形，尊重地等待著，狀如犬類的食屍鬼首領權衡來自地球的旅行者的請求。曾經是皮克曼的食屍鬼與同伴咯哩咯哩地嚴肅交談，最終向卡特應承的遠遠超過了他的期待。由於他協助食屍鬼戰勝了月球怪物，它們也將協助他完成這趟前往從未有生物返回過的領域的勇敢征程；它們允許他借用不僅僅是幾隻同盟的夜魘，而是在此紮營的整支軍隊，包括經受過戰鬥洗禮的食屍鬼和剛集合起來的全部夜魘，只留下一個小分隊照看俘獲的黑色槳帆船和從嶙峋礁岩上繳獲的戰利品。任何時間，只要卡特願意，隊伍就將從空中出發，抵達卡達斯之後，一組數量合適的食屍鬼將莊重地陪同他，前往縞瑪瑙城堡向地球諸神請願。

感謝和滿足的情緒使得卡特激動得說不出話來，他和食屍鬼首領一起為他大膽的旅程制定計畫。他們決定，隊伍將高飛越過可憎的冷原及其無可名狀的隱修院和邪惡的石砌村落，只在遼闊的灰色群山稍做停留，向夏塔克鳥所畏懼的夜魘打聽情況，因為它們的洞穴如蜂窩般嵌滿峰頂。隊伍將根據那些高山居民的建議選擇最後的路線；或者穿過因加諾克以北有著雕刻群山的荒漠前往卡達斯，或者穿過令人厭惡的冷原更北部的地區。食屍鬼彷彿犬類，夜魘沒有靈魂，它們對那些人類從未涉足過的荒漠都毫不畏懼；想到卡達斯及其神祕的縞瑪瑙城堡孤獨地聳立於世界之巔，敬畏也不會阻止它們的腳步。

中午時分，食屍鬼和夜魘為飛行做好了準備，每個食屍鬼都選好了一對合意的有角馱獸。卡特被安排在隊伍靠近前列、與皮克曼並排的位置，前方由整整兩行沒有騎手的夜魘擔任先鋒。皮克曼發出輕快的咩噗叫聲，駭人的大軍如噩夢烏雲般騰空而起，將遠古城市薩科曼德斷裂的立柱和風化的獅身人面像拋在腳下；他們飛得越來越高，甚至超過了城市背後巍峨的玄武岩峭壁，冷原那寸草不生的冰寒臺地在眼前一覽無餘。黑色大軍繼續高飛，連臺地都在它們底下變得渺小；隨著它們開始向北飛越狂風呼嘯的恐怖高原，卡特再次顫抖著看見了那一圈粗糙的立石和低矮的無窗建築物，他知道絲綢覆面的瀆神怪物就在其中，他曾九死一生地逃脫了它的魔爪。大軍這次沒有下降，而是像蝙蝠似的掠過貧瘠的土地，在高空越過令人憎惡的石砌村落及其微弱的火光，沒有停下來觀看永遠在那裡舞蹈和吹笛的有角帶蹄類人生物的病態扭動。他們一度看見一隻夏塔克鳥在平原上空低飛，它見到夜魘大軍，發出刺耳的尖叫，在怪誕的驚恐中拍打翅膀向北而去。

黃昏時分，他們來到了隔開因加諾克和冷原的灰色參差群峰，在靠近峰頂的怪異洞窟附近盤旋，卡特記得夏塔克鳥對它們表現出了強烈的恐懼。食屍鬼首領堅持不懈地咩噗呼叫，於是長角的黑色飛行怪物從每一個高山洞窟中如洪流般傾瀉而出；食屍鬼和隊伍裡的夜魘與這些高山夜魘用難看的手勢長時間地交流。情況很快明朗，最佳路徑是越過因加諾克以北的寒冷荒漠，因為冷原以北的地區充滿了看不見的威脅，連夜魘對此都深惡痛絕；來自深淵的勢力集中於奇異小山頂上的白色半球狀建築物之中，共通的民間傳說將它們令人厭惡地與外神及「伏行之混沌」奈亞拉托提普聯繫在一起。

至於卡達斯，山中的撲翅者幾乎一無所知，只知道北方必定存在某種無與倫比的奇觀，守護者就是夏塔克鳥和雕像群山。它們提到有流言稱山脈另一側那方圓無數里格、人類從未涉足的荒野中存在某些畸形怪誕之物，回憶起有模糊的傳聞說那是黑夜永恆盤踞的領土，但它們無法給出任何確定的情報。於是卡特和夥伴們親切地感謝它們，然後越過花崗岩群峰的最高處，進入因加諾克的天空，飛到夜晚的磷光雲層之下，從遠處觀看那些恐怖的蹲伏石像，在某些泰坦巨手將它們從原本的岩石雕刻成如此模樣之前，它們曾經是巍巍群山。

石像蹲伏成地獄般的半圓形，腿部踏著荒漠砂礫，頭頂刺穿發光夜雲；險惡、狀如野狼、雙頭、面露狂怒、舉著右手，它們呆滯而惡意地望著人類世界的邊緣，恐怖地守護著不屬於人類的極北寒冷世界。如大象般龐大的邪惡夏塔克鳥從石像的可憎膝頭起飛，但在朦朧天空中見到夜魘的先鋒隊伍，紛紛發出瘋狂的尖叫聲並落荒而逃。大軍向北飛在雕像群山之上，無數里格的晦暗沙漠上沒有任何隆起的地標。雲層的磷光變得越來越暗淡，到最後卡特在四周只能看見黑暗；但有翼的駄獸未曾因此躊躇，它們在地球最黑暗的地穴中繁育成長，不用眼睛視物，而是用滑膩身體的整個濕冷表面。它們不斷向前飛，穿過散發可疑氣味的狂風和帶有可疑含義的聲音；黑暗變得前所未有的濃重，置身於如此不可思議的空間之中，卡特不禁思索他們是否還在地球的夢境國度以內。

忽然，雲層變得稀薄，星辰在上方如幽魂般閃耀。底下依然漆黑，但天空中那些黯淡的信標似乎蘊含著它們在其他地方都不具備的意義和指向性質。倒不是說星座的形狀發生了變化，而是那些熟悉的圖案此刻揭示出了它們以前未能明確呈現的深遠含義。所有星座都指向北方；星光閃耀的天空中，每一根線條和每一個星群都成了一幅龐大地圖的一部分，其功能就是首先催促視線繼而拉著眼睛的主人趕往某個祕密而可怖的彙聚焦點，必須越過在前方無盡延伸的冰凍荒漠才能抵達那個地方。卡特望向東方沿著因加諾克邊緣如屏障般聳立的龐然山脊，星光映襯下的參差剪影說明它還在持續延伸。但山脈現在變得更加參差不齊了，裂隙張開巨口，尖峰奇異地突兀屹立；卡特仔細研究其怪誕輪廓中或有深意的轉折和傾向，它似乎也和群星一樣暗暗地指向北方。

隊伍以極高的速度飛行，觀察者必須瞪大眼睛才能捕捉到一些細節；卡特忽然在山巔構成的線條之上看見星光映襯出了一個黑色的移動物體，它的行進路線剛好平行於卡特的怪異隊伍。食屍鬼也看見了它，因為卡特聽見四周響起了壓低的咯哩咯哩聲音，他有一會兒覺得那個物體是一頭龐大的夏塔克鳥，其個頭比這種生物的平均尺寸大出許多。但很快他意識到這個推測不可能成立，因為那物體顯露在山峰之上的形狀不符合那種馬頭怪鳥。星光勾勒出它的輪廓，儘管模糊，但很像放大了無數倍的帶冠頭顱或接合雙頭；它上下起伏快速穿過天空的姿態更是奇異得彷彿沒有翅膀。卡特看不出它位於山脈的哪一側，但很快覺察到它在他最初看見的身體部位之下還連接著其他部位，因為它在經過山梁上的裂隙時遮蔽了全部星光。

隨後山梁上出現了一個巨大的缺口，群峰另一側可怖伸展的冷原與這一側的寒冷荒漠通過被星光暗淡照亮的低矮隘口相接。卡特凝神屏息地望著那個缺口，知道他應該能在遠處天空的映襯下看見起伏飛翔於峰頂之上的龐然巨物的下半部分。那個物體稍微領先一點，隊伍中所有的眼睛都盯著它的完整剪影即將出現的那道裂谷。比峰頂更高的龐然巨物逐漸接近缺口，它意識到自己超過了食屍鬼大軍，略略放慢了速度。懸念在這一瞬間達到了極點，目睹完整剪影和答案揭曉的短暫時刻隨即到來；巨大恐懼喚起的幾乎哽咽的敬畏咩噗叫聲從食屍鬼嘴裡吐出，給我們那位旅行者的靈魂帶去的寒意永遠也不會完全磨滅。因為比山梁更高、上下起伏的龐大黑影僅僅是一個頭部，一個帶冠的接合雙頭——在它底下以可怕的巨大步伐跑跳的是承載頭部的恐怖腫脹身軀；比山更高的龐然大物在鬼祟而寂靜地潛行；巨大的類人身軀扭曲得彷彿鬣狗，在天空映襯下的黑暗中無聲地奔跑，它令人嫌惡的接合雙頭有著錐形頂冠，聳立到足夠一半天頂的高度。

卡特沒有昏厥，甚至沒有大聲尖叫，因為他是一位經驗豐富的造夢者；他驚恐地望向背後，見到還有其他龐然頭顱的剪影起伏於峰頂之上，鬼鬼祟祟地跟著第一個無聲潛行，他不禁嚇得發抖。就在正後方，南天群星勾勒出了三個龐然如山的完整身影，它們躡手躡腳地如野狼般蹣跚而行，高聳的頂冠在數千英呎的高空上下起伏。雕刻群山不再舉著右手一動不動地以半圓陣形蹲伏於因加諾克以北的荒原中。它們有職責要履行，它們從不怠忽職守。最可怕的是它們從不開口，行走時也不發出任何聲音。

與此同時，曾經是皮克曼的食屍鬼咯哩咯哩地向夜魘下令，整支大軍飛得更高了一些。怪誕的隊伍飛向群星，直到不再有東西在天空的映襯下聳立，無論是灰色的花崗岩山脊還是能夠行走、雙頭帶冠的雕刻群山。振翅飛翔的軍團在黑暗中向北疾馳，衝過呼嘯的狂風和乙太中不可見的狂笑，而夏塔克鳥和更加不堪提及的異怪都沒有從鬼魅橫行的荒漠上來追趕它們。隊伍走得越遠就飛得越快，令人眩暈的速度很快就超過了來福槍射出的彈丸，接近在軌道上運轉的行星。在如此的速度之下，卡特不禁懷疑大地是否還在底下延伸，不過他也知道維度在夢境裡有著奇異的特性。他很確定隊伍身在永夜的國度之中，感覺頭頂上的星座微妙地強調著它們向北彙聚的焦點；星辰集結起來，像是要將飛行的大軍投向北極的虛空，就彷彿在提起口袋的所有褶皺，倒出其中的所有物質。

這時，他驚恐地注意到夜魘已經不再拍打翅膀。有角的無面馱獸收攏肉膜附肢，頗為安詳地歇息在盤旋和竊笑的混亂狂風之中，任由狂風帶著它們前進。一股不屬於塵世的力量抓住了大軍，食屍鬼和夜魘在氣流中毫無抵抗之力，只能聽憑它瘋狂而無情地托著它們前往從沒有凡人回來過的北方。終於，前方的天際線上出現了一道黯淡的光芒，它隨著隊伍的接近而穩步升高，底下的黑色物質遮蔽了星光。卡特認為它肯定是一座山峰頂上的燈塔，因為只有山峰才有可能在這個高度望去，依然顯得如此巨大。

那團光和底下的黑暗升得越來越高，直到邊緣參差不齊的圓錐形群峰遮蔽了北方的半邊天空。儘管大軍飛在天上，但蒼白的陰森燈塔比它們更高，怪誕地聳立於所有山峰和世間事物之上，舔舐著有神祕月球和瘋狂行星運轉的乙太真空。隱約浮現在前方的山峰不為人類所知。高空的雲層遠遠地在底下環繞著它的山腳。令人眩暈的上層大氣僅僅是山腰的一道束帶。天地之間的這道橋樑如幽魂般輕蔑地向上攀升，在永夜之中漆黑地屹立，頂著未知群星鑲嵌而成的冠冕，它可怖而意味深長的輪廓每時每刻都在變得愈加清晰。見到這幅景象，食屍鬼驚詫地咩噗叫喊，卡特不禁顫抖，擔心疾飛的大軍會在堅硬的縞瑪瑙構成的巍峨峭壁上撞得粉碎。

那團光越升越高，最終與天頂最高的星球混雜得不分彼此，嘲弄地向著底下的飛行者投去蒼白的光芒。它底下的整個北方已是一片漆黑，從無盡深淵到無盡天穹只有亂石嶙峋的可怖黑暗，而蒼白的閃爍燈塔遙不可及地棲身於視線的最高點。卡特更加仔細地研究那團光，最終看清了漆黑背景在星空中勾勒出的線條。龐然山巔的頂端有著無數高塔；可怕的拱頂高塔堆積成毒害心靈且數不勝數的層級和叢簇，超越了人類工匠的一切夢想；懷著惡意閃耀於視覺最高邊緣的星辰冠冕映襯著令人驚詫而飽含威脅的城垛與梯臺，使後者顯得微小、黑暗而遙遠。無法估量的山巔最高處有一座凡人頭腦無法想像的城堡，它閃耀著惡魔般的光芒。藍道夫·卡特於是知道，他的探尋已經完成，他在天空中見到了所有禁忌步伐和魯莽幻想的目標；偉大諸神在未知之地卡達斯峰頂那難以置信、不可思議的家園。

就在卡特意識到這一點的時候，他發現無助地隨風而行的隊伍的路線出現了變化。

它們陡然抬升，飛行的日標顯然是蒼白光芒閃耀的縞瑪瑙城堡。巍峨的黑色山峰離大軍非常近，隨著它們向上直衝而去，山體在身旁令人眩暈地一閃而過，黑暗中他們無法分辨其上的情況。永夜城堡的陰森高塔越來越龐大地聳立於上方，卡特發現光是它巨大的尺寸就足以稱得上褻瀆神聖。修建它的石料很可能由不可名狀的工匠開採自因加諾克以北的山峰之中，因為它龐大得難以想像，人站在門檻上就彷彿螞蟻站在地球上最壯麗的城堡的臺階上。未知星辰的冠冕在無數拱頂塔樓之上放射病態的灰黃色光芒，某種微光懸浮於光滑的縞瑪瑙壘砌的陰暗高牆之上。蒼白的燈塔露出真容，它是最巍峨的塔樓高處亮著燈的窗戶，隨著無助的大軍接近峰頂，卡特覺得他瞥見了某些可憎的黑影掠過這片微光蕩漾的土地。發光之處是一扇奇異的拱頂窗戶，其樣式對地球來說完全陌生。

堅實的岩石圍繞著龐然城堡的巨大地基，隊伍的速度似乎也開始放慢。寬闊的牆壁伸向天空，飛行者們一掠而過時瞥見了一扇巨大的門。開闊的庭院裡只有黑夜，一道拱形門口吞噬了整支大軍，更深邃的終極黑暗隨即降臨。寒冷的旋風在無法視物的縞瑪瑙迷宮中潮濕地湧動，卡特永遠也說不出這一段彷彿沒有盡頭的曲折飛行途中究竟經過了何等的寂靜石階或廊道。隊伍一直在黑暗中上升，沒有任何聲音、觸覺或視覺打破這神祕的厚重幕布。儘管食屍鬼和夜魘為數眾多，但它們依然迷失在了遠比任何地球城堡都要龐大的虛空之中。待到高塔上那個射出蒼白光線的房間忽然出現在卡特周圍之時，他花了很長時間去分辨遙遠的牆壁和高不可及的天花板，隨後才意識到他確實已經不在外面那沒有邊界的天空中了。

藍道夫．卡特原本希望能泰然自若、帶著尊嚴走進偉大諸神的宮殿，食屍鬼在左右和背後排成隆重的儀仗隊，作為一名自由而強大的夢想家祈求恩賜。他知道偉大諸神並非凡人之力不可企及的存在，希望運氣能讓外神及「伏行之混沌」奈亞拉托提普不至於在關鍵時刻出面干擾，因為人類在他們的家園或群山中尋求地球諸神時它們經常會這麼做。在他那些駭人盟友的陪伴下，他曾經期待即便外神插手，他也能夠違背它們的意願，因為他知道食屍鬼沒有主人，而夜魔不奉奈亞拉托提普為主，只遵從古老的諾登斯的命令。然而此刻他見到寒冷荒漠中超越凡俗的卡達斯確實被黑暗的奇觀和無可名狀的哨兵包圍，外神無疑警惕地守衛著溫和而虛弱的地球諸神。儘管外部空間那無智無形的瀆神怪物並不統治食屍鬼和夜魔，但假如有必要，外神依然能夠控制它們。因此，藍道夫．卡特走進宮殿時不是一位自由而強大的夢想家，食屍鬼拱衛於他的身旁。整支大軍受到來自星際的噩夢暴風的席捲和裹挾，被北方荒漠那看不見的恐怖之物驅趕，如囚徒般無助地懸浮於蒼白光芒之中，無聲的命令使得恐怖的狂風消散，他們麻木地摔落在縞瑪瑙地面上。

藍道夫．卡特沒有來到金色的高臺前，也沒有戴著王冠、光環圍繞的偉大存在威嚴地站成一圈，其細狹的眼睛、過長的耳垂、瘦削的鼻梁和突出的下巴酷似恩格蘭奈克峰上的那張雕刻巨臉，證明他們就是造夢者應該跪拜祈求的對象。他只見到了卡達斯峰頂的縞瑪瑙城堡最高處的一個房間，這個房間不但暗沉沉的，而且那些主宰者也都不在。卡特來到了寒冷荒漠中的未知之地卡達斯，但沒有找到諸神。然而那團蒼白的光芒依然在這個塔頂房間裡照耀，房間裡面比起外部空間來說也不遑多讓，遙遠的牆壁和天花板在盤卷的稀薄霧氣中幾乎消失在視線之外。地球諸神不在此處，但這裡並不缺少更微妙和更不可見的某些事物。溫和諸神缺位之處，外神不可能全無蹤跡；縞瑪瑙的無上城堡中絕非空無一人。至於接下來現身的將是一個或多個何等不可理喻的恐怖之物，卡特完全無法想像。他覺得對方預料到了他的拜訪，他想像著這一路上「伏行之混沌」奈亞拉托提普對他的監視究竟有多麼嚴密。真菌般的月球怪物侍奉的當然是奈亞拉托提普，這個有著無限形體的駭人邪物，外神那令人驚懼的靈魂和信使；卡特想到了嶙峋礁岩上食屍鬼對蟾蜍狀畸形怪物的戰鬥態勢扭轉時消失的那艘黑色槳帆船。

回想著這些事情，他在他那些噩夢般的同伴之間搖搖晃晃地站起來，惡魔般的號角忽然在被蒼白光芒照亮的無限房間中毫無預兆地奏響。銅管樂器吹出的駭人狂嘯一共響起三次，隨著第三次的回聲竊笑著消散，卡特發現他變成了孤身一人。食屍鬼和夜魘為何和如何被瞬間抓走以及被帶去了什麼地方，這是他無法想像的。他只知道忽然只剩下自己一個人，而嘲諷地潛行於他周圍的不可見力量絕不屬於友善的地球夢境國度。從房間的最高處很快傳來了另一個聲音，它同樣是有節奏的號角聲，但迥然相異於前三次帶走了他那些令人厭惡的夥伴的刺耳尖嘯。低沉的號曲回蕩著非凡美夢中所有的奇蹟與旋律；每一個怪異的和絃和微妙的陌生韻律裡，都洋溢著美好得無法想像的異域情景。與金色音韻相稱的芬芳氣味隨後飄來；強烈的光芒在頭頂上浮現，循環變幻的色彩不符合塵世間的任何光譜，奇妙地與號角吹奏的曲調交相呼應。火炬在遠處點亮，鼓聲在波浪般的強烈期望中隆隆接近。

兩排腰纏彩虹絲綢的高大黑奴列隊走出逐漸稀薄的霧靄和奇異的芬芳雲氣。他們頭上紮著閃亮金屬鑄造的頭盔狀巨大火炬，螺旋上升的煙霧將無名香膏的氣味向外散播。他們右手拿著頂端雕成睨視的奇美拉的水晶儀式杖，左手拿著細長的銀號角，他們輪流拿起來吹奏。他們戴著金色臂環和腳環，每一對腳環之間都有一條金鎖鏈，使得佩戴者保持莊重的步伐。他們看上去就是地球夢境國度裡的黑人，然而儀態和服飾卻完全像是地球上的事物。兩個隊伍在離卡特10英呎處停下，隨即拿起號角放在各自的厚嘴唇上。狂野而令人迷醉的吹奏樂聲繼而響起，但更狂野的是他們緊接著齊聲發出、被某些怪異手段變得尖銳的叫聲。

一個單獨的身影從兩列隊伍之間的寬闊通道中大步走來；來者高大而瘦削，有著古代法老的年輕面容，身穿色彩繽紛的華麗長袍，頭戴蘊含內在光芒的黃金雙重冠。帝王般的身影走近卡特，他高傲的姿態和黝黑的五官帶著黑暗神祇或墮落天使的魅力，眼睛周圍潛藏著莫測脾性的倦怠火花。他開口說話，渾厚醇美的音調猶如蕩漾於忘川之上的柔和音樂。

藍道夫．卡特，你來拜訪人類不該見到的偉大諸神。監視者提到此事，外神在孕育無人敢喚其名諱的惡魔君王的黑暗無盡虛空中隨著尖細笛聲無智翻滾時也喃喃念及。

智者巴爾塞爬上哈瑟格—克拉去觀看偉大諸神在雲上的月光下舞蹈和嚎叫，他再也沒有回來。外神守在那裡，他們做了應有的事情。亞弗拉特的澤尼希前去尋找寒冷荒漠中的未知之地卡達斯，他的頭骨如今鑲在一枚戒指上，而戒指戴在我無需提及名諱的某一位的小拇指上。

但是你，藍道夫．卡特，你勇敢地征服了地球夢境國度的所有難關，探尋的火焰依然在你胸中燃燒。你來不是因為好奇，而是為了尋找你應得的事物，你也從未對地球的溫和諸神失去敬意。但這些神祇禁止你進入你夢境中的夕陽奇蹟之城，原因僅僅是他們渺小的貪婪；因為他們渴求你用想像力塑造的那座城市的奇異與美好，發誓其他地方從此都不配成為他們的居所。

他們已經離開未知之地卡達斯峰頂的城堡，搬進了你的奇蹟之城。他們白天在雲紋大理石的宮殿中狂歡，日落時就走進芬芳的花園，欣賞金色的光芒沐浴神廟和柱廊、拱橋和銀色底座的噴泉、鮮花綻放的甕壇和象牙雕塑閃亮林立的寬闊街道。夜晚降臨後，他們爬上被露水打濕的高聳梯臺，坐在雕飾精美的斑岩長椅上瞭望星空，趴在淺白色的欄杆上凝視城市面向北方的陡峭山坡，古老的尖頂山牆下，一扇又一扇小窗裡亮起靜謐而質樸的黃色燭光。

諸神喜愛你的奇蹟之城，不再踐行諸神之道。他們遺忘了地上的高處和見證過其年輕時代的山峰。地球不再有依然是神的諸神，只剩下來自外部空間的外神控制著無人記得的卡達斯。藍道夫・卡特，偉大諸神無憂無慮地在你童年時成長的遙遠山谷裡嬉戲。睿智的大夢想家，你的美夢過於出色，將夢境諸神從這個由所有人的幻想編織成的世界拖進了完全因你的幻想而誕生的世界，即你根據少年時的小小幻夢建造的比以往所有幻境更加綺麗的城市。

地球諸神將王座留給蜘蛛結網，領土留給外神以黑暗方式統治，這並不是什麼好事。來自外部空間的勢力會樂於將混亂和恐怖施加在你身上，藍道夫・卡特，你給他們帶來了煩惱，然而他們也知道，只有通過你，諸神才有可能被送回他們的世界。在屬於你的半醒夢幻國度之中，永夜的力量沒有用武之地；只有你能把自私的偉大諸神溫和地送出你的夕陽奇蹟之城，穿過暮光映照的北地，返回寒冷荒漠中未知之地卡達斯峰頂他們應當屬於的地方。

因此，藍道夫・卡特，我以外神之名寬恕你，命令你服從我的意志。我命令你去尋找屬於你的夕陽之城，然後將逃避責任的慵懶諸神送回等待著他們的夢境世界。你不難找到諸神狂熱喜愛的那個芬芳之地，那裡是天國號角吹出的樂曲，是不朽鐃鈸奏響的音符，它的地點和含義縈繞在你心頭，陪你穿過清醒的廳堂和夢幻的深淵，用消散記憶的線索與失落美妙且重要事物的痛苦折磨你。你不難找到你在白晝見證的所有奇蹟留下的象徵和遺跡，因為事實上，正是那些奇蹟火花結晶成就的穩固而永恆的寶石照耀著你夜晚的道路。聽著！你的探尋不該走向未知的茫茫大海，而該回頭轉向你熟悉的往昔歲月，回到幼年時燦爛而奇妙的事物、璀璨陽光下驚鴻一瞥間使得你睜大年輕雙眸的古老景象之中去。

因為你知道，那座黃金與大理石的奇觀之城無非是你年少時見過和喜愛的所有事物的總和。它的光輝是波士頓山坡上被落日染紅的屋頂和向西的窗戶；是城市公園（注1）的芬芳花朵，是山丘上的巨大拱頂，是諸多橋樑橫跨的查理斯河慵懶流過的紫色山谷中紛亂的山牆和煙囪。藍道夫．卡特，你的保姆第一次在春天用嬰兒車推著你外出之時，你見到的就是這些事物，它們也將是你用記憶和愛的雙眼見到的最後一件事物。還有古老的薩勒姆和它陰鬱的歲月，幽魂般的馬波海德用它嶙峋峭壁丈量過去的許多個世紀，以及你在馬波海德的牧場上隔著港灣眺望夕陽映襯下薩勒姆的輝煌塔樓和尖頂。

還有普羅維登斯，趣致而尊貴地踞伏於俯瞰藍色港灣的七座山丘上，綠色的梯臺向上延伸到古老但活力依舊的尖塔和城堡，而紐波特如鬼魂般從夢幻般的破浪堤沿坡攀爬。阿卡姆也在其中，以及它長著苔蘚的複斜屋頂和城市背後多石的起伏草場；金斯波特從遠古而來，帶著它層層疊疊的煙囪、荒棄的碼頭、懸垂的山牆，還有高聳的懸崖和乳白色迷霧籠罩、浮標搖曳的大海構成的奇觀。

康科特的涼爽溪谷，朴茨茅斯鋪著鵝卵石的街巷，新罕布夏鄉村道路上光線朦朧的轉彎，高大的榆樹半掩白色的農舍牆壁和嘎吱作響的轆轤。格洛斯特的鹽商碼頭，特魯若的飄拂柳樹。北岸（注2）山丘另一側遙遠的遍佈尖頂的小鎮與山巒的勝景，羅德島偏僻鄉野那寂靜的多石山坡和巨石背陰處長滿常春藤的低矮農舍。大海的氣息和田園的芬芳；幽暗森林的魔力和果園與花圃在破曉時分的歡愉。藍道夫·卡特，這些就是你的城市，因為它們就是你本人。新英格蘭孕育了你，將永不磨滅的美好如液體般灌注進你的靈魂。多年的記憶和夢想鍛造、結晶和拋光了這種美好，將其化為你求而不得的夕陽映照的梯臺奇觀；想要尋找有著奇特花壇和雕鑿欄杆的那個大理石露臺，想走下無窮無盡延伸的寬闊的大理石臺階，前往擁有寬闊廣場和繽紛噴泉的那座城市，你只需要轉過身，擁抱你少年時充滿渴望的思緒和幻想。

你看！那扇窗戶外永夜中的閃亮群星。即便是現在，它們也照耀著你熟悉和真愛的那些景象，汲取它們的魅力，讓它們能更加美妙地映照夢境中的花園。那是心宿二，此刻它正在特雷蒙街的屋頂之上眨眼，你在信號山家裡的窗口就能看見它。從這些星辰外的黑暗淵藪之中，我無智的主人派我前來。有朝一日你或許也會遇到他們，但假如你足夠明智，就會警惕如此愚行；因為去而復返的那些凡人之中只有一位的精神沒有被虛無

注1 Boston Common，創建於一六三四年，是美國最古老的城市公園之一。

注2 馬薩諸塞州的一個地區，波士頓至新罕布希爾之間的臨海區域。

中捶打抓撓的恐怖所擊垮。可怖和瀆神的存在為了空間而彼此啃噬，更渺小的那些比更偉大的那些還要邪惡；儘管你已經知道想把你交到我手中的那些勢力都做過什麼，然而我卻無意於將你撕碎，假如我不是剛好在其他地方忙著辦事，很久以前就會幫助你來到此處，不過我也很確定你自己能找到一條路。你應該遠離外部空間的地獄，信靠你年輕時那些靜謐而美好的事物。找到你的奇蹟之城，趕走怯懦的偉大諸神，溫和地送他們回到屬於他們年輕時的景象之中，它們正不安地等待著他們的歸來。

我為你準備的路甚至比模糊記憶之路更加容易通行。看哪！來了一隻龐大的夏塔克鳥，為了你的精神平靜，帶領它的奴隸最好隱沒身形。騎上去，做好準備——來！黑人尤加斯會幫你騎上這有鱗片的恐怖之物。對準天頂以南最明亮的那顆星而去——那是織女星，兩小時後你就會抵達那座夕陽之城的梯臺上方。對準織女星而去，直到你聽見高遠的乙太中傳來遙不可及的歌聲。在那之上潛伏著瘋狂，因此當第一個音符誘惑你時，就必須勒住夏塔克鳥。然後回望地球，你會看見永恆燃燒的艾萊德—納祭壇的火焰在一座神廟的莊嚴屋頂綻放光芒。那座神廟就在你孜孜以求的夕陽之城裡，所以你要對準它而去，以免落入歌聲的羅網永遠迷失。

靠近夕陽之城以後，對準你曾在那裡掃視的在腳下鋪展的光輝城市的同一個露臺而去，驅策夏塔克鳥，直到牠大聲嚎叫。坐在熏香梯臺上的偉大諸神聽見叫聲，會知道那是什麼，思鄉的情緒會湧上他們心頭，他們會懷念失去的卡達斯的陰森城堡及其頂上不朽群星的冠冕，你那座城市的全部奇觀加起來也難以慰藉。

然後你必須騎著夏塔克鳥降落在他們中間，讓他們見到和觸摸那可憎的馬頭巨鳥；同時你要向他們描述未知之地卡達斯，說你不久前才離開那個地方，它遼闊的廳堂有多麼孤單和黑暗，而以前他們曾在其中非凡的燦爛光輝下跳躍和狂歡。那隻夏塔克鳥會用夏塔克的語言懇求他們，然而牠除了能夠喚醒往日的記憶，並不擁有說服他們的力量。

你必須一遍又一遍向在外遊蕩的偉大諸神講述他們的家鄉和青春歲月，直到他們最終哭泣著請你指點他們已經忘卻的歸鄉之路。這時你可以放開等候的夏塔克鳥，讓牠飛上天空，發出其族類的歸鄉呼號；聽見這個聲音，偉大諸神會歡騰跳躍，發出滄桑的笑聲，邁開大步以諸神的方式跟隨可憎的巨鳥而去，穿過天空的無盡深淵，前往卡達斯的熟悉塔樓和拱頂。

這樣，夕陽奇蹟之城就將回到你的身邊，供你永遠欣賞和居住，而地球諸神將在原先的寶座上重新統治人類的夢境國度。去吧——窗扇已經打開，群星在外等候。你的夏塔克坐騎已在不耐煩地吐氣和竊笑。對準織女星穿過黑夜而去，聽見歌聲就調轉方向。記不要忘記這個警告，否則無法想像的駭人之物就會將你吸入尖嘯和嗥叫的瘋狂深淵。記住外神，他們力量巨大，無智而可怖，潛行於外部空間的虛空之中。他們是你應該避開的尊貴神。

去吧！阿-夏塔，尼加！起飛吧！將地球諸神送回未知之地卡達斯峰頂的巢穴，向所有空間祈禱，你永遠不要遇到我的另外一千個面目。永別了，藍道夫．卡特，請你警惕。我，正是奈亞拉托提普，伏行之混沌！

於是，藍道夫．卡特氣息急促、頭暈目眩地騎著他駭人的夏塔克鳥，尖嘯著衝上天空，飛向北方那冰冷而明亮的織女星；他只回頭看了一眼縞瑪瑙夢魘中簇生和紛亂的塔樓，那扇窗戶裡孤獨的蒼白光芒依然在地球夢境國度的空氣和雲層之上閃耀。巨大的水蛭魔怪在黑暗中滑過，看不見的無數蝙蝠翅膀在他周圍拍打，而他緊緊抓住渾身鱗片的可憎馬頭巨鳥的鬃毛。群星嘲諷地狂舞，幾乎每時每刻都在改變陣形，組成慘白的毀滅符號，甚至使人不禁懷疑以前是否有人目睹並畏懼過這些符號；乙太中的狂風呼號著講述宇宙以外的朦朧黑暗與孤獨。

隨後，從璀璨閃耀的前方天穹降下了象徵不祥的寂靜，狂風和恐怖之物全部遁走，就像屬於夜晚的生靈在破曉前躲藏起來。如絲如縷的金色星雲匯成顫抖的波浪，奇異地在眼前浮現，緊接著從遠方響起了似有似無的隱約旋律，奏著我們宇宙的群星未曾聽聞過的微弱和絃。音樂的聲音越來越大，夏塔克鳥豎起耳朵衝向前方，卡特同樣俯下身體，想要捕捉每一個美妙的樂句。這是一首歌，但不是任何嗓子唱出的歌。演唱者是黑夜和天體，空間、奈亞拉托提普和外神誕生的時候，這首歌就已經存在很久了。

夏塔克鳥飛得愈加快了，騎行者也俯得更加低，怪異深淵的奇蹟讓他陶醉，他和坐騎迴旋於外部魔法的透明漩渦之中。惡魔的使者曾譏諷地提醒追尋者要當心那歌聲中的瘋狂，他想起了邪惡者的警告，但為時已晚。奈亞拉托提普指出安全前往夕陽奇蹟之城的路線只是為了作弄卡特；黑暗的信使揭示懶惰諸神的祕密只是為了嘲笑，因為他可以輕而易舉地命令他們歸來。因為奈亞拉托提普願意給予放肆凡人的禮物只有瘋狂和虛空的狂野報復；儘管騎手拼命嘗試調轉他可憎馱獸的前進方向，但睨視和竊笑的夏塔克鳥依然不管不顧地魯莽衝鋒，以惡毒的歡快情緒拍打牠龐大的光滑雙翅，衝向夢境從未抵達過的不潔深淵；無定形的終極毀滅力量在無限虛空的中央翻湧著褻瀆神靈，那就是無智的惡魔君王阿撒托斯，沒有誰敢大聲說出他的名諱。

駭人的巨鳥忠實地恪守邪惡特使的命令，始終衝向前方，穿過黑暗中聚集的無定形潛伏者和雀躍者，以及不斷抓撓摸索的空虛飄蕩群落，它們是外神無可名狀的幼體，與外神一樣盲目和無智，擁有獨特的飢渴欲望。

怪誕的有鱗怪物帶著無助的騎手毫不動搖地向前疾飛，牠歡喜地竊笑，望著笑聲和癲狂融入黑夜與天體幻化出的塞壬之歌，牠甩開群星與物質的疆域，如流星般穿過無形態的荒涼虛空，衝向時間之外無法想像、沒有光線的幽閉空間，無定形的阿撒托斯在那裡貪婪啃噬，環繞周圍的是沉悶而令人發瘋的刻毒鼓聲和受詛咒的長笛那尖細而單調的嗚咽。

向前，一直向前，穿過尖嘯、竊笑、黑暗而擁擠的無數深淵——隨後，一幅景象和一個念頭從受到祝福的朦朧遠方來到了難逃厄運的藍道夫·卡特面前。奈亞拉托提普策劃他的譏諷和戲弄時盤算得太好，因為他調出了任何冰寒的恐怖狂風都不能完全消除的事物。家，新英格蘭，信號山，清醒世界。

「因為你知道，那座黃金與大理石的奇觀之城無非是你年少時見過和喜愛的所有事物的總和……它的光輝是波士頓山坡上被落日染紅的屋頂和向西的窗戶；是城市公園的芬芳花朵，是山丘上的巨大拱頂，是諸多橋樑橫跨的查理斯河慵懶流過的紫色山谷中紛亂的山牆和煙囪……多年的記憶和夢想鍛造、結晶和拋光了這種美好，將其化為你求而不得的夕陽映照的梯臺奇觀；想要尋找有著奇特花壇和雕鑿欄杆的那個大理石露臺，想走下無窮無盡延伸的寬闊的大理石臺階，前往擁有寬闊廣場和繽紛噴泉的那座城市，你只需要轉過身，擁抱你少年時充滿渴望的思緒和幻想。」

向前，一直向前，頭暈目眩地奔向終極的厄運，所穿過的黑暗中有盲目的試探者在抓撓，黏滑的鼻吻在推擠，無可名狀之物在竊笑、竊笑，不斷竊笑。但那幅景象和那個念頭還是出現了，藍道夫·卡特清楚地知道他在做夢，僅僅在做夢，清醒世界和他童年時待過的城市依然在背景中靜靜地存在。那句話再次浮現——「你只需要轉過身，擁抱你少年時充滿渴望的思緒和幻想。」轉身，轉身，四面八方都是黑暗，但藍道夫·卡特能夠轉身。

儘管攥緊他五感的洶湧噩夢異常厚重，但藍道夫·卡特依然能轉身和移動。他能移動，假如他做出選擇，那他就能跳下按照奈亞拉托提普的指示急匆匆地將他送向滅亡的邪惡夏塔克鳥。他能跳下去，勇敢面對底下張開巨口的黑夜無底深淵，駭人深淵中的恐怖之物不可能比潛伏於混沌核心等待的無可名狀的厄運更加可怕。他能轉身、移動和跳躍——他能做到——他會做到——他必將做到——

面臨厄運的絕望夢想家跳下那可憎的馬頭巨怪，墜落著穿過無盡虛空中擁有知覺的黑暗。億萬載歲月一閃而過，宇宙滅亡而後重生，群星化作星雲，星雲變成群星，藍道夫．卡特依然在穿過無盡虛空中擁有知覺的黑暗。

隨後，在緩慢爬行的永恆過程中，宇宙的終極循環攪動著走向又一次毫無意義的終結，所有事物再次恢復先前無窮劫中的原狀。物質與光重新誕生，變回空間曾經熟識的模樣；無數的彗星、恒星和行星迸發出生命，但沒有任何一個能從上次循環中存活至今，告訴芸芸眾生他們已經活過和死去、活過和死去，永永遠遠，反反覆複，回到沒有起始的零點。

這時蒼穹再次出現，一陣風和一道紫光進入墜落中的夢想家的眼睛。神祇、鬼魂和意志再次出現；美好與邪惡，可憎黑夜掠奪獵物的尖叫。在不可知的終極循環裡有過夢想家少年時代的一個念頭和一個幻想，因此一個清醒世界和一座被珍愛的古老城市得以重新創造，從而承載和證明這些事物的存在。紫色氣體斯—奈克指出離開虛無的道路，古老者諾登斯從無法衡量的深處咆哮著指引方向。

星光膨脹成黎明，黎明爆發出金色、鮮紅色、紫色的噴泉，夢想家還在墜落。光線的緞帶擊退外部空間的邪魔，喊叫聲撕裂乙太。奈亞拉托提普已經靠近獵物，但一道光芒將他那沒有形態的追擊恐怖之物燒成灰燼，灰白的諾登斯發出勝利的嚎叫。藍道夫・卡特終於走下那寬闊的大理石階梯，來到了屬於他的奇蹟之城，因為他再次回到了曾經鑄造出他這個人的新英格蘭的美麗故土。

清晨的無數汽笛合奏出管風琴般的曲調，黎明的陽光炫目地穿過山丘上州議會大廈那巨大的金色拱頂的紫色窗格，而就在這時，藍道夫・卡特大叫著在他波士頓的家中一躍而起，醒了過來。鳥兒在隱蔽的花圃裡歌唱，格架上藤蔓的芬芳從他祖父搭建的涼亭上引人遐思地飄來。古典樣式的壁爐、精雕細琢的飛簷和有著怪異圖案的牆壁上散發著美麗與光輝，毛皮光滑的黑貓打著哈欠從爐膛旁醒來，主人的驚起和尖叫攪擾了牠的睡眠。而在無比遙遠的距離之外，穿過深眠之門、魅惑森林、花園土地、瑟倫尼里安海和因加諾克的暮光領域，「伏行之混沌」奈亞拉托提普陰鬱地大步走進寒漠中未知之地卡達斯峰頂的縞瑪瑙城堡，傲慢地嘲笑地球的溫順諸神，他們在夕陽奇蹟之城的芬芳中狂歡時，被他突然抓回了此處。

（全書完）

For here, apart, dwells one whose hands have wrought
Strange eidola that chill the world with fear;
Whose graven runes in tones of dread have taught
What things beyond the star-gulfs lurk and leer.
Dark Lord of Averoigne - whose windows stare
On pits of dream no other gaze could bear!

——H.P.Lovecraft

「因為這裡，單獨地居住著一人，
他的雙手已精雕細琢出使世界因恐懼而寒顫的奇異幻靈；
他刻有恐懼語調的符文已告誡出那些超越星辰深淵之外
潛伏和睨視的事物。
阿維羅瓦涅的暗黑領主——
其窗戶凝視在沒有其他目光可以承受的夢淵！」

——H.P. 洛夫克萊夫特

幻夢境地圖中英名詞對照表

A

ADELMA　阿德爾瑪(城)
ALGOL
　阿爾戈爾(大陵五/英仙座β)
ALPPAIN　阿爾佩恩星
APHORAT　阿弗瑞特(城)
ARGIA　阿爾吉亞
ARINURIAN STREAMS
　阿瑞紐瑞恩流
ARIZIM　阿里齊姆
ARVLE WOONDERY
　阿爾維爾・伍德里
ASAGEHON　阿薩傑恩
ASTAHAHN　阿斯塔漢城
ASTARTE　阿斯塔蒂

B

BAHARNA　巴哈納(城)
BANOF　巴諾夫谷
BEERSHEBA　俾什巴
BELZOOND　貝爾宗德
BETHMOORA　貝斯莫拉(城)
BLUT　布魯特
BNAZIC DESERT　巴茲克沙漠
BRANCHSPELL
　布蘭奇斯佩爾星

C

CARCASSONNE　卡卡頌
CELEPHAÏS　塞勒菲斯
CERENARIAN SEA
　塞雷納里亞海
CHALDAEA　迦勒底亞
CHASM OF NIS　尼什裂谷
CITY OF THE GUGS　古革之城
CITY OF THE MOON-BEASTS
　月獸之城
CITY-NOT-WELL-TO-ENTER
　不宜進入之城
CORNWALL　康沃爾
CRADLE OF IB　伊卜之源
CUPPAR-NOMBO　卡帕-楠博
CYDATHRIA　塞達斯里亞(城)
CYTHARION　塞薩里昂

D

DAIKOS　戴寇斯(城)
DESPINA　德斯匹納(城)
DOTHUR　多瑟
DRINEN　德里寧(城)

DURL　杜里爾
DUZ　度茲
DYLATH-LEEN
　迪拉斯-利恩(城)

E

ENCHANTED WOOD
　迷魅森林
ERSILIA　艾爾西利雅
ETIDORHPA'S COUNTRY
　艾蒂多爾帕之國
EUDOXIA　尤多克西亞(城)
EUSAPIA　幽沙匹亞(城)

F

FALONA　法洛

G

GAK　蓋克(城)
GAP OF POY　波伊峽谷
GARDENS OF YIN　殷花園
GHOORIC ZONE　戈瑞克區
GOLNUZ　戈爾努茲
GOLTHOTH　高爾索斯(城)
GOLZUNDA　戈爾尊達(城)

H

HATHEG　哈泰格(村)
HAZUTH-KLEG
　哈祖斯-克萊格(城)
HESPERIA　赫斯珀利亞
HILLS OF GLORM
　格洛姆之丘
HILLS OF HAP　哈普丘
HILLS OF IMPLAN
　因普蘭山丘
HILLS OF NOOR　諾爾丘
HILLS OF SNEG　斯內格丘
HLANITH　赫蘭尼斯城
HOUSE OF THE GNOLES
　紐雷斯之家
HYADES　畢宿星團

I

IB　伊卜(城)
ILARNEK　伊拉內克(城)
ILEK-VAD
　伊萊克-瓦德(城邦)
IMAUT　伊瑪烏特(城)
INGANOK　印加諾克
IREM　伊雷姆(城)
IRUSIAN MOUNTAINS
　伊魯斯山脈
ISLES OF NARIEL
　納瑞爾群島

J

JAREN　賈倫港

K

KAAR　卡爾平原
KADATHERON　卡達瑟隆(城)
KARTHIAN HILLS　卡錫安丘
KHEM　凱姆
KIRAN　奇蘭(丘)
KLED　克萊德
KRAGUA　垮古亞

L

LAND OF KING KYNARATHOLIS
凱納拉索利斯王之地
LATGOZ　拉特戈茲
LAUDOMIA　勞多米亞城
LENG　冷原
LHOSK　洛什克(城)
LIRANIAN DESERT
利瑞尼恩沙漠
LISPASIAN MOUNTAINS
里斯帕斯山脈
LOMAR　洛瑪爾國

M

MANDAROON　曼達隆(城)
MARE ANGUIS　蛇海
MARE RANAS　蛙海
MARN　瑪恩(河)
MARS　火星
MEROË　麥羅埃
MHOR　莫霍爾
MIDDLE OCEAN　中洋
MIGRIS　密格里斯(河)
MLOON RANGES　姆隆山脈
MNAR　姆納爾
MONDATH　蒙達斯
MOUNG　蒙(城)
MT. ARAN　阿蘭山
MT. HIAN MIN　希安岷山
MT. KADIPHONEK
卡迪豐尼克山
MT. SIDRAK　西德拉克峰
MT. THURAI　圖萊山
MT.HATHEG-KLA
哈泰格-克拉山
MT.LERION　萊里昂山
MT.NGRANEK　恩格拉內克峰
MTAL　姆塔爾
MT-NOTON　諾峒峰

N

NARATH　納拉斯(城)
NEN　嫩(城)
NIR　尼爾鎮
NITHY-VASH　尼席-瓦許

NORTHERN MARSHES 北草沼
NOVA PERSEI 英仙座新星
NURL 努爾

O

OCEANUS PROCELLARUM 風暴洋
OCTAVIA 奧克塔維亞(鎮)
OGROTHAN 奧格羅森港
OLATHOE 歐拉索城
OONAI 烏奈(城)
OOTH-NARGAI 烏斯-納爾蓋山谷
OPHIR 俄斐(城)
ORIAB 歐里亞布島
OXUHAHN 奧克斯哈恩(城)

P

PALACE OF THUBA MLEEN 圖巴・姆林宮
PARG 帕爾格叢林
PEAKS OF THOK 索克峰群
PEN-KAI 片凱
PEOL JAGGANOTH 佩奧爾・賈格諾斯(山)
PERDONDARIS 佩東達里斯
PERINTHIA 佩林席亞
PNATH 普納斯
POLARIS 北極星
POLTARNEES 波塔尼斯(山)
PONDOOVERY 龐都維利
POOL OF NIGHT 夜之淵
PUNGAR VEES 龐格維斯(城)

R

RINAR 瑞納爾(城)
RIVER Ai 艾河
RIVER IRILLION 伊芮利翁河
RIVER KATHOS 卡索斯河
RIVER OF LOTUSES 蓮花河
RIVER OF OUKRANOS 歐克拉諾斯河
RIVER ORIATHON 歐瑞亞松河
RIVER SKAI 斯凱河
RIVER THAN 撒恩河
RIVER XARI 夏瑞河
RIVER YANN 揚恩河
RIVER ZURO 祖羅河
ROKOL 羅科爾(城)
RUINS OF UNUSUAL SIZE AND SHAPE 規模形狀異常的遺跡
RUINS OF YATH 雅斯遺跡

S

SANSU 桑蘇
SARKIS 薩爾基斯高原
SARKOMAND 薩爾科曼德

SARRUB　薩魯布
SELARN　塞拉恩城
SERANNIAN　瑟蘭尼安(城)
SHAGGAI　夏蓋
SHANG　尚
SHIROORA SHAN
希羅拉舢(海域)
SINARA　西納拉(城)
SNITH　史尼斯
SONA NYL　索納-尼爾
SOUTHERN SEA　南海
STETHELOS　斯特塞洛斯
SUNRISE SHORE　日昇海岸

T

TANARIAN HILLS
塔納瑞安丘
TELOË　泰羅
TELOTH　泰洛思
TEMPLE OF KISH　基什神殿
THACE　塞斯
THALARION　塔拉瑞昂(城)
THAPHRON　塔弗隆
THE CANAL　運河
THE CATARACT　大瀑布
THE DUBIOUS LAND
可疑之地
THE EASTERN DESERT
東部沙漠
THE GARDEN LANDS
庭園地
THE GIANT QUARRY
巨人採石場
THE GOLDEN VALLEY
金色山谷
THE GREEN MEADOW
綠色草原
THE LAKE OF SARNATH
薩爾納斯之湖
THE LANDS OF DREAM
幻夢之境
THE NETHER PITS　下界深淵
THE NIGHT OCEAN　夜洋
THE ROCK　巨岩
THE ROUND COTTAGES
圓屋區
THE SPHERES　天體界域
THE SPIDER FOREST　蜘蛛林
THE STONY DESERT　石漠
THE SUNKEN CITY　沉沒之城
THE SUNKEN CROWN
沉沒的王冠
THE UNDERWORLD　冥界
THETH　泰斯
THIBET　席貝特
THOG　索格(衛星)
THORABON　索拉邦(城)
THRAA　瑟拉(城)

THRAN　索蘭
THUL　蘇爾
TO KADATH　往卡達斯
TO THE BASALT PILLARS OF THE WEST
前往西方的玄武岩柱
TOLDEES　托迪斯
TONG TONG TARRUP
通通塔魯普
TOR　托爾
TORMANCE　托曼斯星
TOWER OF THE GIBBELINS
吉柏林塔
TSOL　繅
TSUN　尊
TWILIGHT SEA　曙暮光海

U

ULTHAR　烏撒
URG　烏爾格
UTNAR VEHI　烏特納維希

V

VALE OF PNATH　普納斯谷
VALLEY OF NARTHOS
納爾托斯谷
VAULTS OF ZIN　歆之墓穴
VEGA　織女星
VORNAI　沃爾奈城

W

WOTH　沃斯

X

XURA　旭拉

Y

YADDITH　雅迪斯星
YANN　楊恩
YATH　雅斯湖
YGIROTH　伊吉羅斯(遺跡)
YIAN-HO　彥恩-霍
YUGGOTH　尤果斯星

Z

ZAIS　札伊斯(鎮)
ZAKARION　札卡里翁(港都)
ZAN　贊
ZAR　扎爾
ZENIG　澤尼格
ZIMIAMVIA　齊米安維亞
ZOBNA　佐布納
ZULAN-THEK　祖蘭-賽克

MAPPA MUNDI SOMNIORUM EX LIBRISLOVECRAFT

TDUNSANY ET MYERS ET ALLIS

2022 JASON BRADLEY THOMPSON @MOCKMAN

克蘇魯神話 V：幻夢（精裝）

作　　者／霍華・菲力普・洛夫克萊夫特
譯　　者／姚向輝
幻夢境地圖譯者／ Nick Eldritch
企畫選書人／張世國
責任編輯／張世國

發 行 人／何飛鵬
總 編 輯／王雪莉
業務協理／范光杰
行銷主任／陳姿億
資深版權專員／許儀盈
版權行政暨數位業務專員／陳玉鈴
法律顧問／元禾法律事務所 王子文律師
出版／奇幻基地出版
城邦文化事業股份有限公司
臺北市 115 南港區昆陽街 16 號 4 樓
電話：(02)25007008　傳真：(02)25027676
網址：www.ffoundation.com.tw
e-mail：ffoundation@cite.com.tw
發行／英屬蓋曼群島商家庭傳媒股份有限公司城邦分公司
臺北市 115 南港區昆陽街 16 號 8 樓
書虫客服服務專線：(02)25007718・(02)25007719
24 小時傳真服務：(02)25170999・(02)25001991
服務時間：週一至週五 09:30-12:00・13:30-17:00
郵撥帳號：19863813　戶名：書虫股份有限公司
讀者服務信箱 E-mail：service@readingclub.com.tw
歡迎光臨城邦讀書花園　網址：www.cite.com.tw
香港發行所／城邦（香港）出版集團有限公司
香港九龍土瓜灣土瓜灣道 86 號順聯工業大廈 6 樓 A 室
電話：(852)25086231　傳真：(852)25789337
e-mail : hkcite@biznetvigator.com
馬新發行所／城邦（馬新）出版集團
【Cite(M)Sdn. Bhd】
41, Jalan Radin Anum, Bandar Baru Sri Petaling,
57000 Kuala Lumpur, Malaysia.
Tel: (603) 90578822　Fax:(603) 90576622
email:cite@cite.com.my

書衣插畫／果樹 breathing（郭建）
書衣封面版型設計／Snow Vega
排　　版／芯澤有限公司
印　　刷／高典印刷有限公司
■ 2025 年 2 月 11 日初版一刷

售價／ 550 元

國家圖書館出版品預行編目資料

克蘇魯神話 V：幻夢 / 霍華・菲力普・洛夫克萊夫特著，姚向輝譯—初版—臺北市：奇幻基地出版；家庭傳媒城邦分公司發行；2025.1
面：公分. –（幻想藏書閣：137）
譯自：Cthulhu mythos. V
ISBN 978-626-7436-74-5（精裝）

874.57　　113018454

ISBN　978-626-7436-74-5

廣　告　回　函
北區郵政管理登記證
台北廣字第000791號
郵資已付，免貼郵票

115臺北市南港區昆陽街 16 號 8 樓

英屬蓋曼群島商家庭傳媒股份有限公司城邦分公司 收

請沿虛線對摺，謝謝

每個人都有一本奇幻文學的啓蒙書

奇幻基地粉絲團：http://www.facebook.com/ffoundation

書號：1HI137C　書名：克蘇魯神話V：幻夢（精裝）

｜奇幻基地・2025年回函卡贈獎活動｜

購買2025年奇幻基地作品（不限年份）五本以上，即可獲得限量隱藏版「山德森之年」燙金藏書票！

電子版活動連結：https://www.surveycake.com/s/ZmGx

注：布蘭登．山德森新書《白沙》首刷版本、《祕密計畫》系列首刷精裝版（共七本），皆附贈限量燙金「山德森之年」藏書票一張！（《祕密計畫》系列平裝版無此贈品）

「山德森之年」限量燙金隱藏版藏書票領取辦法

活動時間：即日起至2025年12月31日前（以郵戳為憑）

參加辦法與集點兌換說明：

1. 2025年度購買奇幻基地出版任一紙書作品（不限出版年份及創作者，限2025年購入）。
2. 於活動期間將回函卡右下角點數寄回本公司，或於指定連結上傳2025年購買作品之紙本發票照片／載具證明／雲端發票／網路書店購買明細（以上擇一，前述證明需顯示購買時間，⊠**結**⊠**見下方**）
3. 寄回五點或五份證明可獲限量隱藏版「山德森之年」燙金藏書票，藏書票數量有限送完為止。
4. 每月25號前填寫表單或收到回函即可於次月收到掛號寄出之隱藏版藏書票。藏書票寄出前將以電子郵件通知。若填寫或資料提供有任何問題負責同仁將以電子郵件方式與您聯繫確認資料。若聯繫未果視同棄權。
5. 若所提供之憑證無法確認出版社、書名，請以實體書照片輔助證明。

特別說明

1. 活動限台澎金馬。本活動有不可抗力原因無法執行時，主辦單位有權決定取消、中止、修改或暫停本活動。
2. 請以正楷書寫回函卡資料，若字跡潦草無法辨識，視同棄權。
3. 單次填寫系統僅可上傳一份檔案，請將憑證統一拍照或截圖成一份圖片或文件。
4. 隱藏版「山德森之年」燙金藏書票一人限索取一次
5. **本活動限定購買紙書參⊠,⊠⊠⊠⊠支⊠**　。

個人資料：

姓名：＿＿＿＿＿＿＿＿　性別：＿＿＿＿　年齡：＿＿＿＿　職業：＿＿＿＿＿　電話：＿＿＿＿＿＿＿＿

地址：＿＿＿＿＿＿＿＿＿＿＿＿＿＿＿＿＿＿　Email：＿＿＿＿＿＿＿＿＿＿

想對奇幻基地說的話或是建議：＿＿＿＿＿＿＿＿＿＿＿＿＿＿＿＿＿＿＿＿＿＿＿＿＿＿

限量燙金藏書票

電子回函表單QRCODE

請剪下右邊點數，集滿五點寄回奇幻基地即可參加抽獎，影印無效。

1
A Year of Sanderson
2025

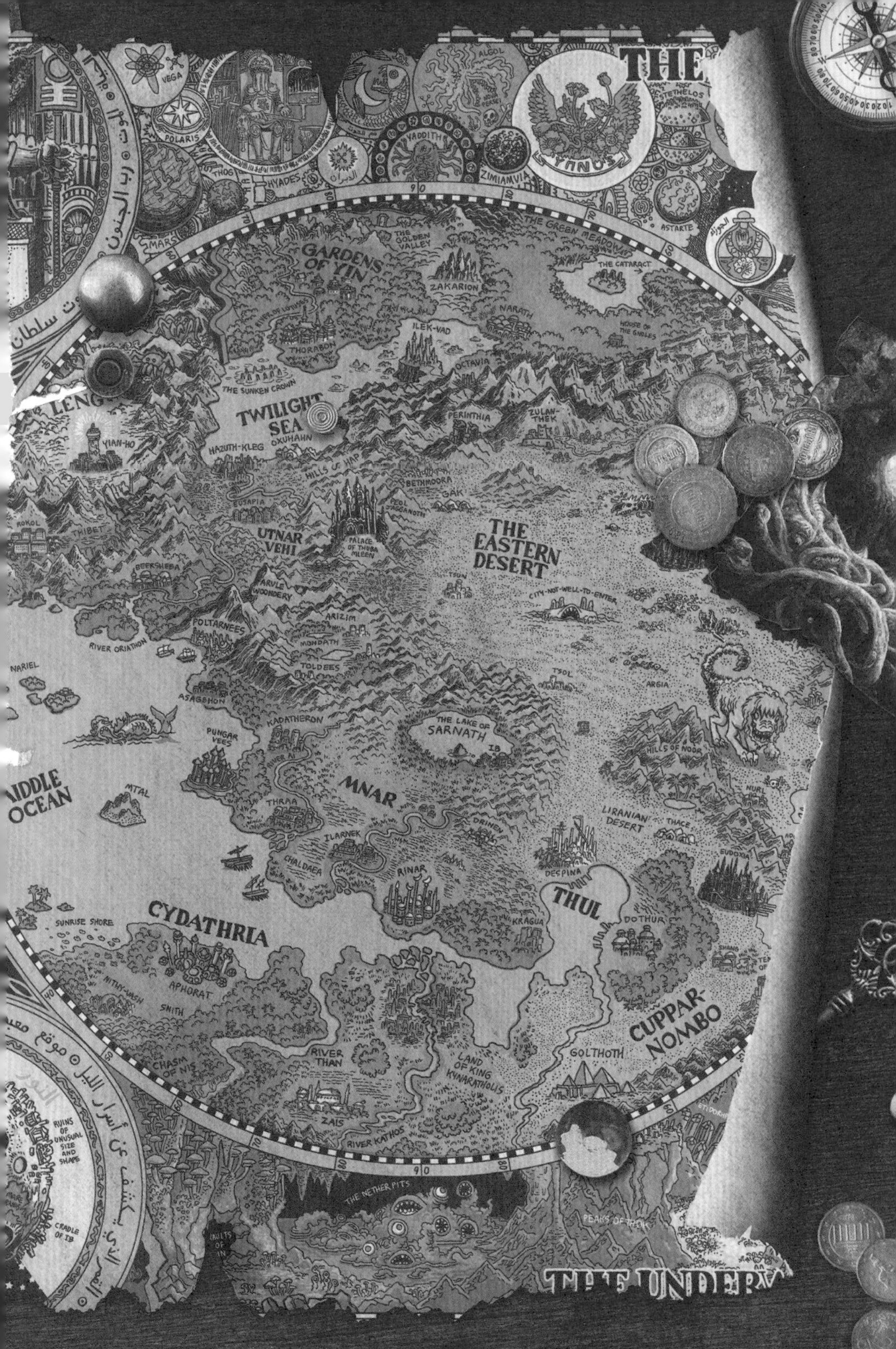
THE
VEGA
POLARIS
THOG
MARS
HYADES
ALGOL
ZIMIAMVIA
STETHELOS
ASTARTE
THE GOLDEN VALLEY
GARDENS OF YIN
ZAKARION
THE GREEN MEADOWS
THE CATARACT
NARATH
HOUSE OF THE GNOLES
ILEK-VAD
THORABON
THE SUNKEN CROWN
OCTAVIA
LENG
TWILIGHT SEA
YIAN-HO
PERINTHIA
ZULAN-THEK
HAZUTH-KLEG
OXUHAHN
HILLS OF HAP
BETHMOORA
GAK
THE EASTERN DESERT
UTNAR VEHI
PALACE OF THUBA MLEEN
THIBET
BEERSHEBA
ARVLE WOODERY
CITY-NOT-WELL-TO-ENTER
POLTARNEES
ARIZIM
RIVER ORIATHON
MONDATH
NARIEL
TOLDEES
TSOL
ARGIA
ASAGBHON
KADATHERON
THE LAKE OF SARNATH
IB
PUNGAR VEES
RIVER AI
HILLS OF NOOR
MTAL
MNAR
THRAA
NURL
LIRANIAN DESERT
THACE
DRINEN
ILARNEK
CHALDAEA
EUDOXIA
RINAR
DESPINA
THUL
CYDATHRIA
SUNRISE SHORE
KRAGUA
DOTHUR
APHORAT
NITHY-VASH
CHASM OF NIS
RIVER THAN
LAND OF KING KYNARATHOLIS
CUPPAR-NOMBO
GOLTHOTH
ZAIS
RIVER KATHOS
THE NETHER PITS
RUINS OF UNUSUAL SIZE AND SHAPE
CRADLE OF IB
PEAKS OF THOK